中国书籍文学馆
名家文存

边看边说

白烨/著

中国书籍出版社
China Book Press

图书在版编目（CIP）数据

边看边说 / 白烨著 . —北京：中国书籍出版社 , 2014.3
（中国书籍文学馆 · 名家文存）
ISBN 978-7-5068-3941-9

Ⅰ . ①边… Ⅱ . ①白… Ⅲ . ①散文集—中国—当代Ⅳ . ① I267

中国版本图书馆 CIP 数据核字（2013）第 306258 号

边看边说

白烨 著

图书策划	武　斌　崔付建
责任编辑	邹攀峰　戎　骞
责任印制	孙马飞　张智勇
出版发行	中国书籍出版社
地　　址	北京市丰台区三路居路 97 号（邮编：100073）
电　　话	（010）52257143（总编室）（010）52257153（发行部）
电子邮箱	chinabp@vip.sina.com
经　　销	全国新华书店
印　　刷	北京富达印务有限公司
开　　本	710 毫米 ×1000 毫米　1/16
字　　数	168 千字
印　　张	18.25
版　　次	2014 年 5 月第 1 版　2016 年 1 月第 2 次印刷
书　　号	ISBN 978-7-5068-3941-9
定　　价	58.00 元

版权所有　翻印必究

目 录

第一辑 现场直击

- 002　文学走进新世纪之后
- 004　爱情：人生与文学的永恒主题
- 006　她们的写作：擎起文坛"半边天"
- 011　女性写作的个人化与多样化
- 015　压力下的成长：关于"七十年代写作"
- 020　我眼中的2001文坛
- 023　2002年：我印象深刻的10本书
- 030　2003年的5部长篇小说
- 032　不仅仅是"昨天"
- 034　2005年的10部长篇小说
- 039　2006年的10部长篇小说
- 044　遭遇"媒体时代"
- 050　2007年的10部长篇小说
- 054　"80后"在成长
- 059　2008年的8部长篇小说

- **063** 在成长中成熟
- **068** 2009年的8部长篇小说
- **071** 在新变中前行
- **076** 个性显扬　品类多样
- **081** 生气勃勃　亮点多多
- **089** 春华之后又秋实
- **098** 重心由乡土向城乡位移之后

第二辑　文事杂感

- **104** 你有怎样的文学理想
- **107** 更新你的思维方式
- **110** 知识就是力量
- **114** 买书三愿
- **116** 有书无斋
- **118** 诗的诱惑与演练
- **121** 我的评论从这里起步
- **123** 散文耐读了

127　贵在"有趣味"
131　一份刊物与一种批评
136　在理解和扶持中自省、自强
140　《白鹿原》《尘埃落定》及其他
149　不朽的赵树理
151　在保护中发掘和利用
157　史料整理对于文学研究的意义
160　回顾历史　汲取经验
164　主旨、主将与主脉

第三辑　怀人与记友

184　领略认真
186　真学问真性情
191　由衷的敬意及其他
195　一个执拗的好人
200　是纪念,也是回报
204　豁达与尊严

210 在变亦不变中演进
213 本色陈忠实
219 多色贾平凹
226 "各色"王朔
232 评坛"这一个"
238 "路遥知马力"
245 "一鸣惊人"前后的故事
250 走红的受难者
259 京都文坛陕西人
266 戴来有戏
270 葛水平的人与文
273 身在漂泊　心系文学
277 "老字号"的新传人

281 后　记

[第一辑]
现场直击

文学走进新世纪之后

20世纪是人类历史上最为重要的千年之一，也是世界的和中国的文学长足发展的千年之一，其最为主要的标志是文学史无前例地呈现出多元化、现代化和全球化。那么，进入 21 世纪之后，文学还会发生哪些显著而新颖的变化呢？在这里，不敢妄谈世界文学，只想就中国文学的演进作一些个人的预测。

我认为，进入新世纪之后，文学首先将进一步走向个人化。文学在本质上是个体化的精神劳作，而新的时代又为个体的人的自由而充分地发展提供了良好的条件，文学从创作到批评、到欣赏，都会更加表现出新时代的人们的各个不同的个性，从而在更高的层次上体现精神的多元共生，使文学的多元化趋势不可逆转并层层递进。

其次的一个趋向，是文学的生存方式与传播方式的民间化。中国当代文学 50 年，主要是体制内往返循环的文学，而从九十年代之后，在作家的生存和文学的生产等方面，都开始出现一些民间化的趋向，如无单位依托的自由作家和文学作品的"二渠道"运作等等。随着新的世纪里社会生活中民间空间的生成与扩大，作家的生存和文学的运作，将不再全部依赖于现有的体制，文学的民间化状态也将会逐步壮大并健康成长。

第三个趋向，可能是文学的女性化问题。在20世纪中国文学的许多时期，女性作家和女性文学虽大有发展，但充其量是多元文学中的一元。但近年以来，文学从业者中的新人，开始涌现出大量的女性，甚至"七十年代出生的作家"主要以女性为主，活跃在当下文坛的就有二三十人之多，以她们为主体的"女性时常文学"声势也越来越大。女作家如雨后春笋是一方面，另一方面，文学报刊、文学出版领域的女主编、女记者、女编辑也席卷文坛，大有占有居多数地位之趋势。这种走势到了新世纪，自然不会无端缩减，而对新女性为主的创作群体、编辑群体和读者群体的联袂发展，必将给文坛的创作格局和审美时尚带来前所少有的新的更变。

还有一个趋向也显而易见，这便是文学的网络化发展。目前，网络及网络文学正方兴未艾，在新的世纪里它无疑将是社会生活中发展最快而又影响最大的文化产业。因为网络文学创作的自发性和发表的随意性，可能使它在发展中良莠不齐、泥沙俱下，但它符合创作的个人化本性将使它带着随心所欲和鱼龙混杂的特征迅猛发展，并以创作无约束与传播的现代化对传统文学予以丰富并构成挑战，给文学的总体格局和未来发展带来深远影响。

以上关于未来文学走向的刍议，是自己基于文学的现状与动向所作的个人预测，既够不上全面，也未必能灵验，只不过想借以表达一个批评人在世纪门槛的观察与思考，作为对新世纪文学的一个多梦的祝愿。

爱情：人生与文学的永恒主题

爱情之于人类，不仅是繁衍生命的需要，而且是滋润人生的需要。由于这样的终极性缘由，作为"人学"之文学，自古以来就围绕着爱情的主题浅吟高歌，而且常写常新，历久不衰。从古到今，由外到中，脍炙人口的文学名著无不与爱情密切相关，如从《荷马史诗》《罗密欧与朱丽叶》到《少年维特的烦恼》《情人》，从《孔雀东南飞》《西厢记》到《红楼梦》《倾城之恋》。一部人类的文学史几乎就是一部人类的爱情史。

文学作品对于爱情反映的程度，常常与爱情在一定社会生活中的实际情形成正比。"十七年"间，爱情生活在社会中有较多的禁锢，爱情小说相对萎缩，人们只好在《青春之歌》《三家巷》等小说的某些爱情描写里寻找些许寄托。新时期之后，各种禁区纷纷突破，爱情观念不断演进，爱情在社会中的地位也不断凸显，文学创作中才有刘心武的《爱情的位置》，张抗抗的《爱的权利》，张洁的《爱，是不能忘记的》相继涌现，这些小说一时反映了爱在社会生活中的变动又推导了这种变动的进程。在此后的爱情小说方面，我以为张贤亮的《绿化树》《男人的一半是女人》，王安忆的"三恋"《小城之恋》《荒山之恋》《锦绣谷之恋》，各以具有人性深度和生命力度的探悉，有力地推进了爱情小说的创作发展，并以作家特有的敏锐感觉，折射了社会现实中爱情生活的深刻变动。

当前的爱情小说创作，已经无所禁忌，可以说进入了一个相对自由的境地。别的不说，贾平凹的《废都》能面世，就是一个不大不小的奇迹。它在一定程度上表现了社会对爱情尤其是失范爱情的容忍程度。我以为，总体来看，在爱情小说创作上，写得比较好也比较美的，当属几位实力派女作家，如王安忆、铁凝、池莉、皮皮等。新生代女作家中，则有写出《上海宝贝》的卫慧和《百年因缘》的钟物言等。她们在背景的当代性、意蕴的个人性，以及艺术独到性上，都有各具手眼的不同特色，从她们的作品中，可以看到当代社会中爱情生活演进的程度，也可以看到当代小说中爱情描写所已达到的高度。

在爱情题材写作方面，我们因种种原因所致，与国外相比，确有不小的差距。在对待爱情的态度上，要么是不够坦诚，要么就是无所顾忌，缺少应有的分寸；在具体的爱情描写上，要么是欲言又止，要么就走向媚俗，缺少合适的度数。像杜拉斯的《情人》那种令人萦怀的情欢，像村上春树的《挪威的森林》那种让人念兹在兹的情恋，既能动之以情，又能感之以美，在我们的作品中几乎很难找到。可以说，我们并不缺乏描写爱情的作家，但绝对缺乏描写爱情的大师。

加拿大有一家以出版浪漫爱情小说为主的禾林公司，在中国大陆进行了有关爱情小说的抽样调查，发现大陆读者中有80%是小说读者，而小说读者中有80%为女性读者，女性读者又有80%热衷于读爱情小说。我相信这是事实。如今，人们在单位要竞短论长，在社会要龙争虎斗，只剩下一个温馨的港湾，那就是爱情。因此，写爱情、读爱情，当是注重生存质量的人们必然的和最好的选择。

她们的写作：擎起文坛"半边天"

在当今中国文坛，女性作家写作愈来愈蔚为大观，越来越惹人眼目。文坛内外叫好又叫座的作品，多数出自于女性作家之手。即以近十几年来在文坛内外影响较大的作家作品来看，属于女性作家创作的，就有铁凝的《大浴女》、王安忆的《富萍》、方方的《乌泥湖年谱》、皮皮的《比如女人》、虹影的《阿难》、张抗抗的《作女》、池莉的《水与火的缠绵》，以及渐次走向成熟的七十年代人中的周洁茹、朱文颖、魏微、戴来等人的作品。女性文学形成偌大的气候、造成如此的影响，这在中国文学的历史长河上还未曾有过。即便是与本世纪"五四"之后陡然崛起的现代女作家群相比，当代的女性写作，无论是作家的数量、创作的质量，抑或是风格的多样、作品的影响，都要大大超过世纪之初的现代时期。可以毫不夸张地说，现在的女性文学写作已真正进入了它前所未有的黄金时期。

女性文学，当是指女性作家创作的带有女性意识和女性特点的文学作品。女性作家涉足创作，不管有意识无意识，自觉不自觉，都不可能不投入一定的主体色彩，因而也不可能不带有一定的女性意识和女性特点。从这个意义上说，女性意识的文学与女性书写的文学，并无本质上的差别。但女性文学在其发展进步的过程之中，确有内涵与外延上的不断演进与深化。就总体风貌而言，当代的女性文学比之现代时期的女性文学，更多地走向女性本体与主体。在诸如女性身份的性别强调，女性自我的生命体验及女性本体的欲望表达等方面，当代女性写作比现代女性写作都表现得更为内在和显豁。

如在女性意识的认知与把握上，现代的女性作家借助于挪威剧作家易卜生笔下的"娜拉"，塑造了无数个中国式的"娜拉"形象。她们在父权和夫权的双重挤压下，或难以觅得幸福或终于离家出走，其人生的契机与命运的转折，都在于能否和怎样迈出父家与夫家的两重"家门"。这里的"家门"，事实上也成为封建传统和男权文化的象征。而在新一代女性作家的笔下，也有这样那样的有关"门"的意象描写，但那已不再是父辈与夫家的"家门"，而是象征女性自身欲望的开启与闭合以及个人命运的起承与转合的"玫瑰门"（铁凝的小说）；是在渴求自由走向幽闭、希望沟通又需要遮蔽的矛盾冲突中无所适从的"凡墙都是门"（陈染的小说）。在这里，女性要冲破的，要走出的，不仅有外在的藩篱，更有内在的桎梏。这种由"外"向"内"的视点位移，使女性文学在新的基点上实现了女性意识与女性话语的革故鼎新。于是，在她们的笔下，我们就看到了这样一些在过去的作品中并不多见的女性形象：投身于爱情如同飞蛾扑火一般的"金谷巷的女孩儿"（王安忆的《荒山之恋》），以不变的生活方式在多变的都市社会中坚韧地活着的王琦瑶（王安忆的《长恨歌》），挣脱无爱的婚姻束缚毅然决然地爱其所爱的水虹（张抗抗的《情爱画廊》），因求爱向善屡屡受挫最终走向愤世和恶俗的司绮纹（铁凝的《玫瑰门》），在性爱的自我体验中陶醉又在欲望的自我放纵中迷失的多米（林白的《一个人的战争》），因情场失恋和为人内向蜗守居室在孤独中暗自神伤的黛二小姐（陈染的《无处告别》）……这些绰约多姿又姚黄魏紫的女性形象，不仅极大地丰富了当代文学的人物画廊，有力地更新着其中已有的女性形象，而且以对身心本相的立体透视和生存境况的内在揭示，使文学中的女性世界成为现实中的女性世界察往知来又钩玄提要的艺术缩影。

与这种题旨内蕴上的本色化相适应，新一代女性作家在艺术表现上也进而走向个人化。女作家与个人化似有一种天然的联系。她们普遍摈弃宏大叙事，避绕重大题材，常从"儿女情，家务事"的日常生活支点切入社会，长于以小见大或旁敲侧击，善于以细腻的笔触、微妙的感觉，表达内在情性和抒发个人情感。总之，与男性写作明显有别的是，女作家不再纠结于"我们"的群体立场，而恣意把个体的"我"推向前台。当然，女性写作的个性化因禀赋不同和志趣各异，多表现为一人一风貌；一作一精神。但总体来看，同一年代或相近年龄的作家又有着大致相近的倾向。比如，出生于五十年代的张抗抗、王安忆、铁凝、方方、池莉等人，面对女性描写对象，看到的是一定历史背景下的女性个人，常常用传记性的笔法描述个人经历，又由个人命运折射社会沧桑。在她们的笔下，女性个人的幸与不幸，无不与一定的历史背景和社会环境密切相关。她们的女性小说，因人物常常与历史、社会纠结在一起，传记性的历史叙事的色彩相当明显。而在五十年代后期的林白、六十年代的陈染等人那里，历史与社会已属无奈的现实存在，她们索性把这些因素略过不计，着意去探悉女性生命体验的自我确证、内在情绪的自我释发与自我调理。她们笔下的人物，每每与自我较劲不已，因而其作品带有私语性心理剖白的浓重意味。而七十年代出生的女性作家，不再纠结于她们所置身的环境氛围，有的索性采取一种天然认同的态度，她们更为关心的是在当下的现实之中，个人的愿望与欲望如何实现与兑付以及在实现中打了多少折扣。她们的作品中，强势的个人表现与稀薄的社会生活形成巨大的反差，她们更像是一群天然自在的"个人化"写作者。

说到"七十年代人"，我特别想为她们多说几句。"七十年代人"是在社会生活中尚在成长的一代,也是在文学创作中正在成长的一代。成长中的她们,有稚气,有缺点,但也有锐气,有特点。就描写当下时代都市青年的生活,状写市场经济渗入社会人生的种种投影而言,她们各有所长,无可替代。然而,因为一两部在有些人看来"导向不好"而未必就那么不好的作品,经由"美女作家"、"身体写作"这样一些似是而非的概念,七十年代人就不由分说地被打入了另册,一时间被视若洪水猛兽。2002年在北京附近的燕郊举行的"当代女性写作与她世纪"的研讨会上,许多七十年代女作家就此表示了强烈不满。事实上,如周洁茹、戴来、魏微、朱文颖、陆离、赵波等七十年代人,以各自不同的意趣与方式看取生活和表现人生,其创作向越来越厚重的方向发展已显而易见。由一两个人的一两部作品,贬损整整一代人的文学写作,不说是荒谬绝伦,也绝对够得上简单粗暴。这样的事情发生在以前,也许还可以理解,而发生在现在,实在让人不可思议。文坛总是需要新人,新人也总要登上文坛。在这个意义上说,对"七十年代人"的轻慢,实际上是对文坛未来的轻慢。

  对于整体的女性写作在当代文学中的意义,我们还需要继续观察,仔细探讨。但现在已可看出的是,第一,当代文坛在九十年代之后面临市场经济的强劲冲击,一时难以适应新的社会现实,出现疏离市场,疏离现实,疏离读者的明显倾向时,主要以张抗抗、铁凝、池莉、毕淑敏、皮皮等人及部分"七十年代人"为代表的女性写作,以家常的生活、情爱的内蕴、好看的故事,切近普通读者,逐步赢得市场,使得整体文学在短暂的滞留之后,又重新直面新的社会生活,不致与当下的现实脱节或断裂。第二,从"十七年"到新时期前期,由于种种原因,我们在文学创作中的拿手好戏与重要成果,主要局限于革命历史题材和乡土农村题材。改革开放之后,城市生活日益繁荣,但都市写作仍进展缓慢。王安忆、铁凝、池莉、张欣、林白、陈染等主要以都市为场景穷形尽相,使都市题材创作逐渐成为当代文学的主流构成。而"七十年代人"之后登场,干脆就是为当代都市青年代言画像。在这种合力之下，如同当代都市在社会生活中的地位愈来愈重要一样，当代都市创作在整体文学中的位置也愈来愈突出。而这，正是女性写作通过自身发展所赢来的可喜局面。女性写作在这样两个方面的贡献，在今后的文学发展中，还会日渐显示出其重要的意义来。

如果用传统的眼光来看，女性文学似乎也缺少一些东西，如对历史风云的切实关注，对社会纠葛的有力把握等等，但这种缺失又不无其合理性。如同那些反映"风云气"的作品缺乏"儿女情"一样，正所谓"尺有所短，寸有所长"。而她们用个人触摸社会，由个别感知一般的女性写作，在丰富文学表现、改变文坛风貌诸方面，其作用与贡献都显然无可替代。可以说，无论是相对成熟的五十年代人、六十年代人，还是尚在"成长"中的七十年代人，当代女性写作都包孕了相当丰富的社会的与文学的内容，很值得人们高度关注和认真探究。

新一代女性作家活跃于世纪之交的文坛，是社会生活不断演进的结果，也是中国新女性自立与自强的明证。而女性作家们卓有成效的艺术探悉和硕果累累的创作实绩，其意义显然也远远超过了女性文学本身。它至少使女性文学不再只是文坛边缘的一种缀饰，而是总体文坛必不可少的重要构成，一如她们在社会生活中的地位一样，真正擎起当代文坛的"半边天"。

女性写作的个人化与多样化

进入21世纪之后,当代女性写作无论是在数量上,还是在质量上,都有较大幅度的提升,而有关女性写作的话题,也一再成为文坛众多热点中的亮点。这样的一个基本走势,在王安忆、王旭烽分别以《长恨歌》和"茶人三部曲"揽得第五届茅盾文学奖半数奖项,在铁凝、叶广芩、徐坤、迟子建以各自的中短篇力作在第二届鲁迅文学奖中短篇小说奖中占据三分之二的比例之后,更加成为毋庸置疑的事实。

文学作为社会与人生的随行物,其创作与欣赏都必然与时代变动和社会演进相联系。从这样一个角度来看,九十年代以来在文学创作中出现的"个人化"写作,绝非来自文学创作者单方面的原因,那是社会生活开始重视个体的人和个体的人进而觉醒在文学上的必然折射。改革开放的最大变化是什么,是主体的人的逐步确立和个体的人的不断凸现,这是平等竞争的市场经济对于社会生活的内在调整。对于社会生活的如许变动,女性作家远比男性作家敏感,当许多男性作家还沉溺在"我们"的群体立场摹写社会风云时,许多女性作家却把个体的"我"推向前台,恣意表现出生活到文学的"这一个"。

还在八十年代后期，以池莉、方方为代表的"新写实小说"初显文坛，人们当时还多在现实主义、新现实主义的框架下认识她们，并未看到她们的创作拒绝宏大叙事，凸显个人生活的意义。其实，无论是池莉的《烦恼人生》《不谈爱情》，还是方方的《风景》，其主旨都在于以日常化的生活、平民化的人物，抒写个人生存被他人他物的约制与羁绊，实际上是用别样的方式对个人命运的呼唤。王海鸰的被改为同名电视剧的长篇小说《牵手》，以电脑专家钟锐与夏晓雪一对郎才女貌式的夫妻不经意中步入危机，写了变动不居的时代给家庭和婚姻带来的震动与冲撞，以及当事人面对现状由内到外的自我调理。作品选取角度的"小"与切入生活的"近"，都具有个人化女性写作的鲜明特征。铁凝的长篇新作《大浴女》，基本上是一位女性主人公从自己的经历与感受说"成长"、看社会，自传性的内容与个人化的叙事表露得相当充分。到了虹影的《饥饿的女儿》、林白的《玻璃虫》，社会公众生活的背景进一步隐退，个人的遭际，个人的感触已理直气壮地占据了作品的中心，一切社会万象都被化为女主人公百感交集的个人心历。七十年代的棉棉等人，基本上是一群天然自在的"个人化"写作者，在她们的作品里，除了"我"还是"我"，"我"的一切即作品的一切，除此之外的东西很难进入作者的视野，因为"你的生活与我无关"。与这种描写对象的"个人化"位移相关连，女性作家又以善讲故事，敏于感觉，长于煽情的文学技艺，使她们的作品动人殊切又感人至深，从而把"个人化"叙事文学从内容到形式都推向了极致，使"个人化"文学创作由个体的自出机杼而达到整体的花样翻新，而这又恰巧适应了市场经济下越来越多的读者渴望心灵慰藉的审美需要。

因为个人的各各有别和个性的姚黄魏紫，个人化也必然带来多样化。就当前最为活跃的一些女作家的创作来看，她们各以日渐充分的个性化写作，使女性写作在整体格局上愈来愈丰富多彩。王安忆与铁凝，都以作品主人公的个人经历折射社会生活，但王安忆关注的是社会生活演变中个人生活的坚守与保持，而铁凝关注的是强势社会生活对弱势个人命运的约制与个性形象的塑造；池莉与方方，都立足当下现实写日常人生，但池莉更注重人在生活中生存能力的历练，而方方则更注重人在生活中自我精神的锻磨。陈染和林白，都以个人化色彩的写作令人瞩目，但林白笔下的"个人"，沾带着强烈的时代与环境的色彩，而陈染笔下的"个人"，则更多地回到意识的"内在"、固守心灵的"自我"。至于寓理性奔涌于感性表述的张抗抗，在艰窘现实中寻找人间温情的毕淑敏，以冷隽荒诞洞悉人生的残雪，以人性的触摸读解过往历史的凌力，就更是个性鲜明，与谁人都不重复。女性作家之间的区别，有的明显，有的微妙，也许需要认真细读，才能从中体味春兰秋菊之妙韵，并领悟女性写作的"同"中之"异"。

　　还应特别说到的是，有关"七十年代人"的写作的评价，无论是报纸杂志的评说，还是网络媒体的议论，都较多地表现出一种粗疏乃至粗暴的倾向。她们常常被不分青红皂白地标上"美女作家"、"身体写作"的标签，以明褒暗贬的方式予以全盘否定。这实际上是对"七十年代人"的一种"妖魔化"处理，是极不公正，极不负责任的。其实，"七十年代人"既有整体的特色，也各各有别，远不那么简单，那么整齐划一，那么邪乎。整体来看，"七十年代人"较之以前的代别的写作，变化的幅度较大也较快，其整体的倾向在于，在看取生活上走出了线性的历史，而更关切其现实形态与块状流动；在文学表现上不再纠结于"精神"、"意识"的层面，而更注重以有活力、有张力的语言表达欲望化的感觉。应当承认，这样的文学追求与当下的现实生活，在很大程度上是相呼应的，而不是相悖的。不如此，便不能解释她们的创作的生生不息，以及造成的影响的愈来愈盛。

　　如果约略做一些具体分析的话，不难看出，"七十年代人"实际上是一个个艺术个体的集合，不同的人各有特点，整体上相当丰富多彩，绝非某一两个作家、某一两部作品所能"一言以蔽之"。像目前正处于上升时期的魏微、周洁茹、朱文颖、金仁顺等人，其写作有明显的差别。她们或者以既喜且忧的体验探悉青春的脉动，或者以如泣如诉的心绪述说人生的际遇，她们和她们笔下的人物一样，都是在"成长"中"寻找"，又在"寻找"中"成长"。最近获取"春天文学奖"的戴来，一直主写中年男人的人生困惑与命运浮沉，其内敛的激情、隽永的意蕴，以及疏于性事描写、专于心态勾画的特长，更是与所谓的"身体写作"毫不沾边。这些"七十年代人"，以自己的眼光看取人生，却又脚踏当下的社会现实；以自己的方式表达感觉，却又传布着时代的气息；她们以自己有声有色的创作向世人表明：对于"七十年代人"决不可一概而论，她们是大步向前的一代，也是可能走向深沉，走向丰厚的一代，因而也是可以寄予厚望的一代。

压力下的成长：关于"七十年代写作"

——在"中日青年作家对话会"上的发言

以前，我觉得中日两国的文化好像相同或相似的地方很多，现在越来越觉得两种文化的不同之处远远多于和大于相同之处。因此，交流与对话就显得十分重要。也因此，这次中日青年作家对话会，也具有特别的意义。

我看过一些日本青年作家的作品，如这次来参会的中村文则、清水博子、山崎纳奥可乐和未来参加会的柳里美等，但看得不多，理解不深，无法谈出具体意见，我只能就我更为了解的中国当代青年作家的写作发表一些个人看法。

我们通常说的青年作家，是指三十岁左右的文学写作者，这个年龄段在中国主要是指出生于七十年代的作家，也就是这次参加对话会的大多数作家。

出生于七十年代的中国青年作家，大致上在上个世纪九十年代中后期开始写作，这时的中国文坛，面临着市场化的兴盛、新媒体的兴起等构成的冲击，文学期刊的生存日益艰难，文学出版向商业化倾斜，整个文化环境躁动不安；而在文学写作领域，在刚刚露头的"七十年代人"前面，有前几代作家已经形成的权威地位和广泛影响，而在他们的后面，又有以"80后"为主的青春写手协同市场炒作构成的强势追逼，这使他们面临着前后夹击的巨大压力。但"七十年代人"没有退缩，没有放弃，他们在夹缝中寻求生机，在压力中默默进取，经过这种在坚守中的成长，他们不但没有被前辈作家所掩盖、被后辈写手所覆盖，反而在坚持写作中站稳了脚跟，在当代文坛上占据了地位，并逐渐显现出自己独有的特点和优势来。

在中国当代文坛，"七十年代写作"已成为一个不可忽视的文学存在，他们不仅人数众多，群体庞大（经常发表作品并有一定影响的有五十多位），而且在艺术追求上以他们的锐气、活力和新意，成为文学创作中名副其实的一支生力军。他们中的一些代表性人物，或者在全国性文学评奖中不断获得各种奖项，或者以好看又耐看的作品赢得广大读者喜爱，使得文坛内外都不能不重视他们和关注他们。

在世纪之交的中国文坛，属于七十年代人的卫慧、棉棉因为《上海宝贝》《糖》等作品，被当时的新闻出版和文化主管部门所严厉处理，文学界随之有人紧密跟进，用"美女写作"、"身体写作"等说法加以否定性的批评与批判，这件事也殃及了整个"七十年代人"的写作。一些评论者先是简单粗暴地把卫慧、棉棉等人的写作判定为"身体写作"，然后又把她们看做是整个"七十年代写作"的代表加以伐挞，因为"七十年代人"中女性作者居多，描写爱情故事的居多，因而，整个"七十年代写作"在一些评论者的描述中，就被整体的"妖魔化"。我曾经在几年前写过一篇《不要"妖魔化"七十年代写作》的文章，在这里，还要为"七十年代写作"再鸣不平。吁请批评界不要再以搽脂抹灰的方式给"七十年代人"抹黑了，不要再用庸俗社会学的批评把他们轻看了；卫慧、棉棉不能作为"七十年代人"的代表和代称，所谓的"身体写作"只是她们的事情；她们的写作是否就是"身体写作"？即使是"身体写作"，这种写作有没有其合理性？这些问题都是需要认真反思和深入探讨的，这桩文坛"公案"，不加以纠正和澄清，对于"七十年代写作"就显然有欠公正和有失公道。

我更愿意在这里谈谈我对"七十年代写作"的特点的一些理解，来与大家交流。

"七十年代写作"是一个异常丰繁的创作群体，他们中的每一个都是卓具个性的，但从他们表现出来的个性中，我们还是能找到一些相似的地方，从而也有可能对他们的共同性特点作出一些评估。在我的观察中，他们有这样三个方面的特点比较明显，也值得关注：

第一，是看取生活时带有平民色彩的个人化视角。在"七十年代人"之前，中国当代文学写作占据主导地位的，是"为人民代言"的群体性立场的写作，比较典型的是已去世的陕西作家路遥，他在长篇小说《平凡的世界》里，经常会出现"我"、"我们"的提法，表明他写的不只是"我"，而是"我"和"我们"，他是为"我们"代言的。还有一些作家虽然不像路遥那样明显，但都多少带有为"人民"写作，为"我们"代言的因素，只不过更为隐性一些罢了。"七十年代写作"因为作者成长于由"群体"向"个体"、由"共性"向"个性"大幅度过渡的八十年代，重视个体、凸现个性的成长印记就必然带入写作之中，使得他们的作品既成为一个时代个性彰显的纪录，同时也使他们自己的艺术个性得到充分的展现。而在他们普遍走向个人化的艺术视角中，那种平民的色彩和市民的意味也相当明显。被他们写入作品的描写对象，常常很难确定其身份，有时是求学者，有时是小文人，有时是都市白领，有时是无业游民。这样一些新的社会角色大量进入作品，使得他们笔下的生活充满了流动性、鲜活性，乃至市民性、民间性。我觉得这种平民色彩的个人化视角，在满含个性体验的同时，给文学带来了时代与社会的新生面，以及他们对这种新生面的新观察、新感知。

第二，是由清醒与怀疑的多重因素混合而成的冷峻叙事。如果说每一个文学人都是以自己已经形成的"系统"在面对生活和从事写作的话，那么以五十年代人为主的文学群体大致形成了这样的定势：以浪漫的姿态看待人生，以庄严的姿态对待文学。这种"浪漫"与"庄严"共同作用于写作之后，就常常会去捕捉重大题材，构筑"宏大叙事"；而"七十年代写作"与此明显不同，在他们那里，生活不仅是不浪漫的，而且是不规整的，那就像另一作家刘震云所概括的那样，是捡拾不起来的"一地鸡毛"。他们对于常常挂在我们嘴边的"浪漫"、"理想"这样一些看不见又摸不着的字眼，是持保留态度的，甚至是表示质疑的，他们更多的相信自己所经验的生活，所产生的疑惑，因而，一般不盲目地歌颂什么，不抽象地畅想什么，只是冷峻异常地描写他们看到的和感到的。因此，他们所描绘的生活现状之无奈，常常真实得让人尴尬；他们所表现的人物心境之无告，常常真切得让人惊异。像丁天、冯唐的"成长"题旨小说，像戴来、盛可以的"都市闲人"小说，都在描写别样的生活和别样的人物方面，具有一种如"外科医生"做外科手术一样的冷峻和不露声色。这样的写作，即使从现实主义的文学观念来看，也当属于严谨、严苛的一派，显然在直面现实的文学表现上更为清醒，也更为冷静。少了"宏大"，但添了"冷峻"，这是七十年代写作的又一个特点所在。

第三，把游戏性的因素带入文学写作，在一定程度上起到了给文学减负增趣的作用。在我们的纯文学或严肃文学的写作中，可以看到游戏性的文字，但绝少看到游戏性的姿态。此前的作家大体都是如此，只有一个王朔是例外。而在"七十年代写作"中，游戏性已成为一个普遍性因素。他们重"意思"，更甚于重"意义"；"好玩"、"有趣"既是他们生活中的口头禅，也是他们写作时的出发点。这种游戏性在他们的作品中，有时表现为人物与生活的相互戏弄，有时表现为故事与叙事的相互映衬，使得他们的作品因为具有某种反讽性、戏噱性与幽默性，而格外引人入胜和耐人寻味。在这种写作的背后，我们看到的是一种超越了"庄严"的方式，但依然有效又有力的文学旨趣，它扩展了文学的表现力与感染力，也增进了写作的可能性与多样性。

"七十年代写作"从作者的身份来看，也有一些显著的特点，那就是这样庞大的一个写作群体，有很多人即非体制内的职业作家，又非游弋于市场的文学写手，他们中的多数是在不同的社会行业和文化部门就职，而又坚持纯文学的写作，并且稳扎稳打，孜孜以求。应该说，如果不是对文学抱有坚定的信念，不是对写作抱有深挚的热情，这样的写作不仅难以为继，而且难以形成气候。因此，他们是一个认真追求文学，并不讲求名利，相对纯粹的因爱好文学而从事写作的一个群体。我认为，这是他们最为难能可贵的地方，这也使他们成为当代文坛最为宝贵的力量。因而，我们应该对他们抱以深深的敬意，并寄予极大的期望。

我眼中的 2001 文坛

2001年，是文学依流平进的一年。无论是理论批评，还是文学创作，似乎都减敛了许多浮躁之气，扎扎实实地稳步进取。按照《文艺报》编者的要求，以"之最"方式看取过去一年的文坛，我只好冒着挂一漏万的危险，发表几点个人观感。

2001年文坛最为重要的事件，无疑是围绕着纪念鲁迅诞辰120周年开展的种种活动。此前有关鲁迅的话题就频频出现，2001年更以重评鲁迅和评说"鲁戏"，使鲁迅成为名副其实的热点。通过出书、演戏、研讨等文化"纪鲁"活动，鲁迅作品、鲁迅精神又在新的层面上得以阐释与倡扬。21世纪文学借此与鲁迅取得密切关联，无疑是一大幸事。

2001年文坛最为引人的现象，当属女性写作的进而崛起。女性文学自在新时期全面复苏之后，一直在有条不紊地默默进取，至1990年代后期渐成热潮。2001年，在几代女性作家持续活跃于文坛的同时，是年九月于北京召开的中日女作家座谈会，又把女作家群体更为醒目地推到了前台，使人们看到了她们整齐的阵势、突出的特点和巨大的潜力。这意味着女性写作成为整体文学点缀的时代已彻底一去不返。

　　2001年的长篇小说，有不少作品质量都相当不错，实在不是仅用一个"之最"能说得清楚的。我愿意再做一些具体区分，以便多提及几部作品。现实题材中最见功力的作品，当首推阎真的《沧浪之水》。这部作品不端架子，不拿样子，而只由一个大学生步入政界的个人经历，写出了时运转移中的人性百态与人情翻覆，官场之波诡云谲，反腐之惊心动魄，都尽现其中。在改革题材方面，最值得一读的是陈国凯的《大风起兮》。这是一部直面特区改革历史的小说，但因注重"勾人之性情、人之魂魄"，作品在文学性与思想性的结合上较为熨帖，读来抓人，读后启人。都市题材中最具意味的作品，是周大新的《21大厦》。作品用一个来自乡下又上下调动的大厦保安的视角，看出了先富起来的人们在堂皇外表掩盖下的惶惑内心与种种不幸。作品既有揭穿事情真相的勇气，又有同情病态富人的怜心。乡土题材中最为厚重的作品，是雪漠的《大漠祭》。这是一部写一家两代大漠农人的生的勇气与活的韧性的力作，作品密匝的细节与质朴的叙事，像是从大漠深处挖掘出的一块沾尘带露的"厚土"。

　　2001年散文作品，最值得关注的是余秋雨的《行者无疆》。余秋雨的散文，从类型品味上说，是文化散文，而从写作状态来看，则是行者散文，只不过过去是行走在中国，这回是行走在欧洲罢了。他的《行者无疆》，从中华文明与欧洲文明对话的角度，由现象探询本质，由现状追溯历史，感性的文字中不时闪烁出智性的光亮，"行者无疆"中透出的是"思者无疆"。

　　2001年中最莫名其妙的作品，是以"贾平凹三毛"为总书名、以《岁月情事・俗事春秋》《谈生论死・生病说病》《神秘往事・佛缘佛事》《读书写书・红楼情结》为分书名的一套四本书。这套由张景然编著、中国盲文出版社出版的洋洋数十万言的作品，只是根据贾平凹与三毛一次通信的蛛丝马迹，利用各种著述牵强附会地敷衍成篇，个中既有贾平凹与三毛著作的大量征引，又有各种道听途说的兼收并蓄，不伦不类，不三不四，却愣印了一万多套。这套书对于编著者、出版者来说,是一件耻辱的证明,对于 2001 年出版界、文学界来说,也是一个耻辱的印记。但愿这种有百害而无一利的事情在今后能真正断种绝迹。

2002年：我印象深刻的10本书

1.《无字》，张洁著，北京十月文艺出版社

从阅读上说，张洁的洋洋三卷本的《无字》，并不很好读；但作者从一对中年恋人由相亲、相恋到相离、相怨的过程中所生发和挖掘出来的东西，却以其丰盈和深刻格外地灼人和引人。

人近中年的女作家吴为与副部长级干部胡秉宸在长期的交往过程中由"同病相怜"发展到相互爱慕，这本属自然而然的男女之恋，但却在那个特殊的年代引出了一系列想象不到的家庭问题、社会问题和政治问题，乃至给当事人造成难以弥合的巨大精神创痛。其中，人性之百态，社会之万象，都巨细无遗地显现了出来。一对特殊恋人的情变与婚变，便如此这般地折射了一个特定时代社会生活的演变与畸变。

让人掩卷难忘的，是作者张洁那种漫溢在作品字里行间的爱恨交加的叙事态度，那种强度、力度与深度，都无以复加，又难以名状。正因如此，我们多少才能够理解作者何以给她的三部曲作品以"无字"名之，那是爱

与恨都无以言说的言说。

2.《抒情年华》，潘婧著，作家出版社

潘婧的《抒情年华》，是以小说方式完成的大散文，或者说是以散文的方式完成的叙事诗。这样的小说，是一般的作者无法写出来的，它需要这样一些特定的因素：以"知青"的身份经历过"文革"，在那个非常的时期开始谈情说爱并爱好诗歌，当然还要现在能以平静的姿态、细密的感觉还原过去。这一切，作者潘婧恰好都具有。

这部作品的大部分内容，基本上是写在那个乱糟糟的年代的懵懂爱情与孤单单的流浪，但给人的感觉不是浪漫和温情，而更多的是灰暗与枯涩。无孔不入的"革命运动"，已把个人生活挤压得一贫如洗，使得"成长"中的个人从生活到精神都无处逃遁。

诗歌和爱情，成为那个时候不安分的青春灵魂的唯一栖息地，而且还时常风雨飘摇。在这个意义上，"抒情年华"也即苦乐年华。

不仅在社会生活的层面，而且在精神情感的层面，如何还原我们以往的历史和以往历史中的我们，潘婧的《抒情年华》可能是一个十分难得的文学样本。

3.《作女》，张抗抗著，华艺出版社

张抗抗的《作女》，主要写白领知识女性卓尔和她的女友陶桃、阿不等，既以尽心竭力的态度对待工作，又以优游有余的状态享受生活，还以任达不拘的方式显现着自己。总之，这是一些不安分守己、酷爱折腾、活得风光、过得潇洒的特殊女性。

卓尔之类的"作女"们，是随着社会生活的改革开放逐步"浮出水面"

的。她们得以引人的，与其说是妩媚女性特有的魅惑，不如说是新异个性的尽情挥洒。她们是应运而生的一代，也是引领时尚的一代。张抗抗把这样一些我们既熟悉又陌生的新异女性推向文学的前台，既表露了她对新异生活现象的敏感，也表现了她营造新的文学形象的能力。

一部好的小说，应该与孕育它的时代有某种关联，甚至成为"时代情绪"的审美记录，这是《作女》带给人们的一个有益的启示。

4.《花腔》，李洱著，人民文学出版社

《花腔》是一部从许多人的角度，来追述和忆说当年投身革命后逐渐销声匿迹的文化人葛任的经历与命运的小说。作品叙事人找了许多人来了解葛任的行状与故事，结果还是众说纷纭、莫衷一是，事情反倒更加蹊跷与迷离。

葛任在人们叙述中的迷失，也即在人们记忆中的迷失，也大致等于在革命历史中的迷失。偌大的革命历史，淹没乃至遗失个把像葛任这样的小人物，本不足为奇。但作品叙事人寻找葛任尽心竭力却又不了了之的结果，以及由不同人所勾勒出的葛任不尽一致的面目与臧否不一的看法，却让人感到了某种深深的悲凉。

写《花腔》，作者李洱是下了大功夫的。题材选取本身，便具有一定的"反讽"意蕴，这是显而易见的，除此而外，作品既以不同人的口述与引文，构成了多角度、多层次的叙事方式，还以不同人物的话语都粗中有细、朴中有味，使叙事语言本身厚重而隽永。作品的字里行间，时时闪现着智慧，处处隐匿着"反讽"，时常让你忍俊不禁，或掩卷长思。就经得起细读与耐得住咀嚼而言，《花腔》在近年的长篇小说中绝无仅有。

5.《经典关系》，莫怀戚著，人民文学出版社

莫怀戚的《经典关系》是一部现实题材的小说，但它又和一般的现实题材作品有别，它通过生意场与情爱场的交错演进，写了茅草根、南月一、东方红、东方兰等普通人当下的生存状态。这种状态就是，他们在改革开放的生活中，既不甘于寂寞，又疲于奔命；情爱场上，既在取得，又在付出；生意场上，既有收获，又有损失。两相权衡之后，真很难说谁多谁少，孰轻孰重。

莫怀戚始终对生活中的俗人俗事有着乐此不疲的强烈兴味，《经典关系》这部作品，无论是写俗人释发俗欲的快乐，还是写俗人身陷俗世的烦恼，都真切而生动，亲切而魅人。正是在这种混合了文与野、粗与细、雅与俗的各种元素的生活画面中，他把社会的"现在进行时"表现得活力四射、张力四溢，并以热闹的的生活场景与悲情的人物命运的反差，引人掩卷长思。

《经典关系》还以深隐其中的直率的人生态度和民间的艺术态度的内在交融，报告了莫怀戚在小说创作上日趋成熟的确定信息。

6.《桃李》，张者著，人民文学出版社

在近年的小说创作中，像《桃李》这样写高校校园生活的作品并不很多；而在一些写高校校园生活的作品中，像《桃李》这样既有看头又有嚼头的更其少见。

确实，张者的《桃李》描写其他作品较少涉及的高校校园的研究生生活，在题材上占有补苴罅漏的先机；但更为难得的，还在于它毫不手软地撕下罩在名牌高校身上的温情面纱，从一个局内人抖搂内幕的角度，把某

大学法学院导师与研究生最为日常也最为惊人的人生状况揭示给人们，让人们看到了他们鲜为人知的另一面。

《桃李》里的导师邵景文也罢，弟子老孟、李雨、于莞、张岩也罢，都是治学与赚钱两手抓，谈情与说爱两不误。但玩笑归玩笑，命运归命运；他们从嘻嘻哈哈开始，渐次就走向了悲悲切切，人生终于露出了它原本严峻与严酷的真相。

张者的文笔是亦庄亦谐的，如何以轻松述说沉重，以戏噱揭现庄严，他在《桃李》一作里作了很好的尝试，由此也表现出他独特的艺术才力。

7.《亮了一下》，戴来著，人民文学出版社

《亮了一下》是首届"春天文学奖"获得者戴来的中短篇小说选集，共收有她近年创作的12篇中短篇小说。其中，曾先后入选2000年、2001年中国小说排行榜的《准备好了吗？》《把门关上》，为《小说选刊》选载的《突然》等力作，都悉数编入。

集子中有数篇小说，都以一个名叫安天的男青年的生活行状为描写内容，写他人生中愿望与生活的错位，理想与现实的抵牾，以及在调适自己时又引出的新的困惑。以从青年向中年过渡的男性为主人公，写他们的生活烦恼与精神忧悒，是戴来近一个时期的兴致所在，她也由此渐渐把自己同别人区别了开来，并形成了自己的创作特点。

而我比较喜欢的，则是短篇小说《突然》和《亮了一下》。前者由缪水根到龄下岗后无所事事，闲逛街景时又心生惆怅的几个情节断片组成，悃幅无华地写出了时世变迁在一个普通老者心里激起的层层涟漪；后者写人到中年的路杨正陶醉于自己的婚外恋时又发现妻子的婚外情，索然无味的婚姻和各得其所的偷情这样两种现实他都无力也无意改变；作品以欲抑故扬的手法，冷静而凌厉地揭示了疲惫婚姻所滋生的"红杏出墙"现象。两

部作品都把种种"突然"与"异样",写得不露圭角,自然而然,让你由主人公的个人际遇,回思现实人生。

《亮了一下》可以让人们更充分认识女作家戴来,也可以让人们更完整地认识"七十年代人"的写作。她既用自己的眼光看取人生,又脚踏当下的现实;既用自己的方式表达观感,又传输着时代的脉动:她和他们正在走向深沉、丰厚与成熟。

8.《张看》,陈子善编,经济日报出版社

"张看",曾是张爱玲散文集用过的书名,这个上下两册的《张看》,是新编的张爱玲散文集,只不过沿用了过去的书名。因此,这个《张看》,并非那个《张看》。

张爱玲的散文,有着一个知识女性对于当年那个时世、时风与时尚的敏锐观察与细切感知。从这些灵动的感觉与优雅的文字中,人们既可窥知张爱玲看了些什么,更可以领略张爱玲是怎样看的。这也是当初的张爱玲和如今的陈子善,都很在意"张看"这个深富意蕴的书名的缘由所在。说句在别人看来也许是夸张的话,张爱玲的散文,并不输于她的小说,或者说至少是双峰并峙。

陈子善是著名的现代文学史料专家,他搜集整理的这本《张看》。除技术上的原因少收了张爱玲的四五篇散文外,张爱玲一生所作的散文作品,大都尽收斛中了。因此也可以说,这是迄今为止最为完备的张爱玲散文结集。

9.《激情时尚——70年代中的艺术与生活》,萧悟了编著,
山东画报出版社

这是一本以过往的美术作品来再现过往的时代生活的图文书,它分工

农、文教卫、知青、铁姑娘、接班人、斗争、大日子、小日子、神坛上下等10个专题，以七十年代广为流行的版画、墙画、年画、宣传画中的代表性作品，形象而生动地反映了七十年代"革命化"的艺术劳作，以及由这些劳作折射的"革命化"的社会生活。

七十年代距离我们并不遥远，但人们似乎很少提起，乃至于快要忘记。而不忘记七十年代这样的过去，我们才能更好地认识我们的现在，并对社会生活的演进保持一种深富历史感的态度。《激情时尚》这种以图文并茂的方式重现过去的生活的图文书，以其有心的搜集、有意的整理和有识有见的编排，不仅有助于人们强化对于历史生活的记忆，而且可对完全不了解过去的新人进行形象化历史教育。

10.《一生的读书计划》，（美）费迪曼著，海南出版社

这是美国著名报人兼专栏作家费迪曼教授为读者所做的一份一生的读书计划，书中分门别类介绍了欧美一百多种古今世界名著，实为读书人所应常备常用的读书工具书。

费迪曼做这份读书计划，旨在"避免精神破产"，显现"西方思想与想象力的主流"，因而在作者与作品的选择上，流行性与经典性相兼顾，思想性与艺术性相融合，可以说从《荷马史诗》到现代的各类世界名著，都囊括其中了。还值得称道的是，费迪曼在每条书目之下，都有千字左右的作品介绍，这些介绍以生动活泼的文字钩玄提要，精警凝练，要言不烦，本身即构成引人又启人的读书指南。

《一生的读书计划》，在八十年代由某家出版社出版过一个简本，当时曾在读书界流行一时。这次的海南版，又增收了所收作品的精彩选段，从而使其更加完备。

2003年的5部长篇小说

1.《白豆》，董立勃著，人民文学出版社

以轻盈的叙事、清醇的故事，抒写了白豆的个人悲剧，及其造成她个人悲剧命运的时代的悲剧。

2.《放下武器》，许春樵著，人民文学出版社

作品在解疑答惑中完成故事的讲述，让人们看到了进入官场秩序之后的郑天良如何难以自抑地由好变坏，由"清"变"贪"。

3.《我们的心多么顽固》，叶兆言，春风文艺出版社

这似乎是一个不断追求自己的梦想的故事，又似乎是一个暗中品尝堕落的快乐的故事，还似乎是一个在欲望的沦陷中苦苦挣扎的故事；什么都

不是，又什么都是。

4.《扎根》，韩东著，人民文学出版社

以极其细腻的个人感觉，状描极其琐碎的生活细节，把"下放"、"扎根"这样的人生迁徙过程，还原到最民间、最原始和最日常的状态。

5.《手机》，刘震云著，长江文艺出版社

由内敛的语言描述日常的细节，由日常的细节构筑真切的故事，又在真切的故事中包孕苦涩的内蕴；读来引人入胜，读时忍俊不禁，读后感觉辛辣。

不仅仅是"昨天"

——读三本有关历史的书

《十年风雨纪事——我在北京工作的一些经历》,吴德,当代中国出版社,2004年1月版

《我的先生——王蒙》,方蕤,长江文艺出版社,2004年3月版

《又见昨天》,杜高,北京十月文艺出版社,2004年3月版

我有读回忆录一类忆往怀旧书籍的偏好,尤其是那种基于个人的体验与体味,或口述、或自述的文字。那会让你由某个人的独特经历切入某段难忘的历史,并引领你超越"看客"的身份与作者和他所再现的历史同行。套用古人"知人论世"的说法,读这类书委实能"由人知世"。

新近读到吴德的《十年风雨纪事——我在北京工作的一些经历》,就颇有这样的感觉。曾任北京市委第二书记兼市长、市委第一书记兼革委会主

任等职的吴德的这本口述实录，讲述了他由 1966 年～1976 年间在北京工作期间所经所历和所见所感，内中包括了"文革"初期的派撤工作组、中期的夺权运动与老干部保护，后期的"革委会"的组建与"天安门事件"，以及国务院文化组的运作、江青与"四人帮"的肆虐，林彪事件与粉碎"四人帮"的经过等，可以说从一个重要而独特的"当事人"角度，描述了"文革"在北京的发生与发展，完全可以当成一本北京的"文革"史来读。书中，不仅真实地记述了大小事件，还真实地描画了各色人物，步履维艰的周恩来，仗势弄权的江青等，都由具体而微的事件与细节给予了相当生动的写照。这使它不仅具有相当的可读性，而还具有重要的实证性。

方蕤所著的《我的先生——王蒙》，看起来是以"不抱西瓜"，"只捡芝麻"的方式，写日常生活中的王蒙，但正是这种细微末节和家长里短，反倒使人感觉真切、印象深刻。有了谈恋爱中的王蒙，有了当生产队长的王蒙，有了"遇事瞎着急"的王蒙和清晨里"厨房磨豆浆"的王蒙，王蒙作为"这一个"才更鲜活、更丰盈和更特别。

还有一本杜高的《又见昨天》，读来也颇有意味。这位戏剧家的人生真是充满了戏剧性：先是因为认识路翎，被打成"胡风集团的外围分子"；后又因敬崇吴祖光，被打成了"二流堂"的"小家族"。因结交文友而频频获罪，人的厄运中折射的是时代的悲剧。在这样的作品中，我们读到的不仅仅是"昨天"。

2005年的10部长篇小说

1. 阿来《空山》，人民文学出版社

作品以细节化的现实图景，深切叩问一个小人物和一个小山村的悲辛命运。卷一《随风飘散》，写小男孩格拉，如何因人言而被虐杀；卷二《天火》，写藏乡机村怎样被激进的时世所摧折。无论是写格拉的冤屈，还是写机村的颓势，阿来都没有在事件本身上花过多的笔墨，而是把笔力放在面对突如其来的打击和不可遏制的压力，人们在情感上和精神上的艰难承受和痛苦变异的过程。

2. 贾平凹《秦腔》，作家出版社

作品在时代大背景和社会大变革中，写了农村的新旧交替与农民的游离土地。一边是新兴商品经济不可阻挡的强劲冲击，一边是传统村社经济

的江河日下的日益解体，农民们在忙活自己的家常生活的同时，无不对目下的出路与今后的前景感到惶惶然、茫茫然。作品里，关于村社文化的式微，关于秦腔艺术的衰落，都使作品带上了浓得化不开的悲剧氛围。作品像是用苍凉而悲怆的"秦腔"，在为现代乡土文明的悄然变异吟唱一曲悠深致远的挽歌，让人惆怅，引人深思。

3. 毕飞宇《平原》，江苏文艺出版社

作者以充满乡土质感的丰沛感觉和丰饶细节，讲述了苏北乡村少年端方在一个特定年代里的充满坎坷的生存状态与成长经历。作品给人深刻的印象或唤起人们沉重记忆的，是"文革"期间弥漫于日常生活的乡村政治，以及无处不在的政治权力对农人的有形与无形的约制——包括应有的尊严、自发的爱情、当兵的夙愿。在这里，无告与无奈交织在一起，让你权且活着但又活得惆怅而憋屈，让你怀有理想但总是得不到真正的实现。

4. 刘醒龙《圣天门口》，人民文学出版社

作品在一个世纪的时间跨度里，围绕着雪、杭两大家族，国、共两大势力，有纵横交织又相互牵制的不同政治力量的斗争、不同文化信仰的较量，以及串结其中的情爱纠葛婚恋恩怨，主要揭示了崇尚暴力与暴力革命在推进历史的进程之中显而易见的双刃剑性：它一方面通过集权的方式、极端的手段加速了政治目的的实现，使传统的乡间走向了现代化、革命化；一方面又以血腥的争斗和惨烈的后果，把人际关系简单化，把社会生活粗鄙化，从而使传统乡间的人文伦理和田园梦想日见稀薄，甚至风光不再。

5. 余华《兄弟》，上海文艺出版社

作品以两个破碎的家庭重组为一家人的种种遭遇，写了"小人物"在特殊年代里的异常艰难的生存状态。作品中，由武斗和暴力构成的社会环境的冷酷，由理解和爱怜构成的家庭生活的温热；宋凡平和李兰在相互尊重的基础上给予对方的人格尊严，以及他们不顾一切地对这种尊严的自我维护，都让人感动感奋，起恭起敬。"小人物"就这样以自己的方式书写着他们看来平凡实则非凡的个人命运。

6. 东西《后悔录》，人民文学出版社

小说在一个人如何用一生来犯错，又用一生来后悔的故事中，淋漓尽致地描写了一个与女人没有情分、与时代没有缘分的背运者，总是使自己的想望与欲求在现实中频频落空的悲戚一生。曾广贤的"后悔录"，因"后悔"全是与最基本又最重要的爱和性与自己的擦肩而过有关，整部小说在不动声色之中让人为之嗟叹，为之惊愕。"小人物"的人生如何失意和失落，这在某种意义上既是个人的问题，又是社会的问题。

7. 王安忆《遍地枭雄》，文汇出版社、上海文艺出版社

作品经由一个蹊跷异常的故事，给人们道出了一个人从善到恶，由好到坏的偶然、简单与容易，以及此岸到彼岸、枭雄与英雄的一念之差和一步之遥，更由对韩燕来由出租司机转换为劫匪同伙和对毛豆的心理过程的探悉，揭示了他因为身份低下和感觉失落在心里积存的莫名的愤懑和改变

现状的渴望，这样的一个心态实际上和那样一个遭遇的暗合，使得韩燕来由劫持感到了某种快感，他把自己的被劫持当成了一场人生的游戏。作者在这里，以敏感又悲悯的文学的情怀，给边缘性的"小人物"给予了一种善意的心理抚摸，寄予了一种深切的人文关怀。

8. 曹文轩《天瓢》，长江文艺出版社

作品所主要表现的两个人物——杜元潮与邱子东，因在"整"与"被整"上相互较劲，经历彼此勾连，人生相互纠缠。把纷繁的世俗生活凝结于两个人物，又把复杂的个人命运浓缩到两个人的一生，这在别的作品中很少见到。而杜元潮之所以与邱子东在后来较劲不已，皆因童年时代受尽他的欺侮，包括玩耍中被凌辱，女友被抢夺；成年之后的他要一一清算童年时期的旧账，并在相互较劲中彻底占据上风。童年的伤痛其实一直影响着他，甚至主宰了他成人之后的继续"成长"。

9. 蒋韵《隐秘盛开》，十月文艺出版社

以卓富诗意的文笔和通体浪漫的叙事，抒写了名为潘红霞的女性在情感上默默守护的暗恋，其实也是从情感的角度书写女性的成长。故事忧伤之至，主题浪漫之极。在这个感人的故事里，单相思是那样苦涩，又是那样甜蜜；从少女到成人，都一直悬空着的爱恋，使她只好把非常态当作了常态。这其实也是爱恋上的另一种补偿、情感上另一种表现和人生中的另一种风景，而这就是不能没有爱又难以实现爱的一类女性（也应该包括一些男性）的隐秘成长史。

10. 杨志军《藏獒》，人民文学出版社

作者杨志军通过一只名叫冈日森格的藏獒，进入仇家领地之后面临的种种凶险与挑战，写出了天性英武又善于学习的冈日森格，是如何在战斗中成长，在成长中进取，在进取中称雄。杨志军写狗，一如他写人。因为他注重的是藏獒特有的狗性，而这种狗性，又是那样的人性化。因为具有了这样的人性化的狗性，那一只只藏獒好像是一个个披着狗皮的人。从这里我们可以进而探悉杨志军关于藏獒的观念，那就是他把它们当成是与人平等的另一个群体与主体，而不只是把它们当成是附属于人的主体的一种客体。

2006年的10部长篇小说

1.《笨花》，铁凝著，人民文学出版社

《笨花》我认为是铁凝从事长篇创作以来最为厚重而精到的一部力作，也是近年以来长篇小说创作领域里的一个重要收获。从长篇小说艺术的角度来看，它在各方面的表现都很均衡。作品通过向喜的线索，勾勒了近代中国历史的演变，由此也给笨花村的小场景提供了一个时代大背景。作品的重心在于通过笨花村的农人的生存状况和生死歌哭，实现了层层递进式地抒写民间生活、民族文化和民族精神。我觉得它的没有士兵的抗战、日常生活的细节描写等，是最为精彩的部分。在这样的文字里边，我们能感受到作者对乡村生活、农人性情的深入了解和深挚热爱。这些内在的感情投射，对于长篇小说是十分重要的，也是有的作家常常缺少的。

2.《生死疲劳》，莫言著，作家出版社

《生死疲劳》出版之后，作者莫言接受采访时说到这部四十多万字的作品是43天写出来的，随之引起了读者的质疑；其实一部作品的写作时间的长短，并不能直接和作品质量划等号；但《生死疲劳》是激情之作，确是确定无疑的。作品以章回体和"六道轮回"的故事线索，着力塑造了蓝脸等农人的生存与愿望，揭示了中国农民和土地剪不断、理还乱的内在而复杂的关系。作品的精彩之处在于由不同的人物汇聚了一条记忆的河流，并由个人身体里动物拟态构成了集体性喧哗，作品一如既往地表现了莫言的超常的想象力和表现力，在这个意义上，他是用"向中国古典小说和民间叙事的伟大传统致敬"的方式，逾越着并延展着"传统"。

3.《我的丁一之旅》，史铁生著，人民文学出版社

这是一部要用心阅读、细心体味的现代爱情小说。史铁生用洁净优美、富于诗意和理性的文字描写爱情、性和性爱，追溯爱情的本原，探寻爱情的真谛和意义。那些灵与肉的纠缠、性与爱的排演，那些孤独的感动和温情的抚慰，那些柔软的故事和坚硬的哲理，无不给人以情理之中的体验和意料之外的启示。小说的过人之处，在于作者将"我"拆成三个人，以"我"、史铁生、丁一三位一体同时或交叉出现，多个线索同时进行，它既打破了时间和空间的限定，实现了肉身和灵魂的对话，又揭示了人性之深邃与复杂。

4.《红煤》，刘庆邦著，北京十月文艺出版社

《红煤》主要描写的是青年农民宋长玉怀揣着改变命运的种种梦想去苦苦奋斗，结果却步入邪路的过程，是一个当下中国的"红与黑"的故事，即一个原本质朴、本色的农村青年渐渐变成一个刻薄、势利的不法商人的经过。但作者并没有把这个故事简单化，而是具体而微地写出了这种变异的演进过程和内外原因：小农意识的势利与基层官员的腐败。而这两种病症是彼此感染、相互影响的。换句话说，过去是"官逼民反"，现在则可能是"官腐民变"。写出这样一个在看似痛快中让人备感痛苦的真实现状，是这部作品的深刻寓意所在，也是这部作品的最大价值所在。

5.《碧奴》，苏童著，重庆出版社

《碧奴》是重说"孟姜女哭长城"的传说的作品，写作中苏童充分发挥了他先锋文学与新历史主义相杂糅的艺术技巧，在以"情"为主的前提下，特写式地再现了古代女性的心路历程。在他的笔下，一个关于压抑、苦难、生存和执著的故事，一个为爱而生、为爱而死的女性形象深深地打动着读者。他在一个古老故事的外壳包裹下，为读者讲述了一个远比简单的历史传说更丰富、更艰难的千里征程，重现了一幕幕迷人眼目而又惊人心魄的精彩场景。

6.《悲悯大地》，范稳著，人民文学出版社

范稳这部接续着《水乳大地》之后描写藏区宗教与民族文化的长篇新

作，通过两个家族的恩怨情仇和一个藏族青年摆脱世俗仇恨、一心求佛的曲折经历，表现了爱与狠、情与仇、善与恶、人与自然、人性与神性的纠缠与共处等丰厚内涵，从而使悲悯的主题呈现出震撼人心的动人力量，生动展示了20世纪前半叶藏区生活的宗教习俗与民情风俗画卷。

7.《如意高地》，马丽华著，北京十月文艺出版社

马丽华的长篇新作《如意高地》，主要由清末民初由川进藏的军队统领陈渠珍的复杂而传奇的经历，来回溯和再现西藏百年的历史沧桑。作品中感人至深的是陈渠珍的爱情传奇，作者并未着很多笔墨去写陈渠珍的藏族妻子西原，但时时事事就在身后的倩影与弥留之际的"一生三世，我都会陪你"的挚情话语，把一个耿耿情怀又默默奉献的贤良女性表现得让人起恭起敬。

8.《狼烟北平》，都梁著，长江文艺出版社

《狼烟北平》是在写上世纪三四十年代狼烟下的北平，但出彩的却是贯穿性的人物——一个拉洋车的车夫文三儿。小说中的文三儿，身上既有劳苦大众的朴实善良，又有遇弱逞强，得过且过的性格，当然也有穿梭于风流场所的生理需求。这样一个平常又复杂的人物在作者笔下栩栩如生，活灵活现，堪为少见又独特的性格形象。在当代小说不再重视典型人物的情况下，都梁笔下的文三儿不能不让人感到欣喜。

9.《莲花》，安妮宝贝著，作家出版社

《莲花》作为小说来看并不中规中矩。作品在一种散漫又内倾式的叙述之中，尽情传达了人物的一种情态、心迹与意绪，而这显然在撞人心扉、

沁人心脾和促人省思上别有所长。作品渐次让人深深陶醉其中的是，一种男女之间和人际之间的诚挚的、透明的、长久的和逾越了功利的人间真情。而这也正是《莲花》一作的写在今天的价值所在，这样的纯净、纯挚之情，清澈澄明，诗意盎然，让人神往，也引人省思。

10.《新结婚时代》，王海鸰著，人民文学出版社

王海鸰的这部新作是由恋爱的纠葛与婚姻的破裂书写当下的婚恋现状的，她的过人之处，一个是会编织故事，而这些故事还真切无比；一个是注重细节描写，这些细节又真实无欺。因而，她一直很受欢迎。我觉得有人把她的作品看作是通俗小说有些慢待了，她的作品应该是以通俗表象包裹着的写实力作。由婚恋现状到伦理问题，再到现实生活，这是她常常把读者引入进去又带领出来的基本路数，由此，她起到了打通小说与现实密切连接的独特作用。

遭遇"媒体时代"

——回望2006年的文坛

如果说前些年人们谈论"媒体化"和"媒体时代",大都属于纸上谈兵和理论务虚的话,那么,在2006年的文坛,由网络领域里的口水大战、"恶搞"事件,到大众报纸的文化娱乐化,文学事件化,文坛戏剧化,再到易中天、于丹等人的经由央视"百家讲坛"的迅速窜红,媒体利用各种手段把自己的表现力、搅动力和影响力表露得可谓淋漓尽致。从中,人们不仅看到了媒体文化的强势登场和出色表演,而且切切实实地感到了势头强劲甚至是来势凶猛的"媒体时代"的真正到来。

这样的感受之于我,特别强烈,也特别实在。

说起这样的感受,有一件事不能不说,那就是发生在2006年3月上旬的所谓的"韩白论争"。事情的起因是我在我的博客里贴的《"80后"的现状与未来》的文章,评点了一些"80后"作者,并就"80后"的总体特点与大致走向作了评估。文章里说到:"80后""走上了市场,没有走上文坛";"从文学的角度来看,'80后'写作从整体上说还不是文学写作,充其量只能算是文学的'票友'写作"。在具体作者评点中，曾这样说到："韩寒的作品，在《三重门》之后，越来越和文学没有太大的关系，他的作品主要是表达自己的一些观念，比如对教育的体制性问题的系列反叛等。"这样便招致了韩寒的恼怒，他写了《文坛是个屁，谁都别装逼》的短文，进行脏话连篇的谩骂式的批评。因为一上来就是这种非理性又非善意的辱骂，便没有办法进行正常对话。于是，我只好关闭博客。因此，这样一个"遭遇战"，随之就变成了"口水战"，并没有真正争论起来。

这件事情的起因好像是如何看待"80后"的问题，实质性的问题主要是我对如张悦然、李傻傻等"80后"作者肯定较多，而对韩寒的评价不够高，使他恼羞成怒。事情的背后，可能还隐含了不同代际的人对于文学、文坛的种种迥异的看法。

这一事件及其后果在文学、文化界的影响，可能在于使人们看到一些青年人利用网络平台以非理性语言肆意表达其愤懑情绪和叛逆姿态，而我的感受除此而外，还有对于由网络、博客和报刊构成的媒体文化对于文坛和文学人的利用与裹胁，以及背后隐含的诸多问题。

其一，是由韩寒和其"粉丝"的姿态与语言看，在一些年轻的文化新贵和新人之中，一种反智性和非理性的思潮正在生长和流行。

人们一般多把韩寒当作"80后"群体的代表性人物来看，其实不能把韩寒看作是整个"80后"写手群体的代表，他在"80后"中并不具有普遍的代表性。我当年对他所作的评价，即"越来越和文学没有太大的关系，他的作品主要是表达自己的一些观念"等，现在看来也还是准确的。然而，他又因此而具有了另外的代表性和影响力——以文学的方式反叛从学校教育到当代文坛、当下社会里自己不喜欢的一切。2006年间，他在与我"论战"之后，几乎对文坛出现的许多事情和事件都有自己的评点式的表态，并以这种方式来表明他对文坛的不屑。其实，他对当代文坛并不真正了解。他从高中辍学之后开始写作，他在接受采访时曾说过自己基本不读当代文学作品，以他现有的学历以及有限的自修来看，他对于文学创作、当代文学都没有多少了解与认知。他的写作主要凭靠聪灵的感觉与叛逆的意识。他对当代文坛的鄙薄，主要是出于贬低他人，抬高自己的需要。而在这种反叛传统、反秩序的背后，则是反智识、非理性的自我表现。问题还在于，这种反智识、非理性的姿态，因为可以借以宣泄某种情绪，可以化为某种消费，既有着众多的拥趸，又有着相当的市场，从而可能以一种"山头"的方式在文化"江湖"得以延续和发展。最近，有两件事证明了这种情况。一个是韩寒博客在新浪博客的排名以5千万点击量名列第二，仅次于排名第一的"老徐博客"；一个是韩寒因出书等方式迅速暴富，在"2006年中国作家富豪排行榜"以年收入950万元名列第三。这一切都表明，韩寒和他的种种文化行为，已经从一种个人化的文化现象走向了一种思潮化的产业滚动，而这正是需要人们摒弃轻视态度而加以认真关注的。

其二，由网络、博客的频频出现"口水化"论战和"恶搞"事件，显现出这种新兴媒体在"个人化"、"民主性"的旗号之下，一方面在成全"草根"，推出新人，一方面又在滋生着种种无序、无德又无良的现象。

网络作为一种交流渠道和互动平台，它的先天优势在于参与者的平等对话和互为主体。这使得它的写作，与传统方式的写作绝然不同，在自由写作的同时，并且具有自发表性和自传播性。这种特性，使得它成全了许多卓有才情的文学写手，给他们提供了演练和展现自己的广阔舞台，并迅速地成长和成名。这种特性，又使它成为一些平庸作品、恶俗作品和垃圾文字的存身之地和上演场所。因而，这便使泥沙俱下、良莠不齐成为网络写作的一个基本状况。而在博客写作出现之后，更是把网络媒介的长处与短处加以放大和延伸，博客的自由与开放，隐名与互动，使得个人博客在2006年成几何数字的迅猛发展。我在博客兴起之初，曾说过"博客寄身于网络，它是信息化大海里的个人化细胞。现在，网络文学尚在发展，文学博客应该是其中的一个生长点"（《答〈佛山日报〉记者问》）。那是我还不了解博客时的个人主观预测，在我自己经历了开博客又关博客的体验之后，我对博客的看法有所变化，并深感博客对于我的不适合。不同的群体会有不同的圈子，而博客并不是适合于我的场所，它和我的意愿构成了某种悖论。在网络上我想找的人找不到，想要的交流没有，收获的多是我不想要的。我以为，博客并不适合于严肃的文学写作以及学术交流，它更适合于偶像明星和他们的粉丝群体之间的"互动"，那是他们的极乐世界。明星什么都不说，就说"今天我累了"，后面的跟帖就有几千条。偶像喜欢谁，"粉丝"们就跟着去叫好，偶像不喜欢谁，"粉丝"们就跟着围剿。这是偶像和"粉丝"这个特殊群体再好不过的联络渠道和互动频道。

而且，网上出现的种种"恶搞"事件，常常很快小事变大事，口角成口水，也与一些网络博客的主持与主管不无关系；他们瞪大眼睛发现线索，用重点提示、话题聚焦和首页推荐的方式，招引更多的网民关注和介入；他们不怕有是非，就怕不出事。只要在法律法规的限度以内，事情闹得越大越多越有看头，越有"人气"。我觉得，在网络、博客这样的自由之地出现的种种问题，说到底，是我们整个社会文化素质，道德素质的缺欠的一种反映。因为越是充分自由的场所，越是需要个人素质和反映个人素质。我们现在在网络、博客这样的地方看到的，多是自恋、自恃与自诩，自律、自制与自重严重缺乏。现在博客上的问题很多，种种口水事件给一些人造成了困惑，甚至造成了伤害，也成了社会文化生活种种乱象的策源地。然而，让人感到两难的是，也不能对博客这种特殊形式一概而论，毕竟这是目前唯一存在的最为自由的个人写作方式，同时网络传播的速度，作者与读者之间的及时互动等，都是传统写作与纸质文学无法比拟的。现在需要研究和解决的，是如何扬其长，避其短，使其成为当下文学的一个新的生长点，在社会文化建设尤其是和谐文化建设中发挥更为积极一些的作用。

其三，由平面媒体尤其是大众报纸的别有所图的事件追踪和连续报道，日益显现出他们正在以他们的角度和立场导引广大受众和影响当下文坛。

在人们的印象之中，平面媒体因为有高水准的编辑、记者和严格的审稿制度，文化品位和品味都要高于网络媒体。但其实不然，因为平面媒体之间的同行竞争，以及与网络媒体的跨行竞争，平面媒体在不断地"变位"和"变味"。现在几乎都在大众化、娱乐化的轨道上一路滑行，而且称得上无所不用其极和"义无反顾"。他们既在网络、博客上寻找事件素材，也在现实文坛中寻找热点话题。一些报纸媒体包括一些有影响的报纸媒体，似乎巴不得文坛出点事，恨不能事情越闹越大，他们以跟踪采访、两边对访等方式，用断章取义、渲染题目等伎俩，趁机"煽风点火"和不断"推波助澜"，力图把一场争论事件化，而后再戏剧化。这样在不知不觉中媒体就成了"导演"，当事人就成了"演员"；而"导演们"的努力与愿望，便是想方设法把这样的事件由"折子戏"拉长成"电视连续剧"，以便达到他们吸引受众、招徕读者的目的。一个最为典型的例子是，12月11日重庆一家报纸用《中国当代文学是垃圾》为题，报道德国汉学家顾彬对中国当代文学的否定性看法。两天时间内，108个中国国内媒体随即予以转载，在国内外引起轩然大波。消息传到德国，顾彬先生才知道此事，他立刻声明"那家重庆报纸显然歪曲了我的话"。"我肯定说过，棉棉等人的作品是垃圾，但对中国当代文学整体我没有这样说。"这里，一个说法如何在断章取义中变成一个事件，以及如何迅速向国内外传播开来，真是让人为之惊叹和惊愕。

以前，我们只知道"媒体即信息"的说法。而现在，更让人们从大量事实中清楚地看到："媒体即传播"，"媒体即舞台"，"媒体即编导"。

2006年，从所谓的"韩白论争"，到"孔子与章子怡谁更能有效地代表中国文化"，从"玄幻文学之争"、"梨花体诗歌事件"等，从电视到图书的易中天的《品三国》、于丹的《论语心得》等，都把网络、电视这些新生媒体的威力发挥得淋漓尽致，也把传统媒体的大众化趋向表露无疑。文坛一直在谈论媒体时代的文学生产，如果说以前只是空谈和务虚的话，那么2006年发生的这一切，已给人们带来了确定无疑的信息，那就是这样的一个媒体时代已经真正降临，并开始对我们的文学、文化的生产与运作，发生着前所未有的巨大影响。至少这种强势的媒体报道，把人们对于文学、文坛的印象改变了，扭曲了，使得人们从他们的描述中看到了一个由种种事件构成的多事的甚至是戏剧化的文学与文坛，那个由许多实力派作家的潜心创作和大量各类作品构成的高雅文学和主流文坛，在一定程度上由媒体以他们的方式裹挟了，遮蔽了，成为退居于后台的和藏匿于媒体背后的隐形文化存在。

这样的现状意味着什么，我们需要如何应对？这显然已经是迫在眉睫的问题了。我没有深入和仔细地琢磨其中的利弊得失，只是从自己的切身经历中体味到：这样的媒体和"媒体时代"，在只从自己的角度和自身的利益执行其功能和发挥其优势时，对我们的社会文化生活不只有其利，还显然有其弊。我们需要切实关注目下的现状，认真研究存在的问题，努力找出相应的对策来。

2007年的10部长篇小说

1. 格非《山河入梦》，作家出版社

这是作者"人面桃花三部曲"的第二部，作品看来似乎是讲述在1952～1962年间的江南农村，出身于大资本家家庭的姚佩佩与梅城县县长、40岁的老革命谭功达之间的一段曲折迷离故事。但他真正要揭示的，其实是身为梅城县县长的谭功达，在20世纪五六十年代在梅城县所力图展开的充满理想主义的社会主义运动。但事与愿违，随之而来的挫折和遭遇，使他的乌托邦梦想逐渐破灭。这部作品向人们表明，在当下社会中一些名作家开始在切近市场甚至迁就市场时，而格非却仍然在坚守着自己的创作理想。

2. 盛可以《道德颂》，人民文学出版社

从作品女主人公"婚外恋如何被婚姻所腐蚀"的感喟里，人们能够觉

出这部作品的不同寻常。事实上，这部在传统眼光看来是写女主人公陷入不怎么道德的婚外恋泥淖的小说，通过女主人公的始终如一的追求和推心置腹的省思，反而向当下的婚恋现状发出了严肃的诘问：到底谁更道德？我们的道德到底怎么了？故事卓具张力，人物颇见内力，这无疑是一部切入现状有力度，揣摩人性见深度的情爱力作。

3. 许春樵《男人立正》，中国青年出版社

小说以下岗工人陈道生的遭际与命运，独到地切入现实和审视人性，在陈道生因搭救吸毒失足的女儿，被好友刘思昌骗去从左邻右舍借来的三十万元钱之后，陷入妻离子散的巨大苦痛，进入八年还债的苦难历程，直至自己最后身患绝症。小说通过陈道生这个小人物的悲怆人生，鞭挞了现实社会的道德失范，呼唤人际信任与道德理想的重建。因此，这是一部在反思现实、审问灵魂中，焕发出了灼热的人性光彩和人道主义的作品。

4. 孙惠芬《吉宽的马车》，作家出版社

作品以紧贴农民工生存现场的笔触，在朴素而真切的生活故事中托出了以吉宽为代表的鲜活而生动的农民工形象，他们带着乡土的本色与局限，把握着城市的血脉与脾性，打工的经历悄然改变着一个个农民，而他们也由此进入了文明化的痛苦而必然的进程。作品的字里行间，都洋溢着深厚绵长的乡土情思与善解人意的女性情怀。

5. 储福金《黑白》，人民文学出版社

作品以陶羊子从民国初期到抗战胜利几十年的跌宕人生，层层递进式

地写出了这个天才棋王的人格精神，博大精深的围棋文化，而围棋的理念、精神与意蕴，又水乳交融地融化在了人物的性格和民族的命运之中。棋理与事理，棋性与人性，棋道与人道，一切都纠结于"黑白"之间，埋设于"黑白"之中。

6.贾平凹《高兴》，作家出版社

农民刘高兴先是将自己的一个肾卖给了城里人，后又与同乡五富来到城里拾破烂……他力图亲近城市，但城市却冷漠依然，并给他带来始料不及的命运……作品以原生态式的白描手法，口述体的自述方式，为读者撩开华丽都市的帷幕，真切展现了底层人们的艰窘又坚韧的人生。作品对农民工的殷切关注和深切体察，以及字里行间释发出的浓郁的人文情怀，都撞人心扉，让人自省。

7.麦家《风声》，南海出版公司

小说以代号"老鬼"的李宁玉的独特经历，讲述了我地下情报工作者出色而惊险的斗争故事。作者以层层剥茧的方式和严密推理的叙事，将特情、侦破等故事要素与小说艺术、人性的探掘巧妙地结合起来，在"道高一尺，魔高一丈"的故事叙述中，展开了理性与情感的高强度较量，揭示了我地下工作者彻底的革命精神。这部作品的发表，进而奠定了作者在智性写作中的重要地位。

8.肖克凡《机器》，湖南文艺出版社

作品以娓娓道来的叙述，细针密缕的故事，把伴随着新中国工业的发

展历程，第一代工人的迅速成长、第二代工人的独特追求，写得有声有色，神采飞扬，很令人荡气回肠，感念不已。还不止如此的是，在主要纠结于两个工人夫妇的成长与命运的人生故事中，作品中还不时透射出作者重审历史的深邃，反思人性的苍凉，让人在亦喜亦忧中陷入深深的沉思。

9. 刘震云的《我叫刘跃进》，长江文艺出版社

作品以某民工建筑队的厨子刘跃进的种种意外遭际，状写农民工走进都市之后难以预料又难以应对的遭际引来的迷失与迷茫。作品的奇妙之处，是作者由日常化的生活事象娓娓道来，写着写着就情趣横生，意外连连，由极其现实性的生活故事，揭示了不无荒诞的人生意蕴。在这个刘跃进为生存而奔波的过程中又意外地陷入为生死而担忧的故事里，作者写出了人生的或然性，命运的偶然性，更写出了影响与导致这种或然与偶然的复杂社会因素。

10. 冯积岐《村子》，太白文艺出版社

作品通过地主的儿子祝永达获得解放之后的所经所历，勾勒了农村近三十年的深刻变化，这种变化在祝永达看来，有的是变好了，有的则变得不好了。因之，祝永达不得不几进几出，最终与村里的权力把持者分道扬镳，坚定地去走自己所认定的又能够把握的道路。在经由祝永达的经历串结的农村的剧烈变化中，虽然不见刀光剑影，也没有你死我活的斗争，但是，由外在世界的冲击到内部势力的消长，农民的心里既充溢着激情，又充满着激荡，这种变化因为匿影藏形、不露圭角，如同地火一样在无声中奔突和运行，反倒更为复杂，更为微妙。

"80后"在成长

——2007年的一个可喜现象

纵观2007年的文坛,有关媒体时代文学现状的考察,有关长篇小说创作的丰盛,乃至文学评奖、作家排行等的得失,都有不少可说的话题,但给我印象深刻的,当是"80后"的成长与青年文学工作的提升。比较而言,这一现象的出现因为不易,因为重要,更其难得,也更具意义。

近几年来,在图书销售市场曾经有着骄人成绩的"80后"写作,除去几位偶像型写手因"粉丝"较多拥有稳定的学生读者群之外,一直存在着新的作者难以显露出来,新的作品难以造成影响,乃至整个青春文学没有真正走出校园的圈子,不为更多的人们所知晓的诸多问题。但这样的一个状况,在2006~2007年初开始有所改变,一些出版社相继推出了属于"80后"群体的一些实力作者和新锐作者的小说新作,而这些"名家"力作和新人新作也以其新的探求和新的气息,在文坛内外引起了一定的反响。

2006年,"80后"中的实力派作者周嘉宁、蒋峰和张悦然,分别拿出了他们的长篇新作《往南方岁月去》（春风文艺出版社），《淡蓝时光》（中信出版社），《誓鸟》（光明日报出版社），三部作品各以新颖的意趣和对自己以往写作的突破，预示了一些喜人的动向。

周嘉宁的《往南方岁月去》以主人公"我"在晦涩人生中的爱情追求，写随着爱情一同成长的青涩青春，作品在看似"随意"而"莽撞"的遭际中，旨在寻索纯情与真爱，而"我"、忡忡等青春伙伴，正是在这种痛苦与甜蜜相搅拌的经历与经验中，理解着爱情与友情，铸造着青春与年华，成长着我们和他们。因为清丽引人，作品相当好看，又因为清醇启人，作品又很有嚼头。蒋峰的《淡蓝时光》，以日常化的故事讲述一个名叫李小天的青年画家不期而遇的爱恋经历，"试着去爱"的成长内涵与幽默风趣的语言，使得作品淡而有味，平中有奇；而字里行间蕴含的那种对自在状态的自省意识，使得作品明显超越了同类题材作品的写作。张悦然的《誓鸟》，以一个中国女子在南洋海啸中失却记忆的遭际，描写了一个无助女性的种种人生磨难，抒写了一个生命个体对于记忆的苦苦追寻；作品最为引人的是对一些相互矛盾因素的巧妙融合：善与恶、美与丑、爱与恨，从而释发出浪漫与现实相混合的特异气息，也表现出了张悦然越来越敢于并善于处理"复杂"和面对"重大"的勇气与才力。可以说，张悦然、蒋峰和周嘉宁等作为"80后"中坚持严肃文学写作的代表，已经由他们的新作，表现出了在写作跋涉上的可贵进取。

2007年，又有属于"80后"群体的几位文学新人携带小说新作向人们走来，如七堇年的《大地之灯》（长江文艺出版社），郭敬明的《悲伤逆流成河》（长江文艺出版社），鲍尔金娜的《紫茗红菱》（春风文艺出版社），孙睿的《我是你儿子》（长江文艺出版社）等。

《大地之灯》的作者七堇年，是一个只有19岁的在校女生，但这个少女作者却显示出了超乎她的年龄与阅历的成熟与老到。作品在一个名叫简生的男孩的成长故事中，涵盖了相当丰厚的人生内容，其中既涉及父辈的上山下乡经历，父母在特殊境况下的爱恋及其无奈弃子；又涉及破碎家庭的孩子的孤独无助及其与单亲母亲的矛盾与恩怨，还涉及一个无助的学生、孤独的男生对可亲又可信的女老师的忘年依恋。而作品的动人之处，还在于一直遭遇不幸的简生，在历经了种种磨难长大成人之后，满含着一颗爱心和善心，既原谅了出事遭罪的母亲，又收养了无奈逃婚的藏族少女，还在自己挚爱的女老师的弥留之际毅然舍弃一切陪她度过了余生。感恩在这里，放射出了异彩，也给人一种意外的感动。

读郭敬明的《悲伤逆流成河》，让我有两个意外的感受：一是没有想到他那种清新引人的文字，不仅没有丝毫的减退成色，而且含带了不少散文的韵致和诗的气度，使得作品的文学品味更为浓郁；二是没有想到作品里的故事是如此沉重，人物是如此无告，在直面学生生态现状的淋漓叙事中，一种叫做责任感的东西扑面而来。从这部小说新作里，可以读到郭敬明为学生弱者代言的平民姿态，也可以读到他对于父母与子女、老师与学生、家长与家长、学生与学生之间的诸种不谐之音的捕捉、揭示与批判，这使得整部作品散发出了一种浓重的"审父"（或"审母"）意识。我觉得，这应该是这部作品的真正价值之所在。

《紫茗红菱》的作者鲍尔金娜，是北京服装学院的在校学生，作品通过紫茗和红菱这一对校园姐妹花彼此有别的个性与遭际，书写了从青少年时代就岔开了的迥异的人生故事。作品在直面学校与家庭存在的问题中，揭示了学生生活的生态现状，批判了羁绊着学生健康成长的诸种社会性因素。作者的语言，有一些鲜活，又有一些不屑，读来硬朗、犀利、痛快，这种少有学生腔和文学腔的文字，在青春文学中委实并不多见。

孙睿过去给我的印象，是在貌似自述中纪实，语言自然随意，作品没有匠气。而他的《我是你儿子》则明显加强了故事的营构与人物的塑造，作品在杨树林与杨帆父子一直很不和谐的相互关系的讲述中，既以亲情说事，又以细节取胜。无论是前半段的为父之难，还是后半段的养子成人，父子关系在种种转换之中，都既击打着亲情，又考验着亲情。临了父亲得了肾衰竭后，儿子喊出"我是你儿子"为父亲捐肾，让人真切领略了一曲感人至深的中国版的"父子情深"。作品文字潇洒，京味十足，显示了孙睿在文学创作上的趋于成熟。

还有一些在中短篇小说领域里认真耕耘的"80后"作者，在 2007 年也取得了不少的成果，造成了一定的影响，如在《人民文学》发表中篇小说的王莹，在《青年文学》发表中短篇小说的葛虹、沈璎璎、马笑泉、马牛、水格、米米七月、莫小邪、罗湘歌等。如果说 2006 年，我们已经由一些"80后"作者的作品，看到了"青春文学"悄然变异的某些信息的话，那么，2007 年的这些在长篇、中短篇领域全面亮相的"80后"作者的作品，则以在内容与形式，题材与题旨等方面的厚度扩伸与力度增强，大大地超越了青春文学的已有范式。这一切都向人们表明，随着"80后"一代在人生中的成长和艺术中的历练，在他们中间还在不断涌现出新的文学才俊，而已经破土而出的知名作者们，也在以不同的方式实现着创作的转型与进取，而这必将使整体的"80后"写作和青春文学发生令人欣喜的进步与变异，使这个写作群体最终完成由自在性写作向自觉性创作的艰难过渡。

正因为这种变化之可喜和重要，一直是各种媒体的热点的"80后"，在今年开始成为了文坛之中的一个热点。这种关注分为两种情形，一种是来自主流文坛的走近与研讨又有新的动向，一种是因为其中一些作者申请加入中国作协，敏感的媒体进行了跟踪性的报道，引起了多方面的广泛关注。

在中国作协今年公布的新会员名单中，有属于"80后"群体中的郭敬明、张悦然、蒋峰、李傻傻等人。几位"80后"作者，在作协会员专家咨询组的讨论中顺利通过，又经过作协书记处的最后批准，既说明他们已经具备了中国作协会员的必备条件，也体现了主流文坛对于"80后"的关注与提携。我一直认为新生代作家应该与主流作家加强联系，互相交流，而这一方面的工作做得还相当不够。因为只有相互走近，才能彼此了解，相互影响。这种走近与交流，是互相有益的。"80后"加入中国作协，看得见的影响是增加了"新鲜血液"，使作协相对年轻化了，同时会带来一些新的文学气息，使作协可能通过他们取得与年轻作者的联系；而对其他"80后"和那些游弋在体制之外、寄身于网络之中的青年作者，会传达给他们一个确定的信息，那就是包括中国作协在内的现有体制其实都是向他们敞开着的，是关注着他们的，而他们除了在网坛上、市场上打拼之外，也可加入作协这样的组织，在体制内获得生存与发展。这会使他们的文学之路更加宽阔和宽广。

"80后"创作出现新变化，"80后"加入中国作协，连同鲁迅文学院举办青年作家班，全国青年创作会议的召开，2007年好像成为了又一个"80后年"，这无疑是很值得欣幸的。

2008年的8部长篇小说

1. 邓一光《我是我的神》,北京出版社

在这部充满英雄之气和悲慨情怀的作品里,作者由蒙古族老军人乌力图古拉与其几个儿子的人生坎坷与内在冲突,讲述了人们在命运的起承转合中的自我主体意识的觉醒,以及由受他人种种影响到自我追寻精神依托的艰难过程。世上本无"神",有"神"也在自身。这是乌力家族第二代人的可喜觉悟,也是整个民族的难能觉醒。伴随着这种个人的、家族的精神寻找,小说别具一格地描绘出与共和国息息相关的两代人的命运与心路,记录了他们半个多世纪经历的风风雨雨,勾勒出一个鲜活的时代,也充分表现作家自己在艺术创作上对自我精神世界和精神本体的追问与追寻。

2. 阎真《因为女人》，人民文艺出版社

阎真曾以《沧浪之水》描写了年轻学人被官场文化逐步同化从而使自己异化的可怕结局，而这部《因为女人》则描写了一个纯真女性从追求理想爱情到坠入无爱婚姻的悖论的可悲过程。在这个柳依依无意中成了别人的情人、最后无奈结婚的故事里，作者直面当下现实，看来是向情爱发出置疑，向女性发出诘问，其实也是借此问向男性，问向社会。"因为女人"，就该不幸？这是谁家的道理？问题很现实，内涵很丰沛，甚至很玄奥，但确实值得反问、追问和拷问。题旨很宏大，描写很细切，甚至称得上是丝丝入扣，劈肌分理，这使得这部作品既很见内力，又颇具魅力。

3. 徐坤《八月狂想曲》，北京十月文艺出版社

《八月狂想曲》以北京奥运为题材，但又不局限于奥运本身，它以北京奥运场馆建设为主要线索构架故事，塑造了以黎曙光为代表的一代年轻的城市管理者和建筑设计师的崭新形象，作品既直面现实又高扬理想，背叛与误解，诱惑与沉迷，沉痛与无奈，欢笑与泪水，牺牲与奉献，共同营造了现实与浪漫相融合、真实与梦想相对接的雄浑意蕴。为新人造影，为奥运高歌，以充满青春生力和时代活力的气息，构成了以独特的方式对百年奥运梦想和国运昌盛的讴歌。

4. 凸凹《玄武》，江苏文艺出版社

这是以五十年历史为背景，以京西农村为场景的抒情史诗般的乡村变

迁画卷。其中，对中国乡村基层权力的运作内幕的深刻揭悉，十分令人触目惊心；对乡村农人精神从萎缩到自信的成长的细切刻画，尤为令人起恭起敬。霸道的村长王立平与无告的老农万明全在长期较力中的此消彼长，生动揭示了农民精神力量的增长与增强，这是比增产和增收更为重要的收获，因为它意味着普通农民在人生中的自立与自强。于此，作品把五十年农村的巨大而深刻的变革也揭示无遗。

5. 蒋子龙《农民帝国》，人民文学出版社

作品以改革开放三十年为背景，以农民中的能人郭存先的人生经历为线索，细腻而深刻地描写了农村生活起伏跌宕的变化，更入木三分地解析了权力对人性的腐蚀与扭曲。"暴富"的过程使郭存先渐渐地忘乎所以，他把郭家店当成了郭氏"帝国"，而自己则是这个"帝国"至高无上的"皇帝"。于是，喜剧开始向悲剧切换，最终自己和整个"帝国"走向了毁灭。没权是草根，有权是枭雄；掌管权力就草菅人命，权欲膨胀便目无一切。郭存先的人性变异，有他作为一个农民的自身性格局限的因素，更有农村基层权力因缺少制约，很容易使掌权者随心所欲的原因。作品于此，也显现出了自己的深刻意蕴。

6. 毕飞宇《推拿》，人民文学出版社

作品由一个推拿店、几个按摩师入手，渐渐展开盲人按摩师独特而真实的日常生活。作品的出新之处，不只是写了在文学和小说作品中很少得到反映的盲人的生活，还在于作者本着对盲人极大的尊重与理解，站在盲人的角度去感受、理解世界，并以自己诚挚的内心、智慧的叙事，去真切地体味和还原这一部分人群丰富而细腻的心灵世界，写出了这一特殊群体

的快乐、忧伤、爱情、欲望、野心、狂想与颓唐等。

7.党益民《石羊里的西夏》，中国文联出版社

作品在外战与内战、兵战与心战的立体画卷之中，向人们诉说着西夏民族的历史劫难及其背后的诸多隐秘，作品特别写一些有志向又有血性的铁血男女，歌赞了悲情历史中的悲壮英雄和闪光人性。这里边最为耀眼的，当数统军德仁。这个集将相之才于一身的人杰，置身于西夏这个争权夺利的错乱的大棋盘，栖身于三国这个争霸逞强的错综的大棋局，什么都无法实现，什么都不能改变，无力回天的他，只能随着日薄西山的西夏一同灭亡。德仁这个英才个人的不幸与西夏的不幸，就这样难分难解地交织在一起，让人们为造化与人、时世与人的命运关联而慨叹、而唏嘘。

8.赵本夫《无土时代》，人民文学出版社

文化人石陀倡导乡土文明而未有任何回响，而农民工天柱把361块城市草坪"换上麦苗"的一时之误，却在木城激起了滔天巨浪。这样的歪打正着的故事，与其说是一种生活事实的描述，不如说是一种人生理想的演绎。在石陀这个文人的失常和天柱这个粗人失误的相互连缀的故事里，作者赵本夫在作品表里现出了一种超乎寻常的意蕴与理念，那就是对于"无土"的后果的揭示，对于"恋土"的努力的歌赞。

在成长中成熟

——"80后"在 2008

在重大事件接连不断的 2008 年,"80 后"也始终是其中一个相随相伴的话题。人们在地震的志愿救助与热情声援中,在奥运火炬的传递和奥运赛场的竞争中,都能听到"80 后"的声音,看到"80 后"的身影。可以说,在 2008 年,"80 后"几乎无处不在,"80 后"更加走向成熟。

在 2008 年的当代文学领域里,"80 后"的作者群体也格外引人注目。他们不仅在新型的网络文学、类型文学、青春文学的写作中表现出众,辄领风骚,而且在传统的中短篇小说、长篇小说领地里,也不断出彩,多有突破。我甚至认为,2008 年之于"80 后",是个超越自我的重要转折的年份。

近年来,网络文学不断向类型化的方向发展,并以系列化的小说作品拓辟着出版市场,这对传统文坛以严肃文学为主的格局构成了重要的补充与丰富。而在 2008 年间,以"蔡骏作品及中国类型化小说研讨会"为标志,类型化小说开始为主流文坛所关注。据悉,这是国内主流文坛首个有关类型小说的研讨会。在研讨会上，评论家指出，"类型小说在市场和读者中的影响力已大大超乎我们的想象，我们应该通过观照类型小说，来反思自己，来反思严肃文学存在的问题"。此后，主流文学界开始较多地关注类型小说，有关的评论与研究也逐步增多起来。

权威的北京开卷信息技术有限公司提供的"2008年文学图书畅销排行"表明，在2008年度销售排行前20名文学图书中，以青春、玄幻、职场、时政等小说为主的类型化文学作品占据了其中的半数以上，而属于"80后"作者的作品，就有郭敬明的《小时代》《幻城》，落落的《不朽》，安意如的《人生若只如初见：古典诗词的美丽与哀愁》。畅销的未必是经典，但却一定有看点。郭敬明、落落、安意如的作品能在众多的作品中脱颖而出，确有其引人的亮点与赢人的支点。如郭敬明把故事的要素与时尚的元素巧妙结合的独特叙事，落落以华丽的文字表达温暖的情愫，安意如带着丰沛的情摘对于古典诗词的赏析，都很能引动青年读者，引领阅读市场。但市场上比较畅销的，主流文坛往往并不看重，这种反差也颇值得我们深思。

相比较之下，在靠近传统写法的小说领域里取得的一些进展显得更为重要，也更让人兴奋。2008年，不少"80后"作者纷纷在《中国作家》《青年文学》等主流文学期刊发表作品，《十月》杂志第四期在"小说新干线"专栏，一并推出祁又一、马小淘、董夏青青、桂石、少染、王小天等六位作者的中短篇小说，其中祁又一的《失踪女》，马小淘的《不是我说你》，先后被《小说选刊》、《中篇小说选刊》选载。这两篇作品，在引人的故事与别致的意趣中，都表现了"80后"作者看取生活的新异视角，以及作者的个性化才情。如《失踪女》以类乎悬疑的笔法一路写来，在女主人公的时隐时现的行止中，把当下都市男女的爱情游动表现得淋漓尽致，一切都来去随意，游移不定，只好放弃"永远"，就追求那"瞬间的爱"和"这个瞬间为我所爱"。《不是我说你》，在美女主持林翩翩与电台老总的忘年恋情里，似乎是写纷乱现实对年轻女性的无形迷惑，又似乎在写身陷不伦情色的女性陶醉其中，温床与陷阱，怅惘与自省，都在揆情度理的叙述中显现得纤细无遗。如此的故事，如此的意蕴，确实在引人疾读中又耐人寻味、发人深省。

在长篇小说写作中，"80后"们在2008年也可圈可点，其中有三部作品相当突出，比较值得关注，这就是颜歌的《五月女王》，郭敬明的《小时代》，七堇年的《澜本嫁衣》。三部作品不仅在作者原有的创作基点上都有新的进取，而且在同代人整体写作的路数上，也各有明显的突破，均以各有千秋的特色实现了与传统的长篇小说创作的对接。

颜歌的《五月女王》，通过少女袁青山疯长身体而被别人视为另类的怪诞故事，揭示了一个真确的主题，那就是成长中被人冷落、被人遗忘的痛苦。作品最让人为之心酸的是，几次写到袁青山在梦中梦见了妈妈时留出的说不清是什么含义的泪水；还有就是为了让小男孩张沛能宽容自己，接纳自己，她小心翼翼，不顾冷遇，那份乞求的心情，期盼的神情，已远远超出了这个年龄的孩子所能承受的，所该付出的。还没长成大人，就被归入了"另类"，还没走入社会，就被判定了"多余"；而这个"多余"的"另类"，为了个体的生存，为了生命的苟活，竟是那么地步履维艰，那么地含辛茹苦，这到底是这个人有病，还是这个世界有病？当这个问题由袁青山的命运悲剧异常尖锐地提出来之后，作品也因而有了让人思索不尽的意味。作品还通过袁青山的线索，带出了四条街上各色人等的众生相，写出了平安镇特有的风土与人情；而影影绰绰带出的关于古代的神灵，突变的身体等异端现象，又使作品平添了不少神秘的的文化气韵。颜歌在"80后"的作者中以故事诡秘、语言老到著称，这部作品在叙事与语言上都更显成熟。

郭敬明的《小时代》，看来是写他所熟悉的大学校园的生活，但林萧、南湘、顾里、唐宛如四位女生彼此的友情及各自的爱情的错综交织，却细致入微地写出了当下都市的缭乱生活与当下时代的迷乱情绪。四位女生的人生观与爱情观都各有异，有的务虚，有的求实，有的放纵，有的势利，但在对待爱情与对付男友上，四个人却彼此帮衬，相互照应，"组合"起来强力出击，但世事纷繁，情事难料，男人狡黠，他们背后还有别的女性纠缠不休。于是，无论"单兵作战"，还是"团体应战"，都难以做到锁定男友，赢得真爱，结果依然身心疲惫，黯然神伤。作品的表面噱头是时尚，是调侃，甚至是自嘲，但欢颜难掩苦恼，内里仍是汩汩不断的忧伤。跟郭敬明之前的作品相比，《小时代》对人物性格的刻画，对人物心理的发掘，要更为突出和深刻，尤其是以类乎女性视角的微妙感觉去进入女性的内心，并注意由人们的种种内在感应和作者的议论性叙述，来揭示社会与时代在飞速发展过程中给人们尤其是给年轻女性带来的一些迷惘与创痛，如"旋转的物欲和蓬勃的生机，把城市变成地下迷宫般的错综复杂"；"我们微茫得几乎什么都不是"等等。压力巨大，变化剧烈，措手不及，难以应对，林萧等女性遇到的问题，是个人的，更是时代的。在这个意义上，这是一部反思都市女性当下人生并呈现出一定深度与力度的作品。

七堇年的长篇新作《澜本嫁衣》，以当下都市为背景，为一位沦落风尘的青年女子吟唱挽歌。作品里的女主人公叶知秋在其短促而紊乱的人生里，有太多浓得化不开的情愫与况味。她是母亲叶青一夜情的产儿，之后又被继父强暴，被母亲当做累赘送走。成年之后，由于寻求爱情，受制于无良的康以明；因为自挣学费，从业余吧女变成了职业妓女。由此，作品写出了面对欲望的诱惑与捕捉，人性尤其是年轻女性的人性脆弱。"哀莫大于心死"，叶知秋用她短促而迷乱的一生演绎了这一说法，而这种演绎又是何等悲怆，何等决绝？年轻作者的冷峻文笔已经让人为之钦佩了，而更让人为之惊叹的，还是作者在写出这一切之后的淡定与从容。作者在作品里转述罗曼·罗兰的话说："看清这个世界，然后爱它。"这里，作者通过罗曼·罗兰的名言来借以表达自己的创作意图乃至生活信念，而她的《澜本嫁衣》便是以艺术的方式对这一意图与信念的最好诠释。

以"80后"作者为主体的青春文学，越来越成气候，有气象，而一些作者经由这种青春文学写作的演练，在生活看取和艺术表现上不断成长和走向成熟。如今的青春文学已经不是那些由校园、由爱恋等简单的符号所构成的充满稚气的游戏文字，而是具有着自己的生活含量与艺术追求的严气正性的文学创作，它以自己的青春姿态和新异方式，接续着传统意义的文学写作，弥补着主流文学的明显不足。在这个意义上，它越来越显得重要起来，甚至让人觉得不可或缺，大有希望。

2009年的8部长篇小说

1. 刘震云《一句顶一万句》，长江文艺出版社

这部作品具有一种非同寻常的丰沛与丰盈。从阅读感觉上看，由起初的友人与友人的隔阂，父亲与儿子的嫌隙，似乎是写人与人之间难以"过心"的症结；后来又由杨百顺等人的无常又无定的漂泊，感觉似乎又在写人难以把握自我命运的乖蹇；细细琢磨，其中又有对乡土性的反思，国民性的审视，乃至人的孤独性的剖示。

2. 阿来《格萨尔王》，重庆出版社

作品用优美的文学语言和娴熟的小说笔法，重述了传承至今的藏族英雄，作品在两条线索、两个人物的交织叙事中，讲述了格萨尔王与说唱人晋美的成长过程及其英雄业绩，作品在史诗的诗意、英雄的人性化等方面，表现出高超的文学叙事，体现了"重述神话"的当下价值与开放性，使藏

族史诗所承载的藏族民族精神得到深度的挖掘与弘扬。

3. 莫言《蛙》，上海文艺出版社

作品由"姑姑"这样一个典型人物，讲述了一个乡村女医生的性格变异，进而揭示了实施计划生育政策几十年来的功过与是非。晚年的"姑姑"，始终处在一种不无矛盾的反思之中。通过这样的反思与矛盾，也深刻折射出了时代与历史的矛盾。

4. 高建群《大平原》，北京十月文艺出版社

作品讲述了陕西渭河平原上一个普通农家高氏家族三代人历经的种种苦难和不幸，以及在顽强生存的同时努力捍卫尊严的感人故事。通过几个代表性的人物，较好地做到了以小乡民写大乡土，乃至以家族史写近代史，使人们看到一个人与一个家族的关联，一个家族与一方土地的关联，一方土地与一个社会的关联，一个社会与一个时代的关联。

5. 方方《水在时间下》，上海文艺出版社

作品在汉剧女艺人杨水滴坎坷的人生经历中，既表现了她的坚韧倔强，又表现了她的任性记仇。因而伴随着她的，始终是爱与恨的情感纠葛的不停变幻，是苦与乐的交替从未间断的人生悲剧。有着多种原因，但主导性的是性格的缺陷，在这个意义上，她的命运的悲剧，也是性格的悲剧。

6. 曹征路《问苍茫》，人民文学出版社

作品由柳叶叶、张毛妹，马明阳、陈太、赵学尧、何子钢等各个阶层的人物，描写了在改革开放的进程与市场经济的发展中，各色人物既在其中展现着自己的力量，又在其中微调着自己的立场，拷问着人们的灵魂。在经济与社会生活中，"资本"以其贪婪又无情的本性，如何拽住人们，让你或者无端臣服，或者无奈顺应，这部作品可谓是表现得淋漓尽致了。

7. 刘醒龙《天行者》，人民文学出版社

这部作品是对作者早年的中篇小说《凤凰琴》的故事的续写，作品在一如既往地直面现实中，选择了一块变化不大的社会现实，那就是山区民办教师的生存现状，以及他们为"转正"付出的种种代价。但正是由界岭小学的这三次"转正"，又让人们从中看到了他们的艰难与困苦，更看到了他们的伟大和善良。

8. 苏童《河岸》，人民文学出版社

作品在小主人公库东亮的难以自主的人生难题，以及由此带来的重重密云与种种玄机的叙说中，从一个孩子的独特角度窥探了动荡的社会生活，及其给普通人造成的种种危难与困境。他因被禁止"上岸活动"，只好住在一条船上，漂流在一条河上。这种异常的灰色记忆与隐秘的人生体验，将少年的青春骚动与成长困惑表现得淋漓尽致，也把社会的无情与政治的冷酷，个人的卑微与生命的顽强，都揭现得无以复加，让人唏嘘不已。

在新变中前行

——2009年文坛印象

到2009年，文学进入新世纪已近十年。如果说前些年的文学与文坛，大致还是在一种波澜不惊的状态中平稳发展的话，那么2009年，则可以说是在活跃不羁中暗潮涌动，甚至在风起云涌中预示了一种物换星移的新的可能。我把自己这种的感受概括为四句话，这就是：传统在坚守，类型在崛起，资本在发力，格局在变异。这样几个焦点性的问题的提出，也应是这一年文学与文坛的实情的一个基本描述。

传统在坚守

传统文学也即体制化文学，或以严肃文学为主的主流文学。这一块在2009年，是在过去的基础上持续发展的，收获也是一如既往的平实。总体来看，没有比过去更好，也没有比过去下滑。从作协的工作情形看，今年是有明显起色的，比如高度关注"80后"与网络写手等文学新人，更为看重网络文学、类型文学等等。都比过去更见活力，更有力度。作为文学创作标志性体式的长篇小说，2009年在总量上获得了前所未有的发展，出版各类作品三千多部。这个数字是从新闻出版总署得到的，据说真实的数字可能还要大于这个数字。去年的长篇数量是1200～1500部，今年翻了一番。主要的原因在于，相当多的网络写作与类型化作品转化成为纸质作品，使长篇的总量陡然增大。但专业作家、传统写作这一块，也有一些值得注意的新变。一些名家回到现实，回到故事，实现了又一次漂亮的转身，如刘震云的《一句顶一万句》，莫言的《蛙》等；阿来用小说笔法重述藏族英雄史诗，写出了诗意化的小说《格萨尔王》；在直面乡土现实写出新意趣方面，则有高建群的《大平原》，秦岭的《皇粮钟》；在命运与时运的纠结中审视人性的力作，则有方方的《水在时间下》，苏童的《河岸》，徐贵祥的《四面八方》。既反映改革开放的历史进程，又反思当下的社会问题的，有阿耐的《大江东去》，曹征路的《问苍茫》，刘醒龙的《天行者》，王小鹰的《长街行》。官场文学在2009年也有明显的艺术突破，代表作有王跃文的《苍黄》，王晓方的《公务员笔记》。海外华人华文小说，在2009年也有新的亮点，如张翎的《金山》，李彦的《红浮萍》等。

类型在崛起

　　类型小说到底有多少类型，因为区分不同，看法并不统一。结合现有的作品类型与流行提法，我把它归为十个大的门类，这就是：架空\穿越（历史），武侠\仙侠、玄幻\科幻、神秘\灵异、惊悚\悬疑、游戏\竞技、军事\谍战、官场\职场、都市情爱、青春成长。如果再细分，还会更多。类型小说过去主要流行于网络之间，现在除去网络之外，还伸延到了传统文学的许多领域，当然在网络上，火爆的都还是类型小说。但今年转化为纸质出版的力度很大。长篇小说在目前市场上最为畅销的也都是类型小说，主要是职场小说、官场小说，起印就是五万、十万，累计起来就更多，有的达到五十多万，有的上到一二百万。有的类型小说开头一本做火了，就不断出续集，有的已经续到了第五、第六，依然还很火爆。还有一些类型化的文学杂志也不断增多并陆续出版，如武侠类、玄幻类、惊悚类、青春文学类等等。类型化作品当然并不等于低俗，但靠题材类型与故事类型取胜本身，就使它天然地属于通俗文学和大众文学。在这背后，是阅读的分化，趣味的分化，甚至是"粉丝"文化的表现，再进一步说，是关系文化，利益文化，有人提出要研究"粉丝经济"，这确实是一种越来越显见的事实。

资本在发力

在过去的文学、文化领域，说到"市场"的很多，没有"资本"一说，但现在事情发展了，资本找到文化、文学了。因为市场要做大，扩展。文化要生存、发展，相互就找到了对方，便由此形成了目的不尽相同的利益联盟。看得最为明显的是民营书业的大力发展，他们通过做畅销书集聚了相当的经济实力之后，纷纷与出版社建立深度合作关系，批量出书，然后再与影视公司合作搞影视，把一个作品的商业价值与潜能充分地加以挖掘。还有以盛大公司为代表的文学商业集团，先以收购几大文学网站的方式整合网络文学资源，把好的网络文学写手网罗在自己旗下，进行明星化的打造，使之成为不同类型写作的旗手与偶像，又超出网络写作，既由做文学竞赛、文学评奖发现和网罗文学新人，又由版权代理、作家经纪、作品内容延伸开发等吸引知名实力派作家，这种盯人作业或业务，实质上是从根本上着眼和着力于文学产业链的开发与培育的需要。最近，盛大公司以控股的方式重新打造"榕树下"文学网站，就是以作家为资源，以文学为龙头，与影视公司、电视台、唱片公司、游戏公司联手合作，开发系列文学文化产品,并在辐射力与影响力上争取最强和最大。在这背后,是盛大背后的庞大的资金投入。据说,盛大母公司在美国上市已有七十亿(人民币)市值,今年又注册了新公司在美国上市,市值近五十亿(人民币)。他们每年约投入盛大文学公司一个亿(人民币),这样的资金投入,是国内的其他文化、文学部门无法比拟的。

格局在变异

关于现在的文学格局,我曾有过"三分天下"的比喻,现在看来,已是越来越显见的现实。我们过去的文坛,大致上是以专业作家为主体队伍,文学期刊为主要阵地,作协和文联为基本体制的一个总体格局。这样的一个当代文学的传统结构模式在经历了八十年代、九十年代,进入新世纪之后,因为文学赖以存身的经济基础、文化环境和传播手段等都发生了前所未有的剧烈变动,对应着经济基础、文化环境和传播手段的变化,市场化、大众化和传媒化联袂而来,文坛在被动应变和主动求变的两种动因之下,文坛开始发生结构性的变化。比如,几十年来基本上以文学期刊为主导的传统型文学,已逐渐分泌和分离出以商业出版为依托的市场化文学(或大众文学),以网络媒介为平台的新媒体文学(或网络文学)。

今年有两个重要现象很值得注意,一个是全国的数字出版业产值超过750亿元,首次超过传统图书出版业600亿元的产值,成为国内出版业的主力军;一个是"微博"由年初的200万,年底增长到了4000万。这样一个迅速成长,加强了博客写作的强势发展。这些实际上都是重要的信号,是格局在变的信号。今年有关网络文学侵权案件频频发生,这些乱象的背后,其实也是格局演变的一种表现。

传统文学依然有影响,有活力,这自不待言,但影响在缩小,活力不及别的新兴版块,却是一个事实。传统文学不是一切都好,新兴文学不是一切都坏，两个方面需要互相学习长处，弥补短处，以适应新的读者，新的环境，新的时代；如何在挑战中寻求新的机遇，在坚守中获得新的成长，或者说进而增强应变的积极性与主动性，已是一个必须面对的严峻问题。

个性显扬　品类多样

——2010年上半年长篇小说印象

当2009年年度长篇小说的出版总量达到三千多部之后，人们对长篇小说的发展不免有些既喜且忧，尤其对2010年长篇小说的创作几乎抱有一种悬疑式的期待。现在，上半年已经过去，梳理、盘点上半年的长篇小说，我的一个突出印象是：因为类型小说的大量增加，长篇小说数量依然不少，但又由于实力派作家的自我超越，文学新人的拔新领异，2010年上半年的长篇小说在依流平进之中，时见精彩之笔，不乏厚重之作，而且在总体上呈现出一种个性显扬，品类多样的基本走向。

实力派作家在2010年上半年相继亮相的，有朱晓平、杨争光、艾伟、宁肯、石钟山、徐小斌、潘向黎等。他们在新的创作中，既显示出了自己惯有的个性特点，又在不同程度上表现出某些超越，都让人有或眼前一亮，或心里一惊的感觉。

曾以《桑树坪纪事》一鸣惊人的朱晓平，沉寂多年之后拿出了《粉川》（人民文学出版社2010年4月版），这是他的《苍白》三部曲中的第一部。这部作品在传奇性的曲婉故事中，汇聚了十分复杂的人生内涵。"骡子腿"与女相好，马飞雄与女戏子，白三怪与小嫂子，几个男人在兵荒马乱之中不避汤火，奋然前行，而系恋他们的，滋润他们的，却是身后的贤良可人、风情万种的各类女性。混乱的时势，浑厚的土地，上演着美与丑、情与仇、爱与恨、兵与匪、男与女相互博弈又相互依附的人间大戏。乡土文化与生殖文化在日常生活的深切融合与自然流动，构成了作品浑象又浓重的特有文化底蕴。

杨争光的《少年张冲六章》（作家出版社 2010 年 4 月版），是把生存环境看成一种特殊的"土壤"，通过少年张冲在学习与成长中，被家庭与父亲、学校与老师的层层约制与重重打磨，从而变异成为一个"问题孩子"的过程，来反思传统文化与应试教育自身的严重问题。作品充满深切的反思与愤懑的反诘，但这一切都由人们司空见惯的日常生活自然而然地带出，读来在引人入胜之中令人惊醒，让人汗颜。

艾伟的《风和日丽》（作家出版社 2010 年 1 月版），由尹将军的私生女杨小翼寻父的艰难过程，审问了不负责任的父亲，也审视了一个不堪回首的时代。渐渐地，作品又由杨小翼的命运坎坷，尹将军的舍情取义，以及相关人物的彼此影响的悲欢离合，揭示了在革命至上的那个年代，"革命"对于人情的忽视，人性的漠视，实现了对过往历史的深刻回思与深切反省。

一直对西藏题材情有独钟的宁肯，这次写作的《天·藏》（北京十月文艺出版社 2010 年 6 月版），依然是以西藏为背景，但与他此前作品不同的是，小说在相对简单的故事情节里，植入了相当繁复的内容与意蕴。由王摩诘与维格的关系，马丁格父子的对话等，探讨了佛学与哲学、社会与历史、身体与精神等话题与课题，对人的生存现状与处境，构成了饶有意味的诘问与拷问。有人认为，宁肯的这部作品在他的小说艺术探索上走得最远，可视为先锋写作在新世纪的最新进展。在浮华又浮躁的今天，能写出这样的作品实属不易，能读到这样的作品也实属幸运。

徐小斌的长篇新作《炼狱之花》（人民文学出版社、长江文艺出版社2010年4月版），与她之前的写作也是大相径庭，以神女海百合与作家天仙子为主的两条线索，构成魔幻与现实相交织的叙事方法，但两条线索都指向社会文化生活的媚俗与混乱，势利与丑陋。经由奇幻的艺术方式直击当下的社会现实，作品体现了作者潜在的能力，也考验着读者内在的智力。

擅长表现军旅生活的石钟山，多以革命历史题材的写作为主，但他的《横赌》（《中篇小说选刊》2010年增刊第一期）一作，却是走进了"灰色地带"——赌博江湖。作品通过"横赌"这样一种特异的处世方式，揭示了人性的复杂，人生的悲壮，以及父与子之间"剪不断，理还乱"的特殊纠葛。历史时代与社会生活如何深刻地影响命运、主导人生，冯山父子相互勾连的遭遇与变异，是一个不可多得的例证。

潘向黎的小说写作，一向葆有文人化、女性化的特点。她这次推出的《穿心莲》（人民文学出版社2010年4月版），一如既往地优游自若，风度娴雅，但读进去之后便会发现，在那随意而淡定的主人公自述中，在那细腻微妙的女性感觉中，不时埋设着她对于爱情本质的深刻讯问，对于人生意义的尖锐诘问，这时你会明晰地感觉到，她的小说圆里有方，她的写作绵里藏针，她的风格柔里含刚。由此，也把她长于以小博大，善于举重若轻的艺术特点，也表露得淋漓尽致。

在2010年上半年登场的小说新秀，以女作者居多。她们或以全新的姿态初涉长篇，或以出新的力作超越已往，无不以其新的风采给人以新的惊喜。

以写作中篇小说为主的杨映川，在《女的江湖》之后，又新推出了长篇小说《魔术师》（《小说月报·2010年增刊》长篇小说专号2）。她过去的写作，长于在蹊跷的故事情节中，书写人物把握自我命运的能力，有时还带有女性主义的明显底色。这部《魔术师》，减敛了冒险，淡化了偶然，以学魔术的冯时的人生拼搏和当记者的朱聪盈的媒体经历两条线索，揭悉了当下都市纷繁世相与男女之间的紊乱关系，揭示了在社会交际与情感交往中的诚信缺失，给人们平添的种种困惑，带来的种种问题。作品在一种引而不发的叙述姿态中，流溢出一种对于生活、对于现实的深深忧虑。

"80后"女作家马小淘的《慢慢爱》(《作家·长篇小说春季号》)，涉猎的仍是他们群体所熟谙的都市情感题材，但在电台女主播冷然并不顺遂的恋爱际遇中，却表现出了作者对于当下现实的既广且深的感受与认知，以及从容不迫的把握与表现。冷然因为优雅、矜持，而渐成"剩女"，她虽然"事业遭变故，爱情没着落"，但依然按照自己的方式去"慢慢爱"，在无奈与自立相混合的状态中，女性主义的意味也或隐或显地散放了出来。

文学新人余红，在上半年又拿出了她的第二部长篇小说《鸿运》(湖南文艺出版社 2010 年 6 月版)，这部作品属于当下流行的"官场文学"一类，但却写出了自己的发现，自己的新意。作品中年轻又漂亮的女局长沈运，"常在河边站，就是不湿鞋"，在这个人物身上，人们看到了属于年轻一代的新的素质，那就是既要"更好地开展工作"，也要"更好地实现自我"，把个人价值植入人生理想的追求。作品由跑关系、拉裙带、走后门，深入揭示了权钱交易中新的花样与社会生活中的隐形歪风，又由官场新生代面临的挑战与接受考验，写出了官场新人物与女干部在社会风浪与官场风云中的新进取与新风貌。

上半年间，还有一些长篇小说新作，或在题材拓展上有新的进取，或在主题探掘上有独特意蕴，也很撩人眼目，颇值得关注，如范稳的"藏地三部曲"第三卷《大地雅歌》，武歆描写红色爱情生活的《延安爱情》，陈守信讲述天津世纪演变史的《乱世津门》，雪漠读解西夏历史秘籍的《西夏咒》，李骏虎描写女性命运的《母系氏家》，刘茂才反映都市商战的《花舞丽都》，郭严隶的生态题材长篇小说《锁沙》，唐卡表现都市爱情的《私密生活》，寒川子书写乡土巨变的《四棵树》，以及"80后"新锐作家笛安的长篇新作《东霓》等。

长篇小说之所以为许多作家所追求,为众多读者所喜欢,为当下文坛所看重,是因为它能在一定的故事营构与人物塑造中,吸纳较大的生活含量,概括深广的历史内容,表达独到的人生思索,比之其他艺术形式,更具有"描绘生活的长河"(茅盾语)的特性。可以说,人生发现的深刻性与艺术表现的独特性的相得益彰,是衡量一部长篇小说成功与否的主要指标。用这样的标准来观察2010年上半年的长篇小说,我以为,可圈可点的并不很多,可看可评的也为数不少。有这样的一个平实成果,收获也算不菲。

生气勃勃　亮点多多

——2011 年上半年的长篇小说一瞥

作为新世纪第二个十年的开首之年，2011 年的重要性是不言而喻的。因为一个良好的开端，意味着此后进程的顺遂。就文学领域来看，这一年的前半年，文学创作异常兴盛，文学批评持续活跃，文学交流格外频繁，文学活动十分丰繁，从各个方面看，都称得上是平流缓进中时见波澜，欣欣向荣中春色满园。而长篇小说作为人们考量年度文学成就的主要指标，从年初伊始，便好作联袂，佳构不断，而且不同的作家群体都有备而来，不同的题材写作都有声有色，整体上表现出了勃勃的生机，也呈现出了诸多的亮点。

乡土题材多力构

因为生活与文学的诸多原因，乡土题材在长篇小说中一直占据着重要乃至首要的位置。当代以来好的和比较好的长篇小说，大都集中在这一题材领域。这样一种长盛不衰的情形，既使乡土题材有源远流长的传统，又使乡土写作的出新面临极大的难度。正是在这样一个背景之下，2011年上半年，贾平凹的《古炉》，叶辛的《客过亭》，关仁山的《信任》等作品的接踵出现，并在某些方面有所展拓，就令人格外欣喜。这些作品或在叙述角度上别具一格，或在表现对象上今昔兼顾，都或多或少表现出了各自的求新与求变。

贾平凹的《古炉》，与他获得茅盾文学奖的《秦腔》一样，都是写农村生活的。但与《秦腔》明显不同的是，《古炉》以一个政治上、人格上都十分低下和卑微的小人物——狗尿苔来看取"文革"前后的大时代，在不对称的关系、不正常的视角里，揭示出了乡村政治与乡村人性的特异风景。这个极度贫穷的村子，平素就积累了各种各样的隐性矛盾，得遇"文革"，他们便使强用狠，争吵不休，相互戕害，大打出手。全村没有一个良善的完人，也没有一个真正的坏人，但人际之间却充满了怨尤、愤懑和不和谐。作品由此揭示出了乡村政治的一个显著特点，那就是他们的所谓政治，并非与当时流行的革命政治真正接轨，而是有着另外的含义，另外的缘由，那就是农村生活长期以来的贫穷化与不平等，而"贫穷容易使人凶残，不平等使人仇恨"。《古炉》的"文革"是如此，中国的"文革"何尝不是如此。在这个意义上，这是一部以点代面地概写中国基层社会和农村"文革"的乡土小说。对于作品的碎片式的叙事艺术，人们在高度评价其取得的成就的同时，也都坦言因为并非以故事推动情节发展，因而是一部难读的作品。

关仁山在《麦河》之后写作的《信任》，把现在的西柏坡与过去的西柏坡巧妙地勾连起来，描写了西柏坡所在的"山城县"正在发生着的各种深刻变革，通过西柏坡三代共产党人的追求和命运，借助一个个曲折动人的故事，刻画了我们党的基层干部面对治理环境、老百姓增收、工业升级转型、走低碳经济的发展模式等种种错综复杂的矛盾，在权与钱考验中，没有沉沦，没有腐变，而是敢于碰硬，勇挑重担，从而赢得人民群众的信任和爱戴。整个作品中,"信任"成为贯穿性的主题,而为了这样的"信任",新任县委书记王竟明继承了老共产党人的光荣革命传统,大刀阔斧地进行环境治理,与各方利益反复较量,表现出了新时代共产党人的远大理想与坚韧追求。同时,作品还由干部与群众,上级与下级,搭档与同事等的相濡以沫、同舟共济,描述了干群之情、同志之情、兄妹之情、夫妻之情和朋友之情,记述了在和平发展年代党员干部如何重新建设"信任",努力营造"人民信任党,党信任人民,同志信任同志"的和谐关系。

擅于知青题材写作的叶辛的长篇新作《客过亭》,虽然还是在写知青一代的"现在进行时",但把老知青们的再度回乡的所感所思,与其当年插队之时的所作所为联系起来,写前后两个时期生活与人生的隐秘勾连,寻绎了整整一代人的信仰和爱情,追溯了他们过往的过失及影响,回忆了他们有过的希冀和欲望,透过他们色彩斑斓的个人命运和各自承载的心灵重负,写出了逝去年代的至诚至愚,至真至悲,也写出了逝去年代里生命轨迹中的尴尬和无奈,更写出了这一代人的生活现状,及对人生、命运、爱情、历史、社会的诘问。经历了这样一番洗礼,当再度重逢于"客过亭"上时,他们在殊途同归的人生之路上,终于明白"再绚烂辉煌的东西都会输给无情的时间",从而各自寻找到了生命的真谛。知青岁月是一代人的心痛,也是共和国历史上的一段阵痛。作为知青文学的杰出代表,叶辛始终关注这一代人的生存境遇,本书正是这样一部既具历史反思精神,又充溢着当下时代浓郁气息的厚重之作。

史事书写出新作

这里用史事书写代替历史题材,是因为历史题材有其约定俗成的定义,即主要指涉古代的历史,而近年来出现的许多作品,既不囿于现实生活,也不属于古史范畴,它们或者把近现代的历史打通,或者将现当代的历史勾连，都非严格意义的历史题材，而使用"史事书写"的说法，显得更为准确，也可与那些述古史、讲帝王的作品区别开来。而在史事书写一方面，这半年来的作品中，王安忆的《天香》，方方的《武昌城》，肖克凡的《生铁开花》，因在他们个人的写作进取中表现出一定的突破，作品也确乎厚重而独特，因而都很值得予以关注。

一向以现实题材的写作为主的王安忆，其新作《天香》把作品呈现的生活溯推到了明清之际。这部作品由明代嘉靖三十八年间上海的申家开始建造"天香园"起始，由几代女性共创"天香园绣"的故事，描写了刺绣的兴起与申家的沉浮，笔墨广涉政治、经济、历史、文化等方方面面。在日常生活事象的串结下，社会的动乱，重要的事件，都悉数登场，而民俗的传承、文化的流变，更是蔚为大观。由明清之际的刺绣技艺和女性故事，展示了明清之际的沪上风情与世间万象，这使这部作品成为王安忆最具历史厚度与文化深度的史事写作。小角度的小故事，却透射出大视野、大格局，这可能是《天香》这部作品的独特性、重要性之所在。

方方的《武昌城》，也是初次涉及史事写作。作品以1926年北伐战争武昌战役为中心事件，再现了当时的历史情境与战斗场景。小说分上、下两部，分别写城外北伐军的"攻"和城内北洋军的"守"。上部以追随北伐军的青年学生梁克斯、罗以南，北伐军连长莫正奇以及女兵郭湘梅、张文秀的故事为线索，描写了战争的惨烈，战争中人性的袒露，理想和友情的强大力量以及不同信念、不同性格之间的冲突和契合。下部则主要刻画了北洋军军官马维甫，进步学生陈明武、洪佩珠，北洋军遗孤喜云等人物。在坐困愁城的日子里，军人的天职和良心、青年的激情和懦弱、少年的天真和早熟，都在纠结中得到充分的展现。小说最有意味的，是对"攻"与"守"双方的对等尊重，写出了各自的理由、各自的纠结。这种超越"敌"与"我"的传统意识形态的文化视角，构成了以文学家的立场、小说化的方式，对这段过往历史的重新再现与全新审视。

如果说以上两部作品属于"远史事"的写作，那么肖克凡的《生铁开花》就属于近史事的写作。作品由"十七年"时期写起，重点抒写了"文革"时期的工厂生态与工人命运，并以点带面地折射了改革开放三十年来的历史进程。作者在实现这一写作意图时，选取了以戏写人、戏中有戏的结构方式，那就是以一群高中生由"文革"初期的演出革命样板戏《沙家浜》，到因政治宣传需要集体走进华北电机厂，再到成为工人之后的渐次分化与相互纠葛，以及改革开放时期面临的种种挑战与隐痛，把当代工人的运程与当代社会的进程内在地连接起来，使得他们的成熟与浮沉、成长与进退，都分别成为工厂的兴衰与时代的变异的具体佐证与生动注脚。或者说，作品就以这样一些工人的憧憧身影，巧妙地构成了一卷精彩的历史缩影。这些故事在今天读来，既引人唏嘘，也启人思忖。

女性写作有突破

当下的女性作家，因为实力派的持续活跃，后来者的迎头赶上，在当代文学创作中的地位越来越显著，影响也越来越巨大。现在活跃在文坛的女性作家，各个代际都卓具实力，代际之间也衔接紧密，这种情形也属前所罕见，史所少有。就2011年的情况看，除去上边提到的王安忆、方方之外，孙慧芬的《秉德女人》，方棋的《最后的巫歌》，林雪儿的《妇科医生》，均在个人写作乃至女性写作中有所新变，有所进取，从而使女性作家的文学大合唱依然高亢嘹亮。

孙慧芬的《秉德女人》，说不清是一曲女人的颂歌，还是一曲女性的悲歌。正是这种两者兼备的特点，使得作品的内容既很复杂，又很丰厚。小说中的秉德女人，从一开始就跌入人生的最低谷，接下来是毁灭的加速和反复。但秉德女人又是一个美的化身，面临什么样的打击与挫折，她释发来的总是内心深处的善。这种善让她得以继续生活下来，并且坦然接受了命运中的很多不幸。比如被抢劫式地嫁给申秉德，又遭到了曹宇环、周成官的欺辱，和秉东、秉义等家族中的男人发生的或自愿接受或暧昧不清的关系。小说在一个女人的故事中融入了社会历史的动荡，男权社会的霸道等。秉德女人的命运，既是乡村生活伦理的可能结果，也是社会历史带给她的必然结局。因而，小说经由一个中国女人悲苦又倔强的人生，表达了作者对于女性生命观的思索，也蕴含了对于男权社会史的批判。

方棋的《最后的巫歌》，不是一部传统意义上的小说，由远古历史、群落图腾和民间传说等构成的复杂内蕴，使它更像是一部人类秘史的文学演义与文化探悉。小说以图腾为媒介，以三峡为背景，从历史记忆最坚深的地方开始，进行整体的时空比较和前后关照。通过对白虎神走下凫场的解密性阐释和虎族人命运的全景式叙写，再现人类的过往和发展及先民的诗意与哲理。小说超越三峡时空，俯瞰一个族群的足迹，既展现了原住民的心灵秘史，又写出了千百年的峡谷变迁。作者对于历史与现实的观察既是深刻的，也是浪漫的和独到的，作品表现出浓厚的史诗精神和神话意识，也表现出宏大叙事的总体构思及丰富的想象力。

林雪儿的《妇科医生》，主要以女医学博士江小鸥为中心人物，写一个妇科医生追求理想的过程。作品在一种很现实、很日常的生活场景中，写出了一个理想主义者处处碰壁，但并不气馁的故事。江小鸥大学毕业后，本来可以有一个更好的工作环境，却被分到县保健院。县保健院环境不好，很多理想难以实现，而江小鸥总是保持着对理想的追求，并不因此而怨天尤人，放弃自己。作品由江小鸥的遭际与坚持，给我们提出了一个严峻的问题，那就是我们的社会环境、工作环境是不是出了问题？一个好人为什么就难以实现她的理想？作品塑造江小鸥这样一个理想的人物，同时对这个人物生存的社会环境产生疑问，对媚俗的、势利的现象进行了批判。此外，作品在青衣巷地域民俗的描写上，在江小鸥与杨船离异之后仍然相好的描写上，也都以其别致的意蕴令人难忘。

新人写作见新意

　　文学意义上的新人，不一定是指年龄意义上的年轻人，它更多地是指那些在文学上初露头角，或在小说上初试锋芒的可能年轻也可能不年轻的人们。但他们无论年龄大小，都会在一定的稚气中充溢着清新的锐气，并表现出新异的才气。放眼 2011 年上半年度的小说创作，因为类型小说的转场纸质出版等原因，新人层出不穷，新作纷至沓来，但更为耀眼和更具特点的，无疑要数歌兑的《坼裂》，高仲泰的《阖闾王朝》，辛夷坞的《浮世浮城》。

　　歌兑何许人也，人们知之甚少，只大约知道他是曾参加过汶川地震救援的军旅医生。据知，《坼裂》是他的首部小说，但这部作品充满了生活的元气与青春的生气。作品以男军医林絮与女军医卿爽双向视角交叉叙事，一方面以连续不断地突发事件，描述了两人各自在遭际地震时的奔赴灾区的医疗救护，一方面又以通话、短信、回想、打听等直接与间接的方式，描写两人相互之间的思念与惦记。工作责任心强和医疗技术好，使得他们在各自的医疗救护队成为真正的主刀与主力，但彼此的倾心与关心，以及各自的情感徜徉，又使他们把战友当情友，把战场当情场，从而使艰苦又紧张的地震救援，始终伴之以诗意气氛与浪漫气息。可以说，作品的两位主角，以及他们的地震经历，都显得较为特别，甚至有些另类，逾越了人们一般的或通常的阅读经验。作品结尾林絮为救卿爽的奋不顾身，既把林絮与卿爽之间的个人私情升华到一种人间大爱，也让他们各自稍显杂沓的人生攀升到了一个新的高度。

　　作为小说家的高仲泰，人们并不是很熟悉。但长篇历史小说《阖闾王朝》，却让更多的人了解了这位有实力的小说新人。阖闾在历史上很重要，但相关记载又很少。高仲泰的《阖闾王朝》主写阖闾，而且带有从正面切入，甚至为之正名的意思。他在没有什么著述与作品可以参酌的情况之下，把阖闾这个人物很正面很完整地描画出来，并通过一些典型化的情节与细节，把阖闾这个人物的精神气度表现得既超群卓越，又栩栩如生。这包括他不得志时不气馁，不灰心，为了寻找适当的时机即位并实现他振兴吴国的理想，怎样忍辱负重，韬光养晦，怎样积蓄力量，怎样招贤纳士，包括得遇伍子胥、孙武之后的推襟送抱、推心置腹，使他们从一般的主仆关系走向共襄建国立业大举的志同道合。此外，作品还以还原两千多年前太湖流域的风土人情、农耕文化及文化生活，弥补了有关吴国史和吴文化在当代长篇小说中明显缺失的不足。

辛夷坞的名字，在青春文学领域里大名鼎鼎，在传统文学领域却并不为人熟知。但她的《浮世浮城》这部作品的推出，在一定意义上构成了她的小说写作的一次转折，也有力地超越了青春文学已有的恋情与成长的通常范式，直指当下时代的世态浮躁及人们的内心波动，并使作者自己从流行小说或类型文学作家的营垒之中成功地突围出来。《浮世浮城》在赵旬旬与池澄各有所属又不无暧昧的情感纠葛中，逐渐抖搂出或为他们不知、或为他们忽视的实情，这使他们之间情仇交织，爱恨交加，而由谷阳山上的遇险、受伤和疗治，及其这一过程中的摊牌、交底与倾诉，又慢慢地化开仇怨，逐步解开心结，并在试图分开之时，相互都选择了拥抱。在旬旬与池澄的故事叙述里，作者很好地运用了欲扬故抑的手段，由此既充分展示了两位主人公的各自性情，又深刻揭示了作品人物的内在人性，从而达到一种人性的拷问与人生的自审。着意刻画人心、重在探测人性，是这部作品最为动人和启人的地方，也是这部作品最有价值的所在。

以上四题所评点的作品，难免挂一漏万。但即便如此，也可看出，2011年上半年的长篇小说，在不同的题材领域，都有可圈可点的重要成果，在不同的写作群体，都有可喜可贺的精彩表现。这样一个姹紫嫣红、姚黄魏紫的丰繁景象，也预示了整个2011年长篇小说将是一个丰收之年，既是无可置疑的，也是令人欣喜的。

春华之后又秋实

——2011年下半年长篇小说扫描

自长篇小说年出版总量在2010年攀升至三千部以上之后,长篇小说便成为当代文坛当之无愧的"龙头老大",其地位与影响更加稳固而突出,其实绩与走势也更加引人注目。面对这种情形,人们会自觉不自觉地在心里发问,年产提高了,成色怎么样?数量增长了,质量怎么样?

毋庸讳言,长篇小说产量与数量的增长,主要在于流布于网媒的类型小说转化为纸质作品的力度不断增大。这一部分作品在给年度长篇增加数量的同时,也在一定程度上影响着长篇小说的质量。就这一部分创作的情形具体来看,总体上也是在类型化的进程中逐步整合和渐次提升。单从近年来许多有影响也有水准的影视作品多数改编自网络小说来看,有相当一部分网络作品因有故事,接地气,为影视艺术的再创作提供了重要的文学资源。

同样毋庸置疑的是,那些以严肃文学创作为主的传统型小说作家,因为艺术积累与写作经验更为丰富,对于长篇小说的写作也更为投入和专注,他们的创作在艺术水准上更具代表性，应该是我们观察和评估年度长篇小说的主要标志。由于这样的一个原因，我们仍主要以传统型小说来看取年度的长篇小说创作，而即使由此来看，也是丰繁得有如"群莺乱飞"，炫目得几近"乱花迷眼"。

我在"2011年上半年长篇小说一瞥"的文章中谈到上半年创作时曾说到："在不同的题材领域，都有可圈可点的重要成果，在不同的写作群体，都有可喜可贺的精彩表现。"而下半年的创作情形依然延续了这种丰繁与精彩。就下半年印象最为深刻的作者与作品，我梳理出四个方面的基本倾向，而每一方面恰好有三部代表性的作品。这样十二部作品连同上半年论到的十数部作品，便以点代面地构成了2011年长篇小说的基本样貌，并以其紫姹嫣红的盛景昭告人们，2011年的长篇小说依然是一个不折不扣的丰产之年。

名家变招，变亦不变

小说名家因为在既往的创作中表现出不凡的才华，其作品葆有突出的个性，并总能给人们带有一定的惊喜，因而在文坛内外常常具有较高的关注度，其小说新作也让人们更抱以期待。

2011年伊始，就有不少名家携小说新作登场亮相，使得上半年的长篇小说迭现亮点，这种情形在下半年持续延宕，名家新作联袂而来的势头丝毫未减，而且比之以往，或在内蕴上有新的意境，或在写法上有新的突破，都有超越自我的新的变异，但变中又有某种不变，从而给人们带来意料之外的不少惊喜。

格非在下半年推出了长篇新作《春尽江南》，使得他的人称"乌托邦三部曲"的系列创作成为完璧。但让人为之意外的是，这部作品并没有如人们所期待的那样，从主题到故事，从人物到意趣，都接续着《人面桃花》

《山河入梦》顺势而来，而是把那个"乌托邦"意象"花家舍"，作了一种完全虚化的处理，甚至以一些商人的附庸风雅，让它变成了物质社会的一处风景。而作品则把叙事的重心，主要集中于丈夫谭端午与俗世社会的格格不入，妻子庞家玉在生活潮动中的如鱼得水。这种错位的人生，不仅导致了这对大学生夫妇的无奈分手，背后还进而隐喻了青年知识分子在生活冲刷中的日渐分化。在这里，不仅"花家舍"变味了，而且像谭功达那样钟情于"花家舍"的理想者也没有了，有的只是谭端午这样守住了理想却守不住妻子的失败者。作品在谭端午与庞家玉的看似南辕北辙的人生追求中，严峻地审视着现实，也严厉地反省着"自我"，苦涩的现实观照之中，别具一种精神拷问的深长意味。

葛水平在今年 10 月，推出了她的长篇小说《裸地》，作品依然书写的是作者所熟稔的乡土题材，但时代背景却拉回到上个世纪三四十年代；故事仍然是太行山区的河谷地带，但主干故事却是大户人家盖运昌的日作日息。作品在两重意义上书写了"裸地"：像聂广庆这样贫穷人家因要求生存，把全部心思用在了种地上，而如盖运昌这样富户人家因为求繁衍，把"全部欲望都用在了房事上"。盖运昌先后娶了四房太太仍然无有后人，又用软硬兼施的手段从聂广庆那里弄来苦命又漂亮的人妻女女，而这个女女先是让盖运昌泄欲，后又为盖运昌养老，最终成为了盖运昌没有名分的红颜知己。作者揭示或裸示给人们的，不仅是自然的土地，还有女人的心地。这样的双重含义，使这部作品超越了一般的乡土题材范畴，而具有土地养人，女性也养人，因之都值得善待和敬重的多重寓意。显然，作品既是土地的挽歌，又是女性的颂歌。

严歌苓近年的长篇小说创作，几乎呈现出一种井喷状，《金陵十三钗》刚刚拍摄完毕，她又推出了长篇新作《陆犯焉识》。这部作品不再以女性人物为主角，而是把镜头对准了一个生于旧社会、长在红旗下的知识分子陆焉识，以他的跌宕起伏的坎坷命运，来透视一个自由知识分子与环绕着他的社会境况的紧张关系与苦苦博弈。只懂学问，不谙世事的陆焉识，正直又正派，自尊又自傲，这种十足的书生意气使他在频仍的政治运动中难逃打击，辄遭厄运，因之大半生都在以"反革命犯"的身份接受劳改。当他终被释放，获得自由之后，他却怎么也找不到曾经的家和曾经的爱人，仍然颇显多余和备感怅惘。这是一个知识分子找不到自己的位置的故事，更是一个知识分子被彻底放逐的故事，如果说这是一曲悲歌的话，那么，它所悲哀的，不只是陆焉识个人的乖蹇命运，显然还有陆焉识所属身的那段社会与那一时代。

强手写实，实中有虚

近年来，实力派作家每每以不流习俗的创作表现，令文坛内外普遍看好。内里的原因，既在于他们的写作路数尚未定型和还在进而探掘之中，更因为他们在小说创作中常常会有超乎寻常的艺术发挥。

2011年下半年，有王刚、王旭光、皮皮等实力派作家相继携新作亮相，其长篇新作似乎都在面对当下，描写现实，但却实中有虚，亦实亦虚，字里行间都洋溢着一种超越现实的浪漫气息，因而让人格外地刮目相看。

王刚的《关关雎鸠》，望文生义会以为是写男女爱情的，但实际上，表现的却是主人公闻迅由剧作家转任戏剧学院教师之后的种种不适应，由此反思当下大学教育与文学教育的远离本义。坚持自己的人文理想的闻迅，因为不迁就世俗，不屈就自己，不仅在教师同行中较为孤立，而且也不受青年学生的待见，真正懂得他并欣赏他的，只有那个也痴迷皮兰德娄戏剧的漂亮女教师岳康康，闻迅原本对岳康康只是莫名的暗恋，但共同的旨趣与彼此的心仪让他们相知相恋，并使这种关系成为处处碰壁的闻迅在情感与精神上的唯一慰藉。因此，这里的"关关雎鸠"，便不仅有着吟唱爱情的近义，还有着呼唤理想的远义，也许还有着理想的可望而不可即的隐义。

作为作家的王旭光其实也不年轻，但因为此前的作品并不广为人知，感觉上仍像是新人一个。但他的长篇新作《天地之骨》，绝对称得上是近年来长篇小说中少有的力作。作品里的男主人公——八极瓦工的儿子曾思凡，终于在建筑学院毕业后成为一名建筑设计师，少年时的美好憧憬与学成后的高远理想交织一起，使他成为某市建筑行业的著名设计师，但身怀绝技的他却并不顺遂，在重要设计项目的招标上，他既要与国外的强劲对手一较高下，又要和昏庸的政府官员全力博弈，稍不留神还会被伺机而动的市场大鳄暗中掌控。他始终坚守着自己的理念毫不妥协，但却越来越感到了孤独和无力，直到罹患白血病英年早逝。一直深爱着他的婷婷在心里不断地发问："是什么东西把你压垮了，是该死的建筑，还是你那让人扼腕而叹的性格？"这个问题像一个不断放大的问号，也会在每一个读者心里盘桓不已，挥之难去。

长于书写都市情感题材的女作家皮皮，这次推出的《黄昏的下落》，一反旧惯地描写了一桩疑窦疑丛生的谋杀案。在中年男人藤风的蹊跷死于某公园的案件中，与他有染的几位女性都有嫌疑，让人最意料不到的是参与办案的女警察齐安，竟然是其中最大的嫌疑犯。作品围绕着藤风的人际关系和相关关系人，既写他人眼中的藤风其人，又写藤风眼中的几位女性，在一种互看与互证之中，揭示当下社会人们从情感到精神存在的迷失与病症。这实际上是通过一桩谜题式的命案，来进行人性病象的审视和生活病灶的诊断，而且似乎线索理顺了又未完全厘清，似乎答案找到了也还不能确定。一桩案件的种种悬疑，似乎又莫名其妙地转移到了生活之中。

都市言情，情中见性

都市言情一向是长篇小说中持续不断的热点，这不仅在于情感本身即是人生的重要主题，还在于当下都市情感的不断变异和扑朔迷离，这既令人为之迷惘，又很引人为之迷醉。

2011年下半年描写都市情感的作品较多，但有三部作品值得人们予以特别注意，这就是浮石的《皂香之尘世浮生》，陈婷的《性灵》，焦冲的《男人三十》。饶有意味的是，这三部作品同写情感，却又各有旨趣，作者写得有声有色，读来也格外地有滋有味。

浮石此前曾有过《青瓷》等作品行世，为他赢得了不俗的声誉。这次的《皂香之尘世浮生》，虽然男主角洪均有个市规划局办公室主任的职位，但作品却并不以官场生活为焦点，而是着力描写已有妻子的洪均与几位女性的婚外恋情。他在妻子之外已有护士情人黄缨儿，后又为女大学生王小蕙所引动，而他以为妻子虞可人安分守己，实际上也在与他人暗渡陈仓。如果说洪均的际遇说明婚姻不是爱情的保险柜的话，那么，他的朋友于乐肆无忌惮地勾引一个个年轻的女性，就更与爱情没有什么干系。情是性的因子，性是情的结果，这里唯独流失了爱。作品的结尾写到洪均强忍着自己不去动醉酒的王小蕙，但还是没有忍住，终于引来一场未知的麻烦，这是意外还是宿命，一切都难以确定。但能够预见的是，欲念的失守必然带来命运的失控，的确可以笃定。

陈婷的《性灵》，用她自己的话来说，是"浓墨重彩地描写男人"。这个男人便是作品里的白领帅男白云忆，他因初恋情人嘉茜的莫名逝去长期陷入失恋的伤感不能自拔，当他决意走出失恋的阴影重新开始新的恋情时，却发现自己已经阳痿，只能耽于意淫，情与性发生了严重的分离。他接触了别的女性之后进而发现，她们也无不是灵与肉相互分裂，情与性相互分离。由此，作品便从一个独特的角度，揭示了当下都市情感生活在热闹表象背后的问题所在，那就是诚信的缺失已严重地浸蚀到爱情的肌理深层，使爱情已失却了心的相吸，灵的互动。这使这部作品在对社会痼疾的深邃诊断之中，充满着一种对于灵肉和谐的男女情感的深切呼唤。

文学新人焦冲曾写过《女人奔三》，这次又写了《男人三十》，这部以留京工作的大学生人群为描写对象的小说,实际上展开了两条相互交织的故事主线,那就是已婚的孙文虎与葛晓菲的不咸不淡的婚姻生活,及未婚的甘旭然如火如荼的多头恋情。孙文虎只担忧他与葛晓菲的不孕不育,甘旭然只关心把他所遇到的女性"泡到手"。问题在于,看似愿望正当的孙文虎最终愿望落了空,而看似用意不轨的甘旭然却频频得手。在各自意愿的遂与不遂中,作品实际上也揭示出了当下都市情感中存在的错乱与迷失。在爱的游戏中,只有真玩的,没有人玩真的,这种表象上的热闹,实质上也是一种人情的虚荣,人性的悲哀。

青春成长,痞中有味

青春成长是青春文学中的基本主题,但随着一些青春文学作家自身的成长,这一主题有如直通车一般地也进入到了当下的传统型小说创作之中,成为长篇领域里越来越凸显的重要主题之一。

从 2011 年的几部青春题材作品来看,青春文学作家们带来的,不只是在"写什么"上的别开生面,还有在"怎么写"上的自出机杼,那就是把游戏性笔墨、反讽性意蕴带入了小说创作之中,让小说变得有了意思,也添了谐趣,

章元是女作家中颇具痞顽性情的一个,她的许多作品都以不羁的叙事,调侃的笔触,书写青春女性并不规范的人生成长。她的《去年在外面的房间》的长篇新作,依然以秉性痞顽的美女作家布布为主角,写她与几位女友的交往,与几位男友的交际,一个知识女性在物欲横流的世俗社会里,以"作"的方式寻求着可以"爱",可以"婚"的男性,但却每每和"爱"与"婚"擦肩而过,收获到手的只有加倍的失望与无尽的困惑。作品里布布的尖嘴薄舌与热潮冷讽,讽喻着社会的世风日下,作品结尾处也不无意味地告知人们:"永不停止的私奔和偷情,总是在路上。当然,这条路上,

还有外面渴望的爱情。"这条路上，真是无所不有，充满未知，它内含了可能的失望，也寄寓了可能的希望，它所严峻考验着的，是每一个上路的行者。

作为近年崛起的青年作家，石一枫是以《红旗下的果儿》引人注目的。他今年推出的《恋恋北京》，延续了他已有的创作追求，并初步形成了一定的个性风格，那就是专注于边缘状态的都市生活。为混迹于底层的小人物描形造影。作品里满含痞味的赵小提，因为个性使然与惯性所致，总是以一点正经没有的方式为人处世，包括对待爱情和女性，而这却渐渐引动了正经为人也清纯可人的小女生姚睫的好感，两个看似毫不搭界的青年男女，就此展开了一场马拉松式的爱恋长跑。作品的引人之处在于把看似不可能的一对男女写成了真正的恋人，作品的赢人之处在于以"混并快乐着"的痞顽情怀，写出了当下都市不断变异的文化空间和正在成长的民间社会，从而做到了为新的生活层面代言，为新的人物形象张目。

孙睿的《盛开的青春》，依然是对大学校园生活的深情回述，但却在一如既往的痞顽之中掺杂了更多别的意味。主人公邹飞在大学四年里，除了关心在法国举办的世界杯，结交女朋友佟玥之外，基本上没有怎么求学读书。这些都出自于他的这样一种理念，既"随性而为的成功是一种更人性的生活"。而这种随性而为，竟然得到女同学佟玥的赏识，而结为了男女朋友。但随着大学毕业后各自的不同选择，他们无可奈何地分手了。有意味的是，当邹飞交到一个"85后"新女友，这个"85后"比他更无欲无求，只爱看《还珠格格》，只关心"六阿哥到底跟几个格格好"时，他终于受不了她，并由此反躬自省，遂把调整自己和找回佟玥作为确定的人生目标。这部主要记述过往的回忆之作，由此便平添了一种反思的意蕴。

2011年中值得注意的长篇小说，当然不止上述四题所论到的十二部作品，但一篇综述文章只能如此这般地以点代面，所以挂一漏万在所难免。

即如青春文学领域来看，未能提及而又值得关注的，还有颜歌的《声音乐团》，刘辰希的《终极游离》，程萌的《断章》，姜晓彤的《你可曾爱过》等，这样一些作家与作品当专题另述。

回到文章开头中的问题，长篇小说数量增长了，质量怎么样？2011年的长篇小说以多个方面的扎实成果和不菲成绩告诉人们，数量在不断增长，质量也在稳步提升。而且，新老作家们，都有不负时代的坚定追求，都有不负自己的卓越表现，而且在内在文学精神上，既有底气与地气，又见生气与锐气，这种文学主体的凸显与上扬，应该是比作品本身更让人欣幸和鼓舞的事情。这篇半年综述，实际上就是这样一个事实的有力佐证。

重心由乡土向城乡位移之后

——2012年长篇小说的一个侧面

  乡土题材，一向是当代小说尤其是长篇小说创作的主脉。但在2012年度的长篇小说创作中，要想找到传统意义上的乡土题材作品，已经不很容易了。这里的"传统意义"，是指那种以乡土社会为舞台，以乡土人物为主角的相对纯粹的乡土题材作品。与乡土生活有关的长篇小说写作，更多地体现于城乡交叉地带的城镇生活的描写，以及那些带有田野调查意味的纪实类作品。这种明显可见的变化，也许带有某种标志性意义，即旧有的乡土文学写作，开始走向终结，而新型的乡土文学写作，由此正式开启。乡土文学的时代转型，由此拉开了它的新的帷幕。

  城乡交叉地带所以形成新的写作重心，与社会生活近年来的巨大变异密切相关。从新时期到新世纪以来，旧有的乡村在现代性的强力主导之下，以城镇化、产业化、空巢化等多种方式，从生存方式、生活形态，到生产方式、人员结构等，都发生了剧烈又重大的变化。而且，这种变化方兴未艾，始终变动不居。这种持续的新变，使得大部分的乡村走向了城镇化，而新的城镇又与乡村脱不开干系，形成你中有我，我中有你的混杂状态。乡土文明的整体性已不复存在，变动中的城乡现实又充满不确定性，这些都给作家们认识和把握新变中的乡土现实带来极大的难度。

2012年，一些以乡土题材写作见长的著名作家，如刘震云、李佩甫、贾平凹等，均以表现城乡交叉地带的小说新作，体现出了创作视点的拓展与位移，他们更为关注和在意的，是不断变动的基层社会，或变亦不变的城乡生活。走出传统的乡土题材范畴，立足于新的生活基点，他们在精彩依然的作品中，体现着他们的个人的创作进取，也折射着文学走向的某些脉动。

刘震云的《我不是潘金莲》，由李雪莲的家事如何由小变大，由少成多，又如何并由私人事件成为公共事件，婚变事件成为政治事件的描写，真实而坦诚地揭示出了当下城乡社会普通平民的基本生态，那就是从村、镇、县，到公、检、法，各个领域都有自己固有的规则，潜在的利益。而这种自成系统的规则与利益总合起来，就构成了一个看似冠冕堂皇，实则不办实事的公共秩序。对于如李雪莲这样有冤屈又爱较劲的妇人来说，这一秩序不仅无助于问题的解决，反而会使问题越积越多。可以说，李雪莲二十多年来一直告状又没有结果的遭际，既是她个人命运的一个悲剧，也是以鸡蛋碰石头的方式，对基层社会平民生态的一个测试。测试的结果是：基层职能部门看起来井然有序，实际上却少有为民做主的积极作为，作者在李雪莲"我不是潘金莲"的自我辩白里，发出的其实是一声无奈又愤懑的呼喊，它引发人们对于普通人生存境况的警醒与省思，应该是多层次，多方面的。

李佩甫的《生命册》，立足于中原文化的腹地书写主人公"我"如何从乡村走向城市，无论如何行走，走得多远，都难以脱开乡土的血缘与牵连。从乡村到省城，从省城到北京，再从北京到上海，"我"辗转着一路走来，身份也从大学老师转变为"北漂"枪手、股票市场上的操盘手，以及一家上市公司的负责人。但生"我"养"我"的无梁村，始终与"我"有着粘皮带骨的种种勾连。在时代与土地的变迁过程中，似乎每个人都难以实现自己微薄的意愿，甚至不可避免地走向了自己的反面。在这些人物的命运故事里，我们可以看到城乡之间纷纷扰扰的世间万象，更可以见出传统的乡土文明既给人以某些现实羁绊，又给人以某种精神反哺的双刃剑性。

贾平凹的《带灯》，把视点移到了镇政府这样一个基层机构，由一个名叫"带灯"的青年女干部接待上访人员的种种遭遇与感受，反映了当下乡间社会老的问题与新的问题相互纠结而来，从而给人们在基本生存和精神状态上带来的种种困厄与难题，这些问题说不上怎么重大，但婆婆妈妈，又实实在在，既让当事者无可奈何，也让镇干部难以决断。成堆的问题，就如书中的带灯所说，它像陈年的蜘蛛网，"动哪儿都落灰尘"。正是在面临事情的源源不断和问题的接踵而来，最没权利的带灯不厌其烦地尽力接待和勉力解决上，作者又写出了普通乡镇干部的善良与认真。作品看似是写一个乡镇干部的故事，但背后却有对整个社会生活的思考，那就是以深厚的人道主义情怀，呼吁对基层社会管理体制进行改革。作者在小干部与小人物的故事里，释发出来的，显然是见微知著，以小见大。

2012年有两部纪实性作品，在直面新的乡土现实的写作上，也自见勇气，别开生面。孙慧芬的《生死十日谈》，以深入乡间现场调研方式，勇敢地触及了当下农村严重存在着的自杀现象。这些追根究底的查访，既有自杀者悬疑重重的追踪与剖解，又有与相关知情者的对话与互动，而一桩桩自杀事件的揭悉，在主观的原因背后，相关的客观原因也暴露无遗。人们从中看到的，既有诱发事端的偶然性因素，更有酿成事件的必然性氛围，这便是急剧变革的农村在急速前进的同时，带给人们的无奈与失望，困顿与疲惫，以及在文化教育、家庭伦理、道德认同等方面的矛盾与问题。整个作品传带给人们的主要信息或巨大震撼，是农村问题不单是一个经济发展相对滞后的问题，更是一个文化与教育发展严重失衡的问题。

梁鸿继《中国在梁庄》之后写作的《梁庄在中国》，写了一群远离梁庄的梁庄人在外打拼人生的漂泊史和心灵史。外出务工的梁庄人，分布于城市与城镇的五行八作，而作者对他们的追踪与素描，也涉及人生的方方面面。有意味的是，作者一方面以他们个人的口述实录，自然而然地叙说他们自己的诸般人生与感受，一方面又以叙述者的视角——追踪、采访与调查，体现了一个知识分子的家国情怀与乡土情结相兼顾的反思精神与终极关怀。可以说，这部作品以深厚的文学功底与社会学功力，由共名"梁庄"的城市农民工的生存现状和精神状态，描摹出一个村庄中村民的变迁和伤痛，真实地记录了中国城市化进程中从乡村到城市的艰难历程。

据知，2012年的长篇小说总量在五千部以上，内中潜含了一些乡土题材小说，是不容置疑的；再说2012年的乡土题材作品数量锐减，也不一定意味着今后此类题材的写作就此消亡。但纯粹的乡土题材发生了新的变化，乡土写作将以另一种新的姿态继续延宕，将是一个基本的事实。有关乡土写作的这样一个新的异动现象，值得人们加以关注和探究。

【第二辑】

文事杂感

你有怎样的文学理想

> 文学创作是人类的一项业余活动。
>
> ——王蒙

对于文学的爱好与追求，越来越成为许多青年朋友的人生理想，乃至不少"征婚广告"中都把"爱好文学"作为择偶的必备条件之一。这既是高雅文学走向广阔社会的标志，也是时代新人的文化素养在普遍提高的反映。这对于文学也罢，对于社会也罢，无疑都是幸事一桩，令人可喜可贺。

但确立了这样一个文学理想之后也并非万事大吉，仍有一个如何正确对待文学理想的问题有待解决。我们历经的两件事使我备感解决好这一问题绝非易事。

八十年代中期，我应聘给《人民文学》创作函授中心当兼职教师。我所联系的五十多名学员来自祖国各地，情形各不相同，但都热爱文学创作，有着共同的理想追求。这种情形很令我这个文学圈内人感动，遂十分投入地为他们改作品、写回信，不胜劳累又不胜欣愉。但接下来发生的一些事情，却使人备感苦恼。有位河南某农村的学员，文学理想极高，立志要在创作上成名成家，但文学素养极差，几乎不具备应有的语文基础。他每次在寄来习作的同时都要附上一封信，说自己已视文学如生命，若老师认为他在创作上没有希望和前途，他便不愿再痛苦地活着。遇到这样的事，便令人着实犯难。你既不能实事求是地说真话，又不能不顾事实地说假话，只好亦真亦假地既指出他的差距又使他保留些许希望，临了还要把文学的辅导代之以人生的开导，劝慰他不必只把人生寄托于文学，真是绞尽脑汁地小心作复。

去年，我突然收到广西某中学一位高三学生寄来的两篇作品和一封信，让我予以帮助和辅导。这也是一位心志很高，底子很薄的文学痴人，他高考因偏科未能考上大学，准备在文学创作上寻求出路，为进而深造自费到北京上了一所民办大学。不料这所大学全然不像他所想象的那样，教工闹矛盾，学生"放羊"，他几次来信都流露出因文学追求难以实现而对人生的失意和怅惘。我无力解决他所面临的现实难题，只好开导他不断调整自我的心态。

因文学理想难以实现而使自己备受煎熬，以上两位真是再也典型不过的例子。由此可见，一个人没有理想不行，有理想而脱离实际也不行。

确立文学理想也同确立其他理想一样，应当稍稍高于自己的实际又比较切合自己的实力。美国前总统林肯说过的"喷泉的高度不会超过源头"这句话，很值得我们在确定理想时记取。一个较高目标的认定，需要立足于相应的基础，而一个较高目标的实现，更需要在此基础上的扎实耕耘。而作为艺术创造之一的文学创作，除了后天的努力之外，还需要一定的天分作基础，比如敏于感受生活、擅于驾驭语言等等，如果这些本能性的才力有限，而后天的修养与锻炼差距太远，立志于当作家就近乎痴人说梦。走向痴人说梦而不知自拔，反倒怨天尤人，郁郁寡欢，本应成为人生动力的文学理想就演变为人生障碍，使有些人不知不觉地走进了人生误区。理想之于人和人生的复杂性，于此可见一斑。把握适当的理想可使人积极奋进，而把握不当的理想可使人消极沉沦，从而由良好的愿望出发，结果却走向了它的反面。有些人一旦萌生了文学理想，便想到要当作家。这一方面是太过于急功近利，一方面也是未能真正理解文学的真谛。文学讲求参考者在不同角度和层次上的自我创造。作者创作作品是一种创造，评论者评论作品也是一种创造，读者阅读作品也可是一种创造。在都有创造的意义上，并没有高下尊卑之分。而且在文学所面对的生活本身也充满了各式各样的创造的意义上说，文学也并不比别的行当高人一等。谁能说庖丁解牛不是一种艺术境界呢？因此，根据自己的才情确立理想，并在理想的范畴中适当定位，才是最有切实意义的理想追求。比如你就是爱好文学，非此理想不求，那么你就从自己的现状和发现来看有无可能当个作家，有可能当作家当然更好，没有可能当作家就做个业余爱好者，在自慰性的写作和自由式的鉴赏中，提高自己的素养，深化自己的造诣，活跃自己的精神，丰富自己的生活，通过文学的爱好发展自我，让理想照耀人生，让人生更为丰满。

要从人生的全局和个人的实际出发，来看待和对待文学理想，多一些实在性，少一些虚妄性，多一些平常心，少一些功利心，这对某些文学青年或许不算是多余的忠告。

也许还可以认定：无论从出发点还是落脚点来看，理想都是在自己的身上，而非在遥远的天上。

更新你的思维方式

　　思维之于人，是使其区别于低级动物的分水岭。对于这一点，马克思说过："有意识的生命活动把人同动物的生命活动直接区别开来。"斯宾诺莎说过："人，即能思想者。"思维把人提升为高级动物，反过来说，作为高级动物的人都具有自己的思维，这是人之所以为人的普遍特性所在。

　　但都是人，为什么会有庸常与杰出之分？为什么会有人才与非人才之别？而且同为人才，为什么又会有创造大小之分，贡献多少之别？这里边，可以分析的因素很多，但从主体的角度来看，主要的原因在于思维方式的不同造成的思想质量的区别。思维与思想，是构成一个人的心智与才力的根本所在。思不至，则想不到；想不到，则做不来。人与人之区别，人才与人才之差异，也主要是在这里。

　　对于有限的生命和短暂的人生来说，最大的敌人莫过于无谓地重复别人或重复自己。而这种谬误究其根源，是在于思维方式上的求同超俗。

　　这种求同超俗的思维方式及其现实表现，我们在日常生活中屡见不鲜。

有的人在生活中处处随大流，甘居中游，追求"中庸"，只求适应，不尚革新，正像鲁迅所说的那样："不但'不为戎首'、'不为祸始'，甚至于'不为福先'。……既然'不为最先'，自然也不敢'不耻最后'。"

有的人在科学研究和文学创作中，只愿以平庸的劳作重复出名，而不求在事业上有所创新，甚至跟在别人的脚后亦步亦趋，满足于陈词滥调的模仿，混迹于改头换面的抄袭。

有的人在图书的出版与营销中懒于开拓和创造，一味捕捉已有的热点追逐着别人的思路，使图书出版局限于几个选题热点而大量重复，什么"古籍白话热"、"艳情小说热"、"乡土小说热"、"战争演义热"，不一而足，使整个图书市场在表象的繁荣中日益走向内在的单调和质量的低俗。

这些都是在思维方式上的求同趋向所带来的比较极端的例子。此类思维偏向造成的更多的情形，则是追求同一与统一，与流行的意识观念保持一致，从而遏制了可能会有的合理悖逆和有益创新。

求同趋俗性思维表现得如此充分而顽固，在很大程度上与中国传统思维的偏向与定势不无关系。中国的传统思维方式在其长期的演进中，形成了主体内省性和意向直觉性的基本模式，以及求同、趋稳的主要特征。它的内倾向与定势不无关系。这些年的改革，我们的民族既是在经济上改变着旧有的面貌，也是在思维上校正着已往的偏向。我们要清醒地认识到中国传统思维的长处与短处，从而扬其长避其短，切实走出旧有的思维桎梏和思维定势，使自己站在一个新思维基点上来。

思维观念与方式的更新，并不意味着完全离弃传统，甚至刻意去矫枉过正，而是要立足于实际，从中外的思想文化遗产中汲取有益的东西，不断改进和变革已有的思维方式和习惯，以切合于时代又适合于自己。

在今天看来，特别值得提倡的，是求异性思维。求异性思维，是指在思路的不同方向想开去，通过进一步想象推理，提出别人未提出的问题，解决别人未解决的问题；或对别人已解决的问题，提出不同的看法，得出不同的结论。事实上,任何事物和问题都有其多面性,人们的已有认识也不可能穷尽其理。不囿于已有的问题和结论,充分发挥自己在思维过程中的主动性、独创性,总能有新发现,有新认识,从而更新或深化已有的课题与结论。古今中外的许多科学家和文艺家,正是依靠求异性思维,使人类的思想创造与科技发明绵延不绝,从而使人类从一个文明走向另一个文明。从这个意义上也可以说,整个人类文明史也即一部求异性思维史。

对于人类来说,求异性不是外在的东西。人所葆有的好奇心、想象力和创造欲,其实正是求异性思维的最为坚实的基础与最忠实的助手。法朗士说:"好奇心造成科学家和诗人。"雪莱说:"人的创造天赋原直接流露是想象。"两位文豪自己卓而不群的艺术创作,正是这种人类天性的最好证明。

群体的人类凭靠思维和求异性思维强化自我个性,使一般的人成为出色的人才。个人素质和能力的这种拓展与提高,意义不仅在于使自己的个体质量得到了意义的改变,而且还在于给社会做出了自己最有价值的贡献。

知识就是力量

> 无知识者是不自由的,因为和他对立的是一个陌生的世界。
> ——黑格尔

　　曾在我国上世纪七八十年代广为流传的英国著名思想家培根的"知识就是力量"的名言,现在已不像过去那么流行了。其实它不仅远未过时,而且新的时代越来越证明着它的正确与精辟。对于这样的启人而又警世的名言,青年朋友们应当铭记不忘。

　　以科学、文化为主体所构成的知识体系,是人类经过艰苦卓绝的探索与斗争换来的,它伴随着社会由落后走向进步,推动着历史由愚昧走向文明。可以说,它既是人类社会开拓历史的写照,又是人类社会创造更大前景的依据。无论对于社会,还是对于个人,知识都必然是立身的基础和发展的力量。

　　我们所处的时代,从我国的具体情况说,是一个转型的时代:由经济、文化的落后向两个文明的现代化转变;从世界的宏观趋向说,也是一个剧变的时代：由知识、文化的彼此封闭走向知识、文化的相互沟通。在这里，知识表现出了前所未有的基础作用及杠杆作用，几乎成为一个国家和民族进步的大小与快慢的试金石。

国家的科技进步和文化繁荣，虽然主要依靠广大的专业科技与文化工作者。但对于置身于这个时代的青年朋友来说，也绝不可等闲视之。首先，知识分子队伍本身需要跨世纪的人才作后备，许多有志于此的青年朋友应当早打基础，做好准备，当仁不让地接好这个班，在科技和文化战线履行自己神圣的职责。其次，从事科技和文化专业的青年朋友，也应该在各自的基础上，努力学习各类知识，大力增进文化素养，从而担负起提高整体民族的知识水平的时代使命。

这一时代使命的必然性，可以从三个方面来看。

第一，面对越来越知识化的时代，要很好地理解世界，必须要有相应的知识。就个体的人而言，不仅要了解现实，而且要了解历史；不仅要知晓中国而且要知晓外国。这些最起码的认识都必须经由知识来完成，更不必说对于历史和世界更为深刻的理解了。而现在的世界每时每刻都在发生着变化，而这种变化又主要以知识的形态和形式体现着。可以说，一个人的知识水准与其对于世界的理解是成正比的。你的知识是浅薄的，对于世界的理解必然浅薄；你的知识是丰博的，对于世界的理解必然丰博。德国哲学家黑格尔有一句名言说："无知者是不自由的，因为和他对立的是一个陌生的世界。"反过来说，一个人要想不面对一个"陌生的世界"，就要避免成为一个"无知者"。

第二，面对越来越信息化的时代，要有效地把握世界，必须要有相应的知识。现在的世界，已从产业革命进入到信息革命的时代，丰繁、多变和剧增的信息知识，已成为社会的重要资源和主要能量。有关专家由此论证信息时代带给社会生活的巨大变革时，特别强调了这样三点：1.在社会经济和生产发展中起决定作用的资本将由信息知识所替代；2.密集型的智力成为社会发展的驱动力；3.价值的增长通过知识来实现。这种社会的变革到来之后，置身其中的人们只有具备了相应的信息知识，才能适应需要，把握社会，从而找到自己的适当位置。这已经不是学问家们的空口预言，而是一个不断向我们走来、必须认真对待的现实。

第三，面对越来越走向大文化的时代，要想不失自我并有所建树，必须要有相应的知识。美国著名未来学家托夫勒论述"第三次浪潮"时，把"文化知识"或为"创造财富的形式"看作"现代革命"，在更深的层次上揭示了社会进步的趋向与实质。实际上，自第二次世界大战以来，整个世界的文化的冲突和文化的交融两种方式，向人们切实报告了大文化时代的来临。现在，寻求文化的良性交流和避免文化的恶性冲突，不仅为政治家们越来越重视，而且也为普通人所日益关注。目前，我国学术界对于传统文化的发扬与光大，人文精神的弘扬与再造等问题的研讨与争论，都是这一趋向的生动反映。当代青年在发展民族文化和学习外来文化过程中，肩负着别人不可替代的责任，而这一切都需要自身的知识造诣与文化素质作基础。

如果说以上几点还属客观情势使然的话，那么，人格的发展、生命的强化和人生的充实对文化与知识的依赖，就是更为内在的自身要求了。个体人格的建构需要汲取众多的精神素养，而其发展则要在传统与现代的文化抉择中不断寻找新的坐标。这种表现为感知能力和阶级观念的变异，必须要有相应的文化知识作助力；而一个人要使自己有限的生命得以升华和强化，除了在精神的领域里以空间的拓展延伸时间外别无他求，而其必经之路也只能是科学文化一途。人生有崇高与卑下之分，也有平淡与充实之别。崇高而充实的人生，就是由自在走向自为，不断追求更新、更高的意义的人生，而这更需要文化知识的阶梯。由此可见，知识不是别的，个体来看它作为精神食粮是人的生命构成的重要部分，总体来看它是人类为自己所创制的照耀前进路程的灯塔。

现在，我们的社会处于新旧交替的过渡时期，这一时期的一个显著特征是不时出现种种价值观念上的混乱。比如，在商品经济大潮的冲击下，金钱至上的观点甚嚣尘上，似乎不能直接赚钱的都不值钱，文化知识在一些人那里不断贬值。其实这是一种极其短视的看法。卡莱尔曾把求得知识比做置办产业，欧文曾把拥有知识看做幸福的必备条件，马克思也曾很有意味地指出："要多方面地享受，他就必须有享受的能力，因此他必须是具有高度文明的人。"（《马克思恩格斯全集》第46卷（上）第392页）这从全局和长远来看，都是更加令人信服的真理。因为事情正如美国著名作家索尔·贝娄所断言的那样：

生命不是生意。

买书三愿

到底拥有多少册书,以前自己并不很清楚。借着去年搬家,大致清点了一下,好家伙,一万册还要出头。当时一家搬家公司来搬家,原计划拉两车,因为书太多,拉了三车,新楼里开电梯的小姑娘见一梯子一梯子往上运书,惊奇地问是不是要在楼上开书店,答曰:不是。小姑娘更感惊奇。

这么多的书,当然是一本一册地买回来的,也即聚沙成塔,集腋成裘。仔细回想起来,这二十多年不断地买书,但不同时期有不同的想法,也可以说是出于三种愿望、经历了三个过程。

"十年动乱"期间,我正在大学读书。那时中外文学名著都被封禁,只有想方设法从熟人处借来偷着读。记得那时有人弄到了《红与黑》,给我的时间只有一个晚上,我如饥似渴又如醉如痴地读了一个通宵。1979年调到北京工作后,正赶上各行各业"拨乱反正",过去看不到的许多好书都纷纷出版了,我这时只有一个心愿,把过去想有不能有,想看看不到的书全买到手。于是,一有工夫就跑书店,买下了许多中外文学名著和成套的文科教科书。

从上世纪八十年代起，我对文学理论批评的兴趣愈来愈浓，在买书上又了新愿望：买自己从事专业有用的和必需的。于是跑城内城外的书店，再加上向外地的出版社邮购，大量购买有关文学理论批评的著作和译作。文学理论批评在纵向上与古典名作和现代名作有关，在横向上又与哲学、美学有关，于是也就扩展开来，见到有关的就买，这种兴致至今未减，因此就构成了我现在藏书的主体。

前些年，我又对外国通俗小说萌发兴趣，深感那种寓人性人情于曲折情节的作品实为看书消闲的好对象，于是又追踪着阿瑟·黑利、西德尼·谢尔顿、欧文·化莱士、村上春村等外国通俗小说大家的足迹，一本一本地买他们的译作；于是这一兴趣又扩伸到中外名家的散文、随笔和传记作品，这一方面的图书便又积累了很多。

在现今的社会，人实现自己的愿望越来越不易，而我在买书上总能如愿以偿，这使我备感惬意。在去年搬家清书时，家人劝我适当处理一些，我也下了下狠心，但真的清起来，哪一本都舍不得丢掉，因为它们说不定什么时候能用得着，而且都多多少少系带着我曾经有过的种种愿望。

有书无斋

答允《文艺报·美术专刊》主编程东方为"书斋雅趣"提供一幅照片和一篇文字之后,我又有些迟疑起来。因为从"书斋雅趣"栏目里看到的久仰的和熟识的文人与文友,坐拥书城,踌躇满志,我实在没有什么底气与他们比肩,反倒在心里羡慕不已。其因盖在于,我有书,但无斋。

因为我的工作不是编书、做书,就是评书、写书,书一直与我有着密切的缘结。但与书有缘,与斋无份。本人到中国社会科学院工作二十多年,一直在为住房的紧张犯愁不已。现在的两室一厅的住房,面积不过五十多平方米,不可能拿出一间做书斋,但常用的书总要放个地方,于是,凡能放置书柜的地方,都毫不吝惜地利用了。这张照片上我置身的很像是书斋的地方,其实只是两间屋子之间的一个过厅,三面墙都安放了书柜,客厅与书房兼而用之。

半生与书打交道,喜怒哀乐全尝过。

在编书方面,做过责编,做过主编,做过策划,涉足的套书、丛书,就有数十种之多。所编之书得到欢迎与好评,自然欣幸;所编之书受到质疑乃至批评，又难免苦闷。而这些年，不知是那儿出了毛病，总让人高兴一阵子，又难受一阵子。不管好受难受，你但凡做事，这一切全得无条件领受。

我的另项工作是当代文学评论，其实也主要是评论已出的文学图书。这些年，文学书多，研讨会多，要看的作品和要写的评论自然就多。经常是既为那些确乎有特色的作品的出现由衷地叫好，又为那些着实不怎么样的作品的面世找说辞而犯难。

还有，我爱买书、藏书。在这一方面，我有一个永远也改不了的毛病，就是一个系列，一套丛书，一个文库，只要有了其中几种，就总要想方设法地收齐了，弄全了，不然很难心安理得。早年，收入无多，经常拿买衣服的钱去买书；后来，常常把看过用过或不想收藏的书积攒起来，够几十本了，便拿到中国书店去卖，得了钱又到新华书店买新书。如此积累下来，竟有了近两万册之多。书多，房子小，只好书进人退。即使如此，仍有几十箱子书无处置放。我给别人开玩笑说，能上到我书架上的书，已是我书中的幸运儿了。

书给人带来烦扰，书更给人带来快慰。当一部书稿加上你的想法与劳作，变成有模有样的一本新书，我会闻着油墨的清香，心里溢荡着如见新生儿般的满足与喜悦。写东西，背后有书，你会觉得特有底气；那些仔细读过或大致翻过的书，在你写相关文章时都会一一映现脑海，成为你最可依赖的思想的或文献的支撑与资源；烦了，闷了，整理整理书，翻阅翻阅书，便会暂时忘却现实的种种烦恼，徜徉于书的万千世界，得到最好的缓解与放松。当然，当你看到有整整一柜子的书，或你编，或你著，或你策划，都与你密切相关时，自会有一种成就感油然而生，从而把曾有的苦涩抛掷脑后，只一味品尝其中的丝丝甜蜜。

不管有没有斋，我都会一如既往地编书、评书、读书、爱书，因为这一切已构成了我人生的主旋律。

诗的诱惑与演练

大凡爱好文学的人，都受到过诗的诱惑，经历过一个爱诗的阶段，我走上文学评论的道路，也大抵如此。因此，要说"我的第一篇"，就不能不从诗谈起。

我迷恋上诗，带有很大的必然性，六十年代后期，我回乡务农。那时也就只能看到《创业史》《艳阳天》等少数几部文学作品，日常的文艺熏陶，主要是乡人们闲时忙时随口而来的"信天游"。听得多了，也就熟了，有时自己也套用其格式编些歌唱劳动生活"信天游"或"顺口溜"。七十年代初，有幸到陕西师范大学中文系读书，更是把难得的学习机会主要用来读诗、写诗。那时候，特别崇拜郭小川、李季、闻捷、贺敬之，以及裴多菲、惠特曼等中外诗人，常常从图书馆借出他们的诗集，一本子一本子地往下抄，他们的许多作品，我都能成首成首地背诵下来。当时，每到书店看到新出版的诗集，都拿每天少吃一顿饭省下来的伙食费去买回来。后来，便在学校的节假日里写点小诗，发表在班里、系里主办的板报和墙报上，那时对诗的爱好，简直到了"痴"的程度，记得在一次下乡锻炼时，觉得这是难得的深入生活的机会，自己给自己规定了每天必须完成一首诗的硬任务。虽然也坚持了下来，但也吃了不少苦头。记得有天晚上参加生产队的夜战送肥，干完活已半夜十二点多，因到宿舍已疲惫不堪，但为了完成当天一首诗的任务，我还是强打起精神拿出纸和笔躺在被窝里苦思冥想，谁知不知不觉睡着了，第二天早上醒来一看，钢笔扎在被子里，红花被子上染了偌大一块蓝。此事曾被同学们传为笑谈。如此锲而不舍，倒也在大学期间写下了不少诗歌习作，懂得了不少做诗的门道。

后来，我发现在大学那种过于公式化、规律化的环境里，诗的生活实在太少，单求写诗也不太现实，便把兴趣逐渐扩展到诗论、诗评方面。艾青的《诗论》，徐迟的《诗与生活》，冯牧对郭小川诗作的评论等，都使我从中感受到诗的感性体验升华到理性之后的内在魅力，文学与人生、人心，艺术的感觉与表达，遂成为我萦绕襟怀的问题。

大学毕业后，我留校分在文艺理论教研室，但迷恋的仍是有关诗歌的学问。粉碎"四人帮"前后出现了"天安门诗抄"和歌颂周总理的诗篇，使我在连续的激动之中领略到了诗歌在宣泄情绪、鼓动人心方面的威力与伟力。当时，《长征组歌》也重新发表并编入中学语文教材，系上主编《中学语文教学参考》的王老师约我写一篇分析《长征组歌》的文章，我便利用自己的学诗的切身感受和初步的理论修养，写了一篇题为《宏伟的史诗，壮丽的颂歌》的万余字的文章，从时代背景、分节串讲、思想意义、艺术特点四个方面较为详细地评述了《长征组歌》的方方面面。此文发表在陕西师大中文系主办的《中学语文教学参考》1976年第8期上，这便是我的第一篇文学评论文章。

《中学语文教学参考》是我走向文学评论道路的第一个台阶。此后，我还分别在这个刊物的1977年6月号和1978年2月号上，分别发表了评析贺敬之的《中国的十月》、郭小川的《田泊洼的秋天》的文章。尽管那仍然未脱课文讲析的痕迹，但我却由此学到了文学评论的基本方法，进行了文学评论的初步演练。未曾想到的是,1979年我调到中国社会科学出版社后,诗评家李元洛来看望与我同室工作的大学学友,听说我原在陕西师大中文系,便说他在青海工作时曾看到《中学语文教学参考》上几篇很不错的诗评,向我打听作者是谁,我告诉他作者就是我,他感到很意外,我则在意外之外还感到了几分欣慰。

因迷诗、写诗到从事文学评论,那看起来似乎跳跃性很大的事件,在我却是径情直遂地走了过来,颇有点鬼使神差的味道。我很怀恋我迷诗的那个阶段,因为那充满了青春的纯真、执着和浪漫;我也很看重我学诗的那个阶段,因为它给了我艺术的感觉、素养和信念。

我的评论从这里起步

不知不觉,我从事文学评论已有三十多年了,这个历程的第一步,是从西安迈出的,而初次亮相的舞台,就是《西安晚报》。

我当年在陕西师大中文系上学的时候,还是"文革"后期,那个时候可以写作的文体,主要就是批判文章。我在当时的"批林批孔"运动中,写作了一篇《狂叫"正名",意在篡权》的评论短文,在学校自印的小册子刊印后,被当时的《西安晚报》(1974年2月25日)以"来稿选登"的方式选发。选发的文字也就五百字左右,几乎算不上一篇文章,但对我来说,意义却很重大,因为这是这是我的文字第一次见于报纸,第一次示于读者。它所蕴含的肯定与鼓励,使我对评论建立起了最初的自信心,当然也满足了小小的虚荣心。从此,写作有了无形的动力,也有了一定的目标。

粉碎"四人帮"之后的新时期,我又提笔撰写批判"四人帮"文艺路线的文章,这个转型期的第一篇文章,又是发表于《西安晚报》,这就是刊于1977年3月28日《西安晚报》的《"四人帮"篡党夺权的铁证——批判反动影片＜反击＞》。这篇千把字的影评,是我在新时期发表的首篇文艺评论。由这篇文章开始，我便以文艺评论作为主攻方向，完成了个人评论写作的定向与转型。

在我文学评论的道路上，起步之作与转型之作，都先后发于《西安晚报》，这是一种缘分，更是一种福分。在我成长的七十年代中后期，没有什么期刊，报纸也少得可怜，这种传媒的异常萧瑟，使写作者的出路很窄，舞台很少，而能够在《西安晚报》这样有影响的报纸上发表文章，出头露面，对于一个初习评论的写作者来说，促动之大，影响之深，是难以估量的。这一切都让我感念不已，铭记在心。

我虽已离开西安三十多年，但无论走得多远，隔得多久，我都不会忘记：《西安晚报》是我的评论起点，是我的精神故乡。

散文耐读了

——从《中华文学选刊》的评奖谈起

如果说八十年代的文坛多是小说在唱主角的话,那么九十年代的文坛散文创作波涛迭兴,力作不断,几乎与小说文体在当今文坛平分秋色了。这种情形不仅表现在各种各样的散文专集、文集、选本、丛书的纷至沓来一方面,而且还表现在各个文学刊物普遍看重散文文体,源源不断地推出好的和比较好的作品一方面。

1998年在当今文坛颇具影响的《中华文学选刊》对创刊四年来所刊发的小说、散文、报告文学进行了评奖。我忝列评委参与了评奖过程,阅读和品味了大量的优秀作品,其中对散文一脉的写法之众、力作之多印象尤为深刻。较之以往,散文不仅好读了,而且耐读了。"一叶落而知天下秋",由一贯坚持选优拔萃的《中华文学选刊》对散文作品的选载与评奖,无疑也可见出当今散文创作变异与发展的脉象。

关于散文创作,有两种情形我大不以为然。一种是"闲情偶寄"类,你说恬淡,我道闲适,超凡脱俗的劲头漫溢于字里行间,让人觉得隔膜、遥远；另一种是"歌花颂草"类，抓住花草或山水一类的自然物体穷形尽相，好词用尽，好话说完，又"比"又"兴"，浓妆艳抹，分明是某些政治情绪的变相抒发。应当说，我们过去过多地拜读了这两类作品，因而也较多地败坏了我们阅读散文的兴致与胃口。这种状况在新时期中逐渐得到改变，尤其是在进入九十年代之后，日益走向个性化与多元化的社会与文化生活，促使散文创作不断更变，使之在发展演进中已成为抒发作者情性、折射审美追求，从而也靠近读者心灵、表达社会情绪的重要文体，"轻骑兵"开始担当主力军的重任了。

就《中华文学选刊》选载与评奖的散文作品来看，形式的不拘成法、自由挥洒与内容的大含细入、钩深致远，已成为好的散文作品的共通品格，甚至散文的"文化化"，随笔的"学术化"，也并非是少数作家作品的追求。散文因随手可写作者之真，信笔可写社会之实，已变得无所不能了。

贾平凹的小散文《我的老师》，用一千六百多字的篇幅写朋友的三岁孩子，简简单单地爱护花草、指挥国歌、评说写字、街头劝架、指认挂历六件小事，便把一个天真、淳朴、诚实、可爱的孩童描画得活灵活现，而"他真该做我的老师"的点睛，更使小文章有了倾慕童真、向往天然、反省自我、鞭笞世故等诸多大内涵。怎样见微知著，何为小处见大，贾平凹此文可谓把文章做到了极点。以小见大、平中求奇的创作运思，同时表现在雷达的《蔓丝藕实》中。这篇由诸多小杂感构成的长随笔，几乎都是由身边的际遇与感怀说起，比如"时间的长短"、"人事关系的好坏"、"真超脱与假超脱"、"快乐与自足"，以及"东西的折旧"过程，"时代的缩略"现象等等，可以说也都同时困扰过我们而我们又略而不计，雷达没有让这些问题滑身而过，而是抓住它的擘肌分理、旁搜竟委，自己咂摸了其中的意味，又把它拿来与我们一起分享，而你同他一起思索与揣摸，也势必对这个时代的转型与转型中的我们，多了几分自知，添了几分清醒。由《蔓丝藕实》和其他散文随笔作品，长于论辩的雷达渐次表现出敏于感觉的特长，而这也预示了他在散文随笔创作方面进一步发展的潜能。

就随笔类散文来说,既文笔老到又内容独到的,不能不特别提到张承志和韩少功。《中华文学选刊》选发过不少张承志的作品,如他的《清洁的精神》《以笔为旗》。此两文作为张承志的新近代表作,其意义与影响已不亚于他先前的小说作品。由文学探索走向世俗批判,又由世俗批判走向教义传布,是张承志步入文坛以来的三部曲。正是在这个意义上,《清洁的精神》与《以笔为旗》均不失其标志性的价值。韩少功的散文随笔,《中华文学选刊》先后选载过他的《世界》《完美的假定》等新作,前一篇由国外一次文学活动的观感论起,讲述了语言品格的退化及民族精神的萎缩,后一篇由理想内涵的厘定谈起,讲述了葆有理想对于人的重要与可贵。文章旁征博引中揆情度理,挥洒自如中议论风生,书生意气之中流贯着一种强劲的民族正气与时代豪气。

余秋雨的散文是近年散文园地中的一个重要景象,自然也是《中华文学选刊》关注的重点对象。他的重要散文作品,如《一个王朝的背景》《历史的暗角》《遥远的绝响》《苏东坡突围》,差不多《中华文学选刊》都尽收斛中。

余秋雨创作上的贡献,我以为是在两个方面。一是对于文化的学术研究来说,他引进了一种散文表达的非常规形式,使学术表述文学化;二是对于散文创作来说,他踏入了历史考证与文化考察的范畴,使轻型的散文在题材与主题上都陡然得以扩大。从这个意义上说,你把余秋雨的散文当成学术性的散文或当成文学性的论文,都算得当。更重要的是,读他的散文,你会悄然不觉地被他引领到自己的领域,同他一起观看历史遗迹,查阅正稗史籍。并一同思索尘封于其中的值得探究的隐秘与问题。可以说,余秋雨用他的散文创作,做的是描画过去时代的文化投影或者说是重写文化思想流变史的大举,他入手的是历史,立足的是现实,因而他的作品引发的不仅仅是思古之幽情,更有如何更好地正视现在、放眼未来的文化理性。

近年的散文创作还有一个颇为引人注目的现象。那就是记怀人物的作品数量相当不少,质量也普遍较高,这在《中华文学选刊》的散文选载与评奖中也表现得十分明显。在这一方面,较有代表性的是李辉与王蒙的散文作品。李辉近年在《收获》开辟了"沧桑看云"专栏,他的特点是以当代文坛重要作家为对象,从文学史家的角度去探赜索隐。他的《凝望雪峰》,通过对冯雪峰与鲁迅、与丁玲、与周扬等人的关系爬罗剔抉,写出了耿直而又狷介的冯雪峰个性,又由个人性情、时代风云和人际关系的交织写出了置身其中的个人命运。以散文写作的方式发掘、梳理活的文学、文化史料,使李辉在散文家的身份之外,平添了一重文化、文学史家的身份,与李辉不同,王蒙的记人散文,大都带有侧记、印象记性质,由于他的独特经历与特殊身份,他与胡乔木、周扬、夏衍、丁玲等人都有较多的交往,他利用此长先后写作了《不成样子的怀念》《周扬的目光》《我心目中的丁玲》等文章。王蒙的此类文章又不同于一般人所写的印象记,第一,他所写之人,可以说既重要又复杂,无不带有一定的敏感性;第二,他的写法,既有印象的记述又有个人的评说,在叙议结合中设身处地地去理解所写的对象,实话实说,非褒非贬,力求本来面目的客观还原。读这样的文章,你可以从一个独特的角度加深对所写人物的了解与理解,并从中得到两个真实——真实的人物和真实的作者。既有别人所少有的材料,又有别人少有的看法,这是许多人都爱读王蒙此类文章的缘由所在。王蒙的这种人物记述与人物论评结合的散文,可以说把记人散文这种文体也作了一定的拓展。

  由《中华文学选刊》的选载与评奖来看当前的散文创作,无疑属于管中窥豹。但即便如此,我们也由点即面地看到了当前散文创作兴盛的情形以及它受到欢迎的因由。散文不只是花前月下的摆设,不只是茶余饭后的消遣,它由于作者们贯注了真性情,融入了真感怀,并赋予了越来越多的个性化色彩。它的文化底蕴深厚了,思想含量增高了。作为文学读者和文坛中人,我为散文的这种负重前行拍手叫好。

贵在"有趣味"

——简说贾平凹的散文

贾平凹之为作家,小说创作的影响要更大一些,尤其是他在1993年发表了长篇小说《废都》之后。但实际上,贾平凹在经营小说创作的同时,一直没有放松散文写作。在散文领域也如同他的小说创作一样,佳作不断,成就斐然。几年前,与女评论家季红真聊起贾平凹的创作,季红真非常肯定地说:贾平凹在散文上的成就,绝对大于他在小说创作上的成就。在我看来,在贾平凹的文学世界里,小说与散文两栖的成就难分伯仲,两者并进共秀,是名副其实的双峰对峙。

受供职于三联书店香港公司的朋友李昕之约,我曾为"三联文库"编选过一本平凹的散文集(《四十岁说》,三联书店香港有限公司2002年8月版),因而较为系统地拜读了平凹写于不同时期的大部分散文作品。我的感觉是,从八十年代开始散文写作的平凹,从数量上看是越写越少,从质量上看却是越写越好。当然,他早期的《月迹》《红狐》《落叶》《一棵小桃树》《天上的星星》等作品,都质朴而清朗,淡淡的景象之中含有浓浓的意象，而且浪漫的意蕴中别具一种童趣。但后来的《关于埙》《三目石》《看人》《牌玩》等作品，或托物说人，或借景说事，都在简约平实的文字里，裹藏着沉郁又独特的人生况味。可以说，因为人生的历练和艺术的演练都到了一定的火候，平凹此后的散文，基本上是不求韵而韵自生，不搜意而意自在。由此，我更坚信了自己的这一看法：文学是人生的文学，散文是长者的文体。

关于散文，平凹说过许多话，这些话中可看作读解他作品的钥匙的一句话是"散文要写得有趣味"。这看似十分简单的一条标准，却是许多散文作品所常常难以达到的。有的散文，过于平白、实切，除了照相式地叙说一些身边琐事，了无意趣；有的散文，则过于较劲、用力，不是叙事很宏大，就是用意太哲理，读来少有情趣。其实，散文不能没有意义，又不能有太多的意义。散文在内蕴的营造上一定要有一个适当的分寸，或者说要有一个度。而这个度的恰当表达，便是"趣味"。趣味应该基于作者对于生活的细切而独到的发见，来自于对于发见的巧妙而自然的表达，也即常说的"信手拈来，妙趣天成"。平凹是深谙个中奥秘的，他的许多散文篇什，都是入手平实，行文浅切，但读着读着就有了自出机杼的"趣味"和连绵不绝的"意思"。比如，他有一篇《我的老师》的散文，就堪为"有趣味"和"有意思"的典范。这篇散文写朋友孙见喜的三岁半的儿子孙涵泊，依次写小孙涵泊心疼被折下来的花，看电视时跟着乐曲指挥国歌，看人写毛笔字说写的是"黑字"，街上大人打架时冲过去喊"打架不是好孩子"，有人指着挂历上的裸女的胸脯问他是什么，他说"是妈妈的奶"。一桩桩细小的孩提趣事娓娓道来，三岁小儿孙涵泊的憨态可掬和纯真可爱，都活灵活现地跃然纸上。作者间或在叙事中穿插的议论，如"视一切都有生命，都应尊重和和平共处"；"无所畏惧，竟敢指挥国歌"；"不管形势，不瞧脸色，不慎句酌字，拐弯抹角，直奔事物根本"；"安危度外，大义凛然"；"不虚伪，不究竟，不自欺欺人，平平常常，坦坦然然"；以沿坡讨源又严气正性的点评，引申出包含在孩子天真行为里的荦荦大义。而"他真该做我的老师"的感叹和最后的"我没有理由不称他是老师"的结论，又把自己对孩子童真天性的那份尊重和对自己过于世故的那份自省一同托了出来。我们有过自己的三岁小孩，更见过许多别人的三岁小孩，但却没有这样仔细地去观察，认真地去发现，尤其是把他们当成写作对象去用心用意地经营。什么是好作家，好作家就是这样善于在平常之中见奇崛，由细微之处见精神，以其高人一眼的发现和快人一步的言说给人以惊喜和启迪。

平凹的散文，大致有状景的，记事的，写人的几大类。《中华文学选刊》曾选的三篇，正好分属这样三个类别，也可看做是这三类写作的代表性作品。《黄河魂》是一篇典型的大题小作的写景散文。文章由冲出龙门的黄河的舒缓而壮阔，深沉而滥漫，说到它的"时空演义"和四季变化，由外及里，从形到神，最后落到了黄河的"魂"与"魄"。全文以惜墨如金的420个字，简中带繁地写活了黄河。可谓言简意赅，情文并茂。《五十大话》是一篇自我总结性的散文，由身体的多病和文坛的多事，说到自己对于人生的新的省悟。"病是生与死之间的微调，它让我懂得了生死的意义。""声名既大，谤亦随焉，骂者越多，名更大哉。"我知道，这些话说的都是他的实情，而"平生一片心，不因人热；文章千古事，聊以自娱"的大彻大悟，可能还是一种需要努力才能够达到的境界。但悟到这一点很重要，要不怎么能称得上是知了"天命"？《通渭人家》是平凹记事散文中的力作。通渭五月行，由农家的衣食起居的整洁有序，农民业余爱好的写字作画，写出了一个虽然贫穷却民风淳厚，暂时落后却重教好学的通渭。那是一个既随着大的形势在前进，又按照自身的规律在运转的西部世界，它的长处与短处共同造就了它的净化人、陶冶人的独特魅力。"我来通渭正是时候，我还要来通渭"；"我要让他们（城里的朋友）都来一回通渭！"这样的感慨，是真实的，也是真诚的。

总的来说，贾平凹的散文，整体上有一种径情直遂、浑然天成的特性。

无论状物、抒情，还是记事、写人，他都是信手拈来，恣意写去，不端架子，不拿样子，娓娓而谈之中性情尽现，描声绘影之中逸韵丛生。尤其是他的那些带有叙事特点的篇什，如收入中学语文课本的《丑石》，被许多选本选收的《说话》《桌面》，还有上边说到的《我的老师》，入手都很平实，意象却极其浪漫，依流平进之中透着灵动，细针密缕之中孕着诡异，在表象的漫不经心之中深匿种种匠意。在散文这一领域，长于以小见大、擅于举重若轻的贾平凹，真是把技巧化到了看不出技巧的境地。所谓美与丑、雅与俗的鸿沟，所谓大与小、浅与深的界线，他都浑然不论，信步超越。可以说，在散文创作这个天地里，贾平凹是获得了相当的自由，也表现出越来越多的大师相。

　　平凹在人生上正走向老成，在文学上正走向老到。对于一个作家来说，这正是一个收获金色的好时节。我们有理由期待他在文学创作尤其是散文写作上，更多一些地写出打着贾平凹"趣味"印记的好作品。

一份刊物与一种批评

——"谑评"简说

这里所说的"谑评",有别于"酷评",是指那种以戏谑的态度、诙谐的文笔,对某些对象所进行的批评,有点类似于历史题材电视剧中的不同于"正说"的"戏说"。这种批评在内在意蕴上虽依然不失其严厉,但由于外在表述上的寓刚于柔,谑浪笑敖,批评中有意藏匿了怒气与火气,而更多地表现出夹杂在顽皮与俏皮中的机智与机敏。它旨在于嘲讽与挖苦之中揭示所批对象的问题所在,因而读来有趣而痛快,常常给人以特殊的阅读感受。

最初,有关"谑评"的批评文章,主要表现在天津的《文学自由谈》杂志上。这份原以文学的理论批评为主的刊物,已渐渐演变成为以刊载各种文学随笔、杂感为主,尤其是以各种争鸣甚至是抬杠的文章见长的杂志。2005年的《文学自由谈》既发表了一些青年学者对文坛名家的"谑评"性文章,又对发在自家刊物上名家文章进行了"谑评"性的"反弹"。可以说在当代文坛掀起了一股不大不小的"谑评"风潮。此后,在《山西文学》

等刊物，也有此类"谑评"性文章间或出现。这样一些现象联结起来，便使得"谑评"在2005年的文坛格外惹人眼目。

这里首先要说到《文学自由谈》的"常客"韩石山。作家韩石山自从由写小说改为搞批评之后，名声比过去大了许多，也响了很多，并赢得了不少文学读者的喜爱。因此而明显受益的，还有他主编的《山西文学》，据说受欢迎的程度也直线上升。韩石山一般不管对方是何方神圣，只要是自己觉着不对劲和不对味的，就放胆陈言，直批不讳，而且嬉笑怒骂，不一而足。他总是把老成与老辣、尖锐与尖刻交融于一起，他的批评总是既要打到痛处又要挠到痒处，常常让你哭笑不得，爱恨交加。这样的批评无疑属于典型的"谑评"。在第一期《文学自由谈》上，韩石山写了篇《我怎么总是渡不到那边？》的文章，细述了自己的一个烦心遭际，那就是书海出版社即将一次推出他的三本评论集子，当他"心情好到极点"时，"惩罚就来了"："有人发现书中有政治问题"，"还真的查出不少问题"；而后修改没完没了，出版遥遥无期；因而，"心中郁闷难以排遣"的韩石山，由钱钟书的"大作家在那边"的话题说起，感叹自己"几十年的思想改造，我还在这边"，并反问"我怎么总渡不到那边？"文章在诉苦衷、发牢骚之余，也捎带着对出版方在严苛审稿中对自己不信任、不放心的批评与讽喻。在第二期《文学自由谈》上，他又写了《粉碎中国作家的"军事"建制》一文。此文由各省、市、区的作家组织在宣传自己的作家和创作时，竞相言必称"军"和以"军"自诩，以及爱用诸如"晋军崛起"、"陕军东征"、"豫军突围"，"滇军北伐"，"琼军初见端倪"，"宁军正在形成"等军事术语喻比文学创作行为与现象，把人们习焉不察的怪异现象用梳理的方式显现出来。在他的描述之下，好像全国大部分省、区的作家都"入了伍"了，称了"军"了。这种情形如果是个别现象，还有情可原，而成为了一种竞相效仿和比照的普遍现象，便觉得存有某种荒诞性。应该说，韩石山的眼光很"贼"，确实发现了别人没有注意的现象；但有关"军"的种种称谓，是否真的发展到了"军事建制"的地步,而且必须要予以"粉碎",这就是韩石山在用他的逻辑推演和批评处理,把说法当成了事实,又把事实作了夸大。但在"平庸的作家喜欢这种军事建制","各地作家机构领导喜欢这一套"的评说里,韩石山道出了他真正想说的话,而这也触及了这一现象背后的症结所在,提出了一些引人深思和反思的问题。

而同一期《文学自由谈》上,孙德逊针对韩石山的《我怎么总是渡不到那边?》文章所作的《你想渡到那边去?》一文,也称得上是一篇"以治其人之身还其人之道"的"谑评"。这篇文章,针对上一期的韩石山的《我怎么老是渡不到那边?》的文章,进行了反批评。孙德逊用一种认真又较劲的劲头,并站在一般读者的角度看取韩石山,觉得韩石山"文坛风流,官场得意","一听到批评的声音就神经过敏,尤其是冠上'政治问题'这四个字"。文章在看似苦口婆心中又锋芒毕露,如针对韩石山的"我也是个老党员、老作家啦,怎么就这么不懂政策,就这么没有政治头脑,怎么就这么胡说八道,就这么成心要跟党的政策唱反调?"的自问,孙文反诘道:"请问韩先生,你怎么就不能犯错呢?看他都把自己当成'真理'了!"应该说,因为角度不同,两篇文章实际上并没有真正对准焦点,但孙文也仿学韩石山批评别人的狠劲和辣味,用尽了挖苦的字眼和嘲讽的口气,文章写得诙谐而辛辣,调侃而犀利,读来也甚为有趣和有味。这篇檄文与其说是旨在批评韩石山,不如说是重在表现作者自己,但却说明擅于刻薄批评的,除过韩石山,也还大有人在。

接下来要说到的两起"谑评",作者都是评坛新秀,又是学界女将,且都为李姓:一位是李美皆,一位是李梦。李美皆在《文学自由谈》第一期上发过《由陈思和教授看学术界》,在该刊第二期上发过《我们有没有理由不喜欢王小波》。两文虽然时有调侃性文字,但整体来看还都是严气正性的评论。而她在《文学自由谈》第三期上发表的《李银河时代的王小波》一文,行文洒脱不羁,论说多有嘲意,"谑评"的诸般特点都表露无遗。此文从王小波的"生前寂寞"和"死后繁荣"的反差入手，通过论说"王小波时代的王小波"和"李银河时代的王小波"的绝然不同，最终把话题落到李银河对"王小波现象"的"炒作"的得失上。文章先描述道："自王小波去世后，关于他的纪念就没有消停过，给人一种王小波的灵堂迄今未撤的感觉"；而后又从"个人的怀念"如何变成"集体的怀念"，"神话"如何变成"童话"的经过，指出"王小波正在被偶像化"，而"李银河被自己神话王小波的欲望彻底打动了，在激情的驱使下像陀螺一样再也停不下来了。如此不能自拔，除了因为这是一种良好的精神寄托外，还是因为这是有回报的，王小波的折光已经照亮了李银河"。说到一个时期以来对王小波的这种种纪念，她不无调侃又及其形象地指出，"已经运动化了，已经变成一波一波'向王小波同志学习'，'向王小波同志致敬'的运动"。她认为，这不仅是越过了"鸡蛋""盯住'老母鸡'不放，而且还搞得鸡毛乱飞"。文章既在亦庄亦谐的语调之中，包裹着犀利的批评锋芒，又在不时地重复"可怜的王小波"的慨叹中，表达了对本色的王小波的真正同情。

　　李梦在《文学自由谈》上的首次亮相，是对该刊第三期上梅疾愚的《被迫过着很有"学问"的生活》一文的反批评，那主要是她作为当事人对某些问题的澄清和对某些说法的回应。她的第二次亮相，是针对韩石山发于《文学自由谈》第五期的《中学课本里的鲁迅作品》一文，在第六期发表的《关于"小说"的请教》一文。文章几乎全用评中见讥、批中含讽的文笔，一路娓娓道来，犀利与戏谑联袂而至，幽默与尖刻相随相伴，读来好像是文学形式的"二人转"一般。文章把韩石山不叫韩老师，而是称为"韩师傅"。论到韩石山低估了鲁迅小说的艺术价值，随口提到曾鄙薄过鲁迅作品的王朔时说，"这丫的曾把鲁迅没写过长篇小说作为鲁迅不配作家称号的口实，王朔这么说，既符合他的身份，也够得上这种资格。人家自称'流氓'，无知者无畏"；"韩师傅是有知识的，大小不济还有点头衔，倘若无知，上对不起组织，下对不起职员"。接着，李文依次就韩文提到的鲁迅小说因"借鉴魏晋小说笔法","不宜入选",《社戏》《故乡》"像散文不像小说"等问题,逐一予以批驳,提到韩文对《阿Q正传》的"说到怎样的深刻,怕都是评论者的附会,难说就是阅读者的体味"的说法时,李梦几乎是疾言厉色中夹棍带棒了:"韩师傅把评论者看得忒牛X了,把阅读者看得也忒傻X了。""阿Q红火了几十年,靠的还是人民群众的火眼金睛。"文章虽然"依着韩师傅的路数",但又显然更见戏谑的功夫与淋漓的内力。

"谑评"的逐渐兴起,使得文学批评更显生动与活泼,也表明了文学批评还大有拓展的余地与空间。但这样的批评,也向有关各方提出了一些新的问题,比如,对于批评者来说,如何做到分寸得当,谑而不虐;对于被批评者来说,如何做到坦然承受,虚怀若谷;对于一般阅读者来说,如何做到把握其要,领会其妙,这都还需要在面对中适应,在适应中修炼,在修炼中提高。从根本上说,"谑评"在现时的出现,已经是各个方面调整自我的精神成果,从更大的方面说,它可能还是我们的社会文化环境正在走向相对宽松和更具弹性之境界的一个具体而生动的反映。

在理解和扶持中自省、自强

——我的批评策

文学批评作为文学活动的重要构成部分,一直在文学事业的发展进步中扮演着重要的角色,发挥着重大的作用。这种功用与意义,在改革开放以来当代文学三十年的发展进程中,表现得尤为明显和充分。可以说在从新时期到新世纪,文学创作的探求与拓进,文学事业的蓬勃与繁荣,都与文学批评的鸣锣开道和热情鼓呼密切相关。

自九十年代社会生活以经济活动为中心,经济活动以市场机制为主导之后,社会环境和文化氛围都发生了深刻而巨大的异动,这使得文学与文坛随着市场化、大众化、全球化和媒体化的影响与推动,也发生了种种新变。这种异动与新变的结果,便是进入新世纪之后,文坛大致形成了"三分天下"的基本格局:即以文学期刊为阵地的传统文学或主流文学,以出版营销为依托的图书运作或市场文学,以网络信息为平台的网络文学或新媒体文学。文坛这种一分为三的情形,带有相当的必然性。这样一个格局形成的原因,无疑是综合性的,并非单靠文学本身所能促动和形成。如果我们认可这种文学现状，就会看到批评的处境与地位已与过去迥然不同了。在这样的一个基点上来谈论文学批评，我以为至少要讲两句话或两层意思，那就是：批评需要理解和扶持，批评也需要自省和改进。

批评需要理解的，是它所面对的对象，不仅增多了，变大了，而且也新异了，复杂了。过去的文学批评，基本上面对的是一个相对单一的传统文学与文坛，而现在的批评在传统文学或主流文学之外，还要面对市场化的文学，网络文学或新媒体文学。如果要如实描述现在的批评与现状的关系，可以说是：缩小了的批评，在面对一个放大了的文坛；相对传统的批评，在面对一个活跃不羁的文坛。这种事实上的不对等和不平衡，正是批评的难处与挑战之所在。因而，批评需要人们的理解，当然更需要基于理解的多方面的扶持。

文学批评需要加以扶持的方面很多，首先是批评队伍既需要壮大，又需要纳新。现在从事文学批评工作的，来自好几个方面，有作协、文联系统的，有高校、社科机构的，有报刊、出版单位的，等等。说好听的，是有一支队伍，说不好听的，基本上是散兵游勇。因为没有一个彼此联系的机制与方式，见面就是作品研讨会议，散了后就各自为战。就评论与批评的对象选择来看，也是主要根据作品研讨的情形顺序而来，剩下的不多空余也是谁催得紧、要得急，先给谁干活。基本上是随机安排，被动应付，而且忙得不亦乐乎。现在看来，建立一个联系批评家的组织或机制是必要的。可借助这样一个组织或机制，沟通情况，研讨问题，交流信息，并就一些倾向性的现象与问题，组织集体的力量运用论坛的方式进行重点出击，还可就一些需要特别关注的宏观性的文学问题，提出一些带有指导性或导向性的系列课题。通过这种方式，可以起到联谊批评队伍，集中批评力量，组织重点选题及吸引对文学批评有兴趣的人士介入文学批评等多重作用。还有就是要积极发现批评人才，大力培养批评新秀。现在活跃于文坛的批评家，主要由四十年代、五十年代和六十年代的人们所构成，七十年代的极少，八十年代的基本没有，这与文学创作上的六代同堂（从三十年代到九十年代）和越来越年轻化，构成了极大的反差。批评的队伍需要年轻化，有活力，而批评的人才又需要既综合又特殊的素质，因而很难依赖自然成长，需要有一些发现和培养新人的措施与办法。比如，在一些有条件的高校和研究机构建立专门培养批评后备人才的研究生基地，吸纳有志于文学批评的年轻学人和爱好者，举办文学批评青年培训班等等。这些都需要提上议事日程，而且刻不容缓。

另外，文学批评在活动的阵地，传播的工具、资讯的提供等方面，也需要具备一定的条件，得到有效的支持。现在的文学批评类文章，主要发表于一些专业性的报纸和文学理论批评刊物，而这些报刊的受众主要是业内人士，因此其影响基本上囿于一定的圈子，社会性的影响极其有限。而受众较多，影响较大的电视、网络和市民报纸，基本上没有文学批评的立锥之地。如有，也是以媒体批评和媒体报道的方式对专业的文学批评进行"为我所用"式的择选、删改与加工，经过这种媒体过滤的批评家，常常有"被侮辱与被损害"的感觉。这样的大众化的传播资源，辐射面广，影响力大，如何也"为我所用"地为文学批评服务，或起一些配合、呼应的作用，委实是值得我们认真考虑的。

文学批评面对着不少的难题，面临着诸多的挑战，是问题的一方面；而文学批评确实需要在自省中自立，在自立中自强，是问题的另一个方面。这些属于自身方面的问题，也需要坦诚直面，深刻认识和切实解决。这里就最为突出和紧迫的问题，提出如下两点意见：

其一，面对俗化的文化环境和缭乱的文学现状，批评家需要增大社会责任心，增强历史使命感，并以知识分子的良知、审美，高端的感知，观察现状，洞悉走势，仗义执言，激浊扬清。要超出对于具体作家作品的一般关注，由微观性现象捕捉宏观性走向，由代表性现象发现倾向性问题；该倡扬的要敢于倡扬，该批评的则勇于批评，对于一些疑似有问题的倾向和影响甚大的热点现象，要善于发出洞见症结的意见和旗帜鲜明的声音。要通过这种批评家自身的心态与姿态的切实调整，强化批评的厚度与力度，逐步改变目前这种文学批评宣传多于研究，表扬多于批评，微观胜于宏观的不尽如人意的现状。

其二，为着适应不断变化的文学现状，批评家在观念、方法和语言上，要及时地吐故纳新，不断地与时俱进。比如有的批评家的思想与情绪还停留在八十年代，没有完全走出"新时期"的情结，这使得他们在看取现状和表述问题时，都有一定的滞后性，明显地与当下现实相错位或相脱节。还有包括本人在内的更多的批评家，在知识结构与理论准备等方面几十年"一贯制"，少有新的吸纳和大的变化，因此在面对超出已有经验的新的文学现象时，要么是文不对题，要么就失语、缺席，显得力不从心和束手无策。像在市场上长驱直入的青春文学，在网络上广为流传的网络文学，就基本上游离于主流批评的视野之外。出现这种现象的原因，并非文学批评的不为，而是现在的批评家不能。这种现状长此以往，既可能会使如青春文学、网络文学等新兴文学难以得到品位的提升，也会使整体文学的和谐发展受到很大的影响。

放大了说，批评的问题不只是批评的问题，它还是文学的问题，文化的问题，社会的问题。从这个意义上讲，理解批评，扶持批评，振兴批评，就是文学发展、文化建设和社会进步的题中应有之义。

《白鹿原》《尘埃落定》及其他

——当前小说创作答问录

2000年5月,我应中央民族大学学生会、团委之邀,到该校就当前的长篇小说创作作了一次讲座。讲座的具体议题为:1.我认为的优秀长篇小说应具有的艺术水准;2.当前长篇小说的四个现象——现实题材、史传题材、个人体验、家族写作;3.世纪末的两部杰作——《白鹿原》与《尘埃落定》。讲完预定的内容之后,留下一个多小时的时间同与会者即席对话,与会的本科生、研究生们提出了我讲座中涉及的和他们所关心的数十个问题,我尽力一一作答。从最终的效果看,这个坦诚相见的文学对话,似乎彼此的感觉更好。我认为,这个对话不仅反映了我自己对于当前一些文学现象的看法,也同时折射了当代大学生们对于一些文学问题的关注与思考,现将当时的对话稍加整理。分述如下:

1. 关于《白鹿原》

《白鹿原》所写的是我们极为熟悉的题材，但读起来却有一种新鲜感和陌生感，请问这是不是与白嘉轩这一特殊人物的塑造有关？

白嘉轩有仁义的一面，又有吃人的一面，从他身上我们可以看到封建文化的精华与糟粕，请问如何评价这一复杂形象？

黑娃从反抗儒教到皈依儒教，这意味着什么？《白鹿原》是否有对儒家思想过于推崇的问题？

《白鹿原》所以让人有既熟悉又新鲜的感觉，我以为主要是选取了家族文化这样一个独特的叙述视角所造成的。从许多方面来说，我们都是置身于家族文化的氛围与影响之中，但却很少从文学作品里得到如此集中、鲜明而又深切的观照；另外，因为作者立足于家族文化、民族秘史这样一个叙事立场，他便超越了以往的小说作者只以政治为本位的局限，与我们所习惯了的叙事模式拉开了距离。从这个意义上来说，《白鹿原》的新颖、深刻与独到，与作品主人公白嘉轩的确关系极大，甚至可以说，有了白嘉轩的形象，家族文化的题旨便得到了充分的阐释，而家族文化意蕴的凸现，又使《白鹿原》在长篇小说创作中独树一帜。

白嘉轩是作者作为农耕文明的代表、家族文化的典型来塑造的，这一形象确实具有着两面性，比如他既不放过鹿子霖这样奸诈狡猾的大恶人，又容不得小娥这样与世无争的小女人；但从总体上来看，他是一个正面意义大于负面意义的人物典型。他一辈子都是恪守着传统道德为人处世的，无论是在治家还是在治族，他都信奉"仁义"精神，追求田园理想，他立乡规，修祠堂，建学堂，表达的是以乡土为本的自给自足的愿望，但近有鹿子霖这样的恶人缠搅，远有国共两党纷争的阻遏，这一切对他来说，都构成了一种干扰，使他在自己理想的追求上不断打着折扣，以至最终不了了之。我觉得作品写到白嘉轩最后把儿子孝文当了县长以为"白鹿"显灵的结果，是不能忽略的重要一笔，因为恰恰是这个白孝文，为了往上爬，把一同起义的鹿兆谦、黑娃无情地送上了断头台，是个伪装成善人的恶人。这一笔不仅写出了政治斗争的复杂性与残酷性，而且写出了白嘉轩的仁义追求的最终破产，这使我们看到，用"仁义"的眼光有时很难真正看出是非。在这里，作者实际上披露出了对传统的文化精神毁誉参半的历史主义态度。所以，通过白嘉轩这个人物，作者既实现了他对传统文明的歌赞，也体现出他对传统文化的批判。

黑娃从一个无遮无拦的草莽英雄走向一个知书达礼的儒化人物，从一方面说明了儒家文化在乡村这块土地上强大的化合能力。它比之别的意识形态，对农人更有亲合力、更具感召力；而黑娃最终又被白孝文陷害致死而浑然不觉，显然也有受儒家文化影响太深的原因。我认为，陈忠实在《白鹿原》里对儒家文化在乡村根深蒂固的影响，主要作了一种如实的描述，主观上不存在过分推崇的问题。要全面考察作者的态度，那也是"半是颂歌，半是挽歌"。这种态度具体到《白鹿原》这部作品来看，应该是比较适当的。因为它不是那么斩钉截铁，不是那么泾渭分明，反倒可以引起人们的种种思考与联想，从而延伸和扩大作品原意蕴。我们应当注意，作者是在写小说，不是在作论文，我们作为读者，最好也把小说当小说来读。

2. 关于《尘埃落定》

《尘埃落定》读起来让人耳目一新，尤其是书中的傻子令人着迷，傻子是否真傻，是傻子何以做出聪明事？

《尘埃落定》里所写到的几次地震意味着什么？

阿来的行文风格明显不同于陈忠实的行文风格，请您评说一下各自的特点。

《尘埃落定》是从一个傻子的角度反观人生、探索人性的作品，它的独特之处就在于由傻子的眼光来看取世界，与我们所习见的常人角度大异其趣。书中的二少爷是麦其土司酒后的产儿，确有不如哥哥伶俐的方面，但"傻子"的称谓显然言过其实。他为人处世的基本方式是凭本能，靠直觉，直奔主题。不搞繁文缛节，所以常常比正常人、聪明人更能拨离表象上的迷雾，接近事物的本质。他为麦其土司几次大的决策所出的主意，都比聪明的哥哥、老谋的父亲要高出一筹；他没费什么事便得到了当地最美丽的姑娘塔娜，没费多大力便使麦其家成为康巴最强大的土司。他常常在每天醒来之后，反问自己"我在哪里？""我是谁？"这在有些人看来是犯傻的诘问，恰恰是哲人才经常思索的问题。而那些聪明人不仅不想这些问题，而且为钩心斗角殚思竭虑，常常为了手段而忘了目的，聪明反被聪明误。从整个作品来看，你可以说被称为傻子的二少爷并不真傻，也可以说其他的聪明人并不真聪明。这两层意思我看都不违背作者和作品的本意。正是这种交错对比，让人在感受上翻了一个个儿，不得不去想到底谁活得正常，谁活得异常，从而回到原初点去思索人性与人生的诸多问题。一个傻子能像一面明镜一样让我们反观自身，这是《尘埃落定》的最大价值所在。

《尘埃落定》里的几次地震意味着什么，我没有认真寻思过。我印象较深的是，在"我不说话"一节，少土司正与弟媳苟合，老土司正与三太太做爱之时，随着他们的身子的摇晃，官寨也在剧烈地摇摆，结果他们都光着身子暴露在光天化日之下。我觉得，作者在这里并非是在自然灾害的意义上写地震，而是以这样一个突发事件，暗示病态情欲勃发的恶果，隐喻官寨必由人为和天然的种种动荡走向衰亡这样一个历史趋向。

在语言文字的造诣与运用上，阿来与陈忠实都很精彩独到，可以说是两类文字风格的典型代表。陈忠实的语言，以陕西官语为基础，汲取了外国现实主义文学的丰富营养，语言讲究厚度、力度与节奏，读来铿锵作响，浑厚晓畅；而阿来多以阿坝藏语为底蕴（他曾告诉我，《尘埃落定》的叙述语言主要是汉语方式，而人物对话多为藏语直译）。

3. 关于文学中的性描写

这些年的大部分优秀或重要的长篇小说，似乎都离不开"性"，您对这种现象怎么看？

据说评选茅盾文学奖时，有人提出《白鹿原》删去性描写才能获奖，这合理吗？

您对王小波主要写"性的"的《黄金时代》怎么看？

的确，性描写已成为当今小说创作中的普遍现象，其中尤以长篇创作为最。我们以上谈到的《白鹿原》《尘埃落定》，以及《废都》，都有不少性描写的内容。就我接触到的情况看，应当说绝大多数作品的性描写是比较适度的，这当然要除去那些不上档次的书摊作品。对于文学中的性描写，人们通常有两个基本的判断标准，一个是有无必要，一个是写得怎样。也就是说，首先，你是为写性而写性，还是从揭示主题、塑造人物的需要出发而写性；其次，你是以渲染、媚俗的态度去写性，还是以储蓄、审美的态度去写性。我们阅读文学作品，也可以用这样的标尺去衡量其中的性描写。应当看到，性作为人的生存与发展不可或缺的随行物，本身即是"人学"的重要构成，作为"人学"的文学如果离开了"性"，势必使文学中的人失却全面性、丰富性、复杂性，乃至生气与元气。从这个意义上也可以说，"性"在文学中必写无疑，不存在可写不可写、能写不能写的问题，问题只在于怎样去写。另外，作家如何写性以及文学中的性描写，不纯属作者个人的行为，从根本上说，是受一定时代的文化和风尚制约的。具体来说，一定社会里的人们在"性"问题上的认识及其行为方式，是置身于其中的作家写性时有形或无形的内在依据。因此，除去个别例外现象，一般来说，作家所处的时代与生活在"性"的方面的开放程度，与当时的文学作品对"性"的反映程度，大约是成正比的。我们可由不同时期的文学作品写"性"的情形，充分验证这样一点。说到这里，综合我的意见，那就是不必对文学中的性描写大惊小怪，我们需要关注的，只是作者如何去写和写得怎样。

据我所知，评选茅盾文学奖时，是有人提出《白鹿原》的性描写过度的问题，但影响《白鹿原》评奖的根本问题，还在于有人提出的所谓对国共双方等量齐观、政治态度有欠模糊的问题。另有一些评委不这样看，认为《白鹿原》以家庭文化立足，包含了政治又超越了政治，不能只见政治不见其他。两种意见相持不下时，老评论家陈涌发表了他的看法，认为《白鹿原》的性描写虽然不少，但基本上是适度的；《白鹿原》虽用文化来包容政治，但写出了历史的走向，政治倾向基本上是正确的。应当说，陈涌的意见深思熟虑，加上他的权威性和影响力，促使了评奖的天平向肯定的一方倾斜。由于有关性描写过度和政治倾向不明的强烈看法，所以形成了一个评修订本的折衷意见。陈忠实后来确实在这两个方面都作了修改，但改动幅度不大，并未伤筋动骨。

王小波因英年早逝，作品并不太多，但都有丰厚的内涵。我这个人比较喜欢他的《黄金时代》，"性"可以说是这部作品的主要内容，但他通过"性"，即两个不幸的人在不幸年代里寻欢作乐，在"极左"思潮下所谓的"革命"时代、"再教育"时代，王二、陈清扬们（《黄金时代》里的男女主人公）偏要苦中作乐，甚至以"做爱"取代"革命"，而且还恋恋不舍地美其名曰"黄金时代"，来表达举重若轻的反讽。所以，《黄金时代》里的性描写不同一般，而且，王小波写性，率直又含蓄、坦荡又腼腆，幽默意味溢渗于字里行间，真可以说不落窠臼，别具手眼。我还想接着多说几句，我除了读王小波的作品，还和他有过几次接触，我感觉他是个以文学方式存在的思想者，他的所写所思，都在看似形而下之直指形而上，在不合规范之中充满了独到的识见。我建议大家除了看《黄金时代》,也一定好好读读他别的作品,也肯定会多有所获。

4. 关于王朔、徐坤、韩少功

文学界对王朔的作品似乎"贬"大于"褒",然而他的作品在社会上相当有市场,不知您对这一现象持何看法?

有评论家说现在的徐坤是又一个王朔,又一个女顽主,徐坤的作品到底该如何看?

韩少功的《马桥辞典》,评论界有两种截然不同的看法,北大一教师认为它是一部"因袭"、"模仿"之作,而著名作家王蒙等却认为它在形式上有自己的独创,请您谈谈自己的看法。

文学界对王朔的作品"贬"多于"褒",是不争的事实。王朔的小说最为热的时候,批评他的言论就不绝于耳。后来他的小说被改为电影、电视剧,批评他的专著先后有好几部出版。前一个时期开展的"人文精神"讨论,因为王蒙肯定了王朔几句,王蒙连同一起被批判,甚至形成了"二王"事件。一个作家的作品一方面在读者中不胫而走,一方面却在不断地引起着争论与非议,这种现象在当代文坛并不多见。我个人认为王朔作品有一些比较可贵的东西,被他的调侃掩盖住了,批评他的人抓住了他的一些毛病,但也有一些问题属于看走了眼。他们没有看到,王朔作品中的调侃、嘲讽,矛头所向主要是现实社会中的假道学和假正经,而且后期的王朔作品显然已从"谐趣"小说走向了"问题"小说,如中篇《动物凶猛》《过把瘾》,长篇《我是你爸爸》等。综合起来,王朔可以说是当下生活中一个忠实而独特的代言人,他以他的作品传达着社会中的新事物、新动向,也以他的作品报道着生活中的新人物、新语言,其作品丰盈又自成一格,是当代文坛最有寓教于乐意识和注重愉悦读者的一家。他的作品有着比较广泛的读者，这是他下笔写作时的心里装有读者的必然反馈。我曾在八十年代中期写过一篇评论王朔的文章，题目就叫《王朔"火"了，"火"得必然》，讲的就是这些意思。当然，王朔作品的毛病也是显而易见的，他自己也并不讳言，比如有时调侃过度、失之油滑，有时间或带有自然主义倾向等等。但评价一个作家，要全面观照，"一分为二"，不要抓其一点，不及其他。那些批评、否定王朔的意见，常常让人觉着不无道理又不无偏颇，原因正在于观念比较滞后，又犯有后一点的毛病。

女作家徐坤在崭露头角的时候，有评论家说过"王朔再现"，甚至索性就说她是"女王朔"之类的话，用这样的评语说那时的徐坤，有一定的道理。但我看，这样说还有突出其特点，以使更多的人注意徐坤的广告意味。的确，徐坤早期的《呓语》《白话》《先锋》等作品，从题旨到语言，都充满着亦庄变谐的意味，其中确能找到王朔的某些影子。但徐坤就是徐坤，她并非无所不"嘲"、"一嘲"到底，语言也更见文雅，她重在写文人如何在对理想的追求中一步步走向反理想，属于反讽意蕴浓重的文人小说。这些年来，徐坤的小说创作又有新的发展，有纪实意味较深的，也有荒诞意味较强的，表现出驾驭多种题材和题旨的不凡实力。应当说，在六十年代出生的作家中，徐坤是颇具代表性的一位。她的较高的知识素养（原为印度学研究生，后为当代文学助研）、细腻的艺术感觉和辛辣的叙事风格，使她在年轻一代的作家中越来越显示出自己的独特性与重要性。

韩少功的《马桥辞典》，是一部不同寻常的作品，但意义不大的争论和旷日持久的官司，影响了人们对这部作品的认真解读和深入分析。我个人认为，这部以词条形式、词典结构出现的作品，在形式和结构上对国外的同类作品如《扎哈尔词典》有所借鉴，但也仅此而已，它在内涵、语言、风格诸多方面，都基于自己的思考，出于个人的独创，是一部具有文化史意蕴、风俗史品格的重要作品。近三十万言的对"方言"、"俚语"的文化学考据和文学性诠释，是无法"抄袭"、无从"照搬"的。因此，"照搬"、

"抄袭"说言过其实,是一种不确切的情绪化表述。同样,这一本该通过文学讨论解决的争端或误会,最终闹到对簿公堂的地步,是包括我在内的文学界内行们所不理解、不欣赏的。

不朽的赵树理

——在第四次赵树理学术讨论会上的发言

著名作家赵树理离开我们已经整整三十年了。他去世的日子——1970年9月23日,离我们越来越远,而他本人和他的作品却离我们越来越近。我以为,不能说我们或者人们没有忘记赵树理,而只能说赵树理以他与大地同在的创作,没有须臾离开过我们。

不久前,我们社科院文学所受中组部委托编撰"县级以上干部培训教材"的文学读本,当确定了精选古今名家名作的编选思路后,赵树理当然进入我们的视野。但有人担心,赵树理的小说有"问题小说"之嫌,会不会因时代痕迹过重而使整体的内容有过时感。带着这样的疑虑,我们重读了《锻炼锻炼》《套不住的手》《实干家潘永福》等短篇,感到这些作品在人民公社的背景之下,着重写人生、人情、人格、人品;生龙活现地穿透了当时的时代与社会背景,今天读来仍清新引人和质朴动人。把赵树理这一时期的作品与他同时的其他作家的作品来比较阅读,可以看出他对人性挖得最内在,而对形势跟得最不紧,因而更具有超凡脱俗的文学价值。

由具体的人、具体的事入手而又超出一时一地的局限，在赵树理是有着自觉的追求的，这种追求简而言之，就是平民化的姿态和民族化的风格。赵树理在许多场合都提出作家要长期深入生活，做日常生活的主人。他还表白自己："我不想上文坛，只能上'文摊'。"这实际上是主张作家放下文人的架子，跳出知识分子的圈子，成为你所描写的平民对象中的一员。他也以自己出身农家为荣，说"我是在农村中长大的……因此摸得着农民的底。这是我自以为荣的先天条件"。他并未以此为满足，一有机会便深入农村生活，在长期做农村基层工作的同时从事创作。可以说，他是背靠太行山，脚踏晋东南，向世人发言、为农民代言。这种贯彻始终的平民姿态，使他在为人的角度和为文的立场上，都以不主故常的平实与坚实独树一帜。

与内蕴的民俗性相应，艺术风格上的民族化，是赵树理以一贯之的另一追求。他一再说写作要时刻想到读者，并声明自己"每逢写作的时候，总不会忘记我的作品是写给农村的读者读的"。"形式、结构、语言文字上保持力求群众便于接受的民间风格。"为此，他经常了解读者的兴趣，深入研究读者的喜好，在对民间、民族喜闻乐见的艺术形式的继承与借鉴中，创立自己以小见大、简中见繁的写法，创建自己平易生动、幽默风趣的语言，把农村题材的小说创作提升到新水平，推进到新高度。

赵树理的创作实践和创作成果，是他个人的一座伟岸的文学丰碑，也是民族的一座丰饶的文学宝库。珍重它、研究它、发掘它，已不仅仅是赵树理研究本身的需要，更是当代文学在新历史条件下进而发展繁荣的需要。

在保护中发掘和利用

——关于陕西文化资源的感想

陕西作为历史文化积淀丰厚、革命文化蕴藏深厚的所在，其文化资源具有得天独厚的代表性和无可替代的重要性，是毋庸置疑的。文化资源上这种鲜有匹敌的优势，是陕西的光荣，也是中华的骄傲。把这份宝贵的文化资源保护好，套用一句俗语，是"功在当代，利在千秋"的宏伟壮举，也是陕西人义不容辞的重要使命。

参加了2009年5月下旬由西北大学组织的为期10天的"陕西文化资源保护与利用研讨会"，感慨良多，教益颇深，许多理性的思索有了感性的印证，许多感性的认识又有了理性的升华，可以说在理论与实际相结合的层面上，提高了对"陕西文化资源保护与利用"的意义的理解与认识。

我想结合这次调研，就自己感受最深、思考较多的两个问题，发表一些粗浅的看法和意见。

一 有形文化资源需要加大保护力度

陕西的文化资源，数量丰盈，品种众多，仅有形的文化资源方面，就可大致分为先民遗址（如半坡遗址、蓝田猿人），帝王陵墓（如秦始皇陵兵马俑、乾陵、茂陵、昭陵、阳陵等），名胜古迹（如法门寺、大雁塔、华清池、碑林、钟鼓楼、明城墙等）种种，另外还有一个大类，就是散见于地方、存活于民间的民俗文化（如民间工艺、民间艺术和地方民歌等）。比较而言，先民遗址、帝王陵墓、名胜古迹等几类，因为有着重要而显见的历史价值和文物意义，并有一定的专业人员进行发掘和保护，而且纳入了政府的文物、文化工作体系，虽然有大量的工作要做，但固少有抢救性和紧迫性的工作，没有太多让人担忧的地方。倒是民间、民俗文化这一块，因为既不属于令人瞩目的文物，又局限于不同的地域范围，常常容易在忽略与轻视中衰落乃至灭亡，因而特别需要进行抢救性的保护和保护性的开发。

令人稍感欣慰的是，2004年3月2日，陕西省人民政府办公厅颁发了《关于加强优秀民间传统文化保护工作的通知》，就充分认识优秀民间传统文化保护工作的意义，增强责任感和紧迫性，加强优秀民间传统文化保护工作的总体要求，方针和重点，确定优秀民间传统文化的保护范围，建立科学的保护制度等，都提出了原则性的指导意见，这对于加强民间传统文化的保护工作，无疑是适逢其时的。

事实上，陕西民间传统文化的现状，是十分令人担忧的。就我们在5月下旬参加"研讨会"期间走马观花式的了解看，一些民间传统文化或者在生存中深陷困境，或者在困境中濒于失传，无论是对其的认识、保护还是宣传，都很不令人乐观。比如凤翔的泥塑，虽有胡深等民间大师苦苦支撑，近几年也先后以泥塑马、泥塑羊被选入了生肖邮票，但总的感觉是欠缺艺术上的创新，品种无多，式样单调，而且家庭作坊式的制作使工艺、工序都颇显落后。凤翔泥塑仅靠这样的自制自作、自产自销，显然远远不够，还应该有民间泥塑家的切磋、交流与竞艺，以及高水平的雕塑家的艺术指导，使之在"更新"与"提高"中得到更大更好的发展。相比较之下，凤翔泥塑的现状还算是比较不错的，有些地方的民俗文化的现状连凤翔泥塑的风光也没有。像合阳的提线木偶，其地位与福建的"南派木偶"并驾并驱，称为"北派木偶"，但现在的演出只限于在一些旅游点上作为观光的一个点缀节目，好像是把它当成一种"玩意"，而未真正当成一种艺术。据说，提线木偶的从艺者也在逐年减少，现在会现场演唱的艺人不多，会提线表演的艺人更少，其前景着实令人担忧。

在研讨会期间，主办者特别为与会者放映了西安电视台摄制的"濒危的民间艺术"的电视专题片，专题片中提到了许多种后继无人和行将灭绝的陕西民间传统艺术，如华县的皮影戏，西路道情，长安古乐等等，这些艺术形式在中国传统文化之中都以其拨新领异而卓具代表性，如真的失传和灭绝，便很难再度重生和复兴，实在是到了必须立即抢救、刻不容缓的程度了。

这些民间传统艺术的不断萎缩和濒临灭绝，有文化大环境追求时尚、追逐实利的客观原因，也有有关文化领导部门特别是地方领导抓经济的一手硬，抓文化的一手软，在认识上不到位，保护上不得力的主观原因。没有思想上的高度重视，就不会有保护上的有力措施。这个问题如不及时解决，我们就要犯绝大的错误，甚至成为历史的罪人。

二 无形的文化资源还需进而深入发掘

有形的文化资源，因为看得见，摸得着和用得上，可能还容易被发现，被重视，而无形的文化资源，因为并不显见，隐性存在于某些领域，就更难得到应有的关注与重视。

这些无形的文化资源，在我看来有陕西的历史传统、地域特色，尤其是陕西人文化性格、人格精神等。常说"一方水土养一方人"，其实，"一脉历史也养一脉人"。陕西的独特的地理位置、自然条件、地域文化和历史传承，事实上也养育并培植了陕西人总体性的文化性格与人格精神。这种文化性格与人格精神是什么，不同的人和不同的角度当会有不同的理解与诠释。在我看来，历史上的陕西人，主要以胸怀远大的进取精神、坚忍不拔的执著意志见长和赢人。这种精神与意志从黄帝、炎帝开创华夏文明始，到后来主导了周秦雄风和汉唐气象，不仅把博大的"秦人精神"、"唐人精神"变成了独步一时的辉煌的"物质"，而且成为中华文明和民族精神的重要渊源和主要构成。

我觉得我们在陕西人的文化性格和人格精神方面，有两个明显的欠缺。一个是欠缺深入的研究和探讨，至今看不到有关这一方面的研究探索成果，另一个是欠缺在研究基础上对陕西人文化性格的自我反省。这样的结果，可能既使人们对陕西人的文化性格缺乏真正的认知和理性的把握，又因这种对文化性格缺乏自省而使实际上在生活中发生作用的文化性格随波逐流，甚至使负面因素与正面因素一起在现实中发挥着作用。比如，现在常常就很难让人明显感觉到陕西人的那种让人敬畏的进取精神、创新意识，相反，那些怀旧与守成的"皇民"精神、"废都"意识却时时处处可见。陕西在当代以来的许多时期，包括改革开放的新时期以来，经济发展上一直处于全国的下游，甚至落后于许多边疆省区，这种低下的经济地位与其具有的历史地位和自然条件都极不相称，而人们对这种后进状态在一个时期还浑然不觉，或者无动于衷，这不能不说是与陕西人文化性格中的负面因子在其中作祟有极大的关系。

历史上的陕西人在陕西这块土地上创造过许多重要的文明和光辉的业绩，而这些壮举都是以某种精神为先导，又对既有的精神给予了拓展和创新。历史上的秦朝就是这样，因为在文化上融周秦文化、西域戎狄诸种文化为一体，注重实用，强调功利，形成了不拘一格的用人制度和赏罚分明的官吏制度，在承继法家思想的同时又光大了法家思想，从而成就了"车同轨，行同伦"的统一大业，并以雄强大气的秦文化铸就了中国统一之后文明史上最光辉的一页。像此后的汉代的"文景之治"，唐代的"贞观之治"，这些在陕西大地上上演的历史壮剧，都有相当丰厚的内涵可供研读和珍重。

我特别想提到的，是当今人们不太提起的"关中实学"。这个以张载为代表的学派，是在中国历史的重心由西向东迁移之后，陕西不再处于中国文化中心位置的北宋时期出现的。我感到，人们几乎也把张载和"关中实学"当成了一种边缘文化来对待，这里边包含了某种误解，也包含了某种不公。张载的"实学"思想，看起来是以"易学"为骨干建构起来的，但在表象飘忽之中，却充满一种经世致用的务实精神，他在"学贵于有用"的观念指导下，对于天文、兵法、医学和礼制等，都有独到而系统的研究；其不同于他人的主要特点，在于他由心性的立场，内省的角度，强调主体人格精神的修炼与建构，以所谓"为天地立心"，探究自然和人生的和谐统一。这种"天人合一"的主张，和司马迁的"究天人之际"是一脉相承的，都旨在经由主客观的统一关系更好地把握现实人生。现在看来，这种在"天人合一"的理念中求真务实的精神与追求，正是我们今天应该切实承继，提倡和发扬的。张载的"实学"影响了"洛学"的发展，但在他的家乡陕西并未结出太多的硕果来。如今，再不对这份珍贵的思想文化遗产加以研究、整理和弘扬，那就是一种莫大的悲哀，这是张载的悲哀，更是陕西和陕西人的悲哀。

陕西的无形的文化资源，表现上看似乎不多，细究起来，是相当的丰盈，从司马迁的《史记》名篇中，都可以找到某种精神上的链条，那就是"民本"与"求真"的气韵。这些都值得下工夫和花气力去探究、整理，而深蕴在其中的精神因子,正是我们长期淡忘而今天仍然需要汲取的,这种文化资源无疑更值得我们珍惜和重视。以"古"济"今",化"死"为"活",这在今天是我们在文化资源的保护、开放与利用上,更为重要也更为艰难的历史使命。

史料整理对于文学研究的意义

在当前的文学研究领域，活跃与繁荣是自不待言的。但也有一些明显失衡的现象，颇令人忧虑。比如，关注全球化的比较多，关注本土化的比较少；探讨宏观理论的比较多，研究作家作品的比较少；置身于文学史写作的比较多，着眼于史料整理的比较少。即以当代文学为例，这些年出现的各种文学史著作，有四五十种之多，但史料著述只有一种，即谢冕、洪子诚主编的《中国当代文学史料选》（1948～1975）（北京大学出版社1995年12月版）；在文学史教学与研究中具有重要功用的文学年表，当代文学没有，现代文学也没有。

我想从两个具体的例子来说明史料整理对于文学研究的意义。

一个是陈徒手写了一本《人有病，天知否——1949年后中国文坛纪实》（人民文学出版社2000年9月版）的书，这本书从表面上看，是分别记述八位作家的个人遭际，但联系起来看之后，其内涵与意义便远远超出了具体作家的个人经历纪实。即以书中的沈从文的无奈改行、不被重用，浩然的如鱼得水、平步青云来看，就极有说服力地揭示了一定的时势成作家，一定的时势也败作家的客观事实。沈从文由文学创作改行文物研究,无人看重,也无人关心,他给文物局领导写信请求对他已完成或接近于完成的十种文物史著作予以支持,但始终未能得到应有的回音。那个年代之于沈从文,已经不是有他不多,没他不少,而是有他多余,没他更好。沈从文的活跃的现代与寂寞的当代,比一般的研究文章更有力地说明了知识文人的当代命运。常有一些人郑重地叩问现代大家为何在当代写不出东西的问题,看了《午门城下的沈从文》这篇史料整理文章,你便会明白,问题根本不在于作家写得出什么写不出什么,而在于当时的社会压根就不再企望这些作家再来写作。

还有一个是黎之的《文坛风云录》(河南人民出版社1999年1月版)。黎之从解放初期到"文革"后一直在中宣部文艺处工作,他腿快笔勤,认真细致,长期坚持记日记、写笔记。他的《文坛风云录》就是一个历经一系列重大文艺事件的过来人的见闻详录。这本书在两个方面的意义上都无可替代,一是它是亲历者基于个人见证的史实笔录,多为非外饰性的第一手资料;二是涵盖了建国以来的一系列重大事件,并且包含的内容相当丰富。单就这本书记述的毛泽东从《武训传》批判开始对文艺界历次重大事件与运动的过问情形,就极有文献性的价值。《武训传》的批判,毛泽东过问了四次,包括谈话、写社论、修改调查记和批示整风报告按语。《红楼梦》研究批判,毛泽东也过问了四次,写了一封信,修改了质问《文艺报》编者的文章,批点了冯雪峰的检查,修改周扬《我们必须战斗》的报告。胡风集团批判,毛泽东过问了九次,包括印发胡风万言书的按语的修改与批示,给陆定一的一封信,两次批示,三批材料的按语与批注,以及为胡风集团材料一书作序。文艺界的"反右",毛泽东过问了五次,写了两篇社论,两次修改周扬《文艺战线的一场大辩论》的报告,为丁、陈集团的"再批判"写按语、定题目等。此后文艺界的"反右倾"、"反修",毛泽东则过问了十六次之多,包括致《诗刊》的信,给胡乔木的信,改周扬三次文代会的报告，对戚本禹、姚文元文章的批示，在三次中央会议上的讲话，还有就是 1963 年 12 月与 1964 年 6 月作的两个著名批示。从这些史实中，我们至少可以得出两点基本印象：第一，毛泽东对文艺问题一直予以高度的关注，而且随着时间的推移，过问越来越多，介入越来越深；第二，毛泽东对于文艺的介入都毫无例外地走向政治的介入，这使他实际上成为文艺界一系列重大事件与运动的发起者、推动者与决策者。了解了这些内情，我们就会联系一定时期的党情、国情，来历史地考察一定时期的文情，并就党在文艺工作的领导方面的成与败、社会主义文艺事业发展的得与失，从根本上总结经验和汲取教训。

就当代文学而言，《在延安文艺座谈会上的讲话》的作用与影响问题，社会主义文艺体制建立过程中的经验与教训问题，周扬作为一个焦点性的人物的作用及其与众多人物的错综纠葛问题等等，都是仍需要进一步研究的重要问题。而这都需要具体史料工作的支持，需要有关史料的挖掘、整理与研究的配合。而从整体的文坛现状来看，无论是历史的纵向沉淀，还是社会的民主程度，都为史料的整理与研究，提供了一个越来越好的环境与氛围。史料整理时不我待，我们理应在史料整理上做出不负这个时代的应有贡献。

回顾历史　汲取经验

——从中国文联和北京文联的成立谈起

到2009年，共和国的历史整满六十周岁，中国文联、北京文联也都走过了自己的六十周年。在这个值得庆祝和纪念的日子里，我查阅了中国文联、北京市文联成立之时的相关资料，觉得重温当时的史料，回顾这些过往的史实，对于我们今天重新认识文联的功用，做好文联的工作，推进文艺的事业，都很有其现实性的意义。

我主要讲两个问题，一个是文联作为一个社团组织的超越文艺性，一个是文联自身工作的超专业性。这样两个问题及其所包含的意义，是从中国文联、北京文联成立之初就蕴含其中的，而且在不同的历史时期有所延伸，有所发展。

我们知道，于1949年7月2日～19日召开的全国第一次文代会正式成立中国文联，这既早于10月1日的开国大典，也早于9月21日召开的全国政协第一次会议。这种时间上的刻意提前，是很有其意味的，实际上包含了当时的文艺与政治的双重性需要。从文艺的角度上说，长期分散于全国各地的文艺家，需要消弭历史上构成的割裂和形成的"山头"，建立起一个统一的组织机构，以便团结起来，形成合力，发展自身；从政治上说，当时的文艺界里，聚集了众多文艺名家和社会贤达，由他们统一构成的社会团体，可作为一支重要的力量来参加政治协商和建国议政。从第一次文代会的召开和中国文联的成立来看，尽早组建这样一个全国性组织，是在当时具体的历史境况之下，文艺自身和政治时势的双向需要与共同选择。

此后在五十年代初期发生的取消与虚化文联的想法引起毛泽东的关注与反对，也从另一角度佐证了党和政府对中国文联的非文艺的社会政治功能的看重。1952年初，文艺界要筹备召开第二次文代会。毛泽东对这次会议很重视，责成时任中共中央宣传部副部长的胡乔木主持筹备工作。但胡乔木主张学习苏联的文艺制度，取消文联。将当时的文学工作者协会、戏剧工作者协会等协会改成各行各业的专门家协会，他主张作家协会会员要重新登记，长期不写东西挂名者不予登记。胡乔木在与林默涵、张光年、袁水拍等人商议之后，去向毛泽东作汇报时，毛泽东对取消文联非常不满，严厉地批评了胡乔木。说："有一个文联，一年一度让那些年纪大有贡献的文艺家们坐在主席台上，享受一点荣誉，碍你什么事了？文联虚就虚嘛！"据说，在听取第二次文代会筹备情况汇报时，毛泽东又说：文联这个"官僚"好，这个"婆婆"我很喜欢。他还说：文联，文联，就是要"联"嘛！上联、下联、左联、右联、内联、外联。他认为取消文联，不利于团结各类文艺家。这样一来，筹备第二次文代会的工作便改由原已到湖南参加土改的周扬回来主持（见张光年《回忆周扬》，《忆周扬》第8~9页，内蒙古人民出版社1998年版）。正是在1953年9月23日到10月6日的第二次全国文代会上，中华全国文学艺术界联合会更名为中国文学艺术界联合会，并选出了新的领导机构。期间，全国文协召开第二次会员代表大会，正式更名为中国作家协会，并从中国文联分离出来，成为与之并行的全国性文艺团体。由于党中央、毛泽东对于文联与作协的职能与工作的高度重视，各省、市、自治区及市、地一级，都很快相继成立了文联与作协，这一体制化的文联组织与文艺建构一直延续到现在。

文联的这样一个超越文艺范畴的功用，也同样体现于北京文联成立之初的意向。北京文联成立于1950年5月28日，是全国在中国文联之后最早建立的省市级文联。当时，李伯钊领受彭真市长之命，特别请出刚从美国归国的老舍先生主持文代会和市文联的筹备工作，意图也是以老舍先生为核心，建立一个北京市文艺界的统一战线，既团结来自各个方面的文艺家，又很好地配合当时百废待兴的党政工作。在北京市第一次文代会上，老舍先生在他的开幕词中，就特别强调说到"北京文联是今天所必需一个团体"，而所以"必需"，是因为既要改变过去的"各自为政"，又要在新的历史条件下"团结得好"，并以"巩固的团结"，"去实现我们的理想"。这里一再强调的"团结"，其含义不只是文艺家内部的，还包含了以这样"团结"起来的组织，在"建设人民的首都"的崇高任务中履行新的使命的更大考量。

文联工作的超专业性，在北京文联成立之初的工作定向上，显示得更为突出。在北京市第一次文代会上，李伯钊代表市文联筹委会所作的工作报告中，主要讲了三个方面的工作，第一个是工厂文艺工作，第二个是戏曲改革工作，第三个是知识青年与儿童文学工作。三个方面都与文艺普及、群众文艺密切相关。而在这次文代会上通过的《北京市文学艺术界联合会章程》中，在"宗旨"中，有"开展文艺普及工作"，在"任务"中有"组织全市文艺工作者，参加和知道文艺普及工作"。由此可见，"文艺普及"是当时北京市文联成立之初的一个工作重心。据北京市文联老同志王松声在《老舍在北京市文联》一文中回忆，时任文联主席的老舍，除抓文联的日常工作与大的规划之外，投入精力最多的就是"文艺普及"与大众文艺工作。他支持曲艺界开办"大众游艺社"，与赵树理等共同创办"大众文艺创作研究会"，甚至积极支持开办"盲艺人讲习班"等。这些着眼于大文艺的视野、着力于大文艺的建设，是老舍先生所具有的独特追求，其坚守的精神与取得的实绩，也是北京市文联所拥有的重要的财富。

今天回顾这些过往的史料，早年的历史，仍能给人们以很多的教益，诸多的启迪。比如，相较于早期的文联，今天的文联发展壮大了，各类协会齐全了，各种活动丰富了，但比较之后可以看出，因为自身组织的扩大，业务的增大，主要的工作与基本的活动，都多限于文联自己的圈子，也即协会内部，专家自身，对于文联之外的人、行业之外的事，不像过去那样予以热情关注，给予积极支持，这使得文艺普及工作并没有与时俱进地继续下去，并使文联的社会影响也受到了某种局限。就文联内部的工作与活动而言，也多是以各个协会自身的人员、自家的事情为主，相邻的协会之间，缺少应有的沟通与良性的互动。如果说文联是个大圈子的话，那么，各个协会就是一个个的小圈子。这种圈子化、专业化的现象，当然不是北京文联一家的问题，而是从中央到地方的文联与作协这样的现有体制，都普遍存在的问题。回顾历史，怀想老舍，比比差距，找找问题，有助于我们反省自己的现状，改进我们的工作。

文艺伴随着时代前进，历史在变动中延续。北京文联经过六十年的发展与演进，更为壮大，也更为活跃，取得了很大的实绩与成就，但还可能在不断反顾自身历史的回望中，得到应有的经验与启迪，使文联的组织与工作不断进取，再创属于我们这个时代的应有辉煌。

主旨、主将与主脉

——从一组历史档案看中国文联成立

几年前，在中央党史研究室、中央档案馆编的《中共党史资料》总第84辑（中共党史出版社2002年12月版）上，看到其中所收入的"有关第一次全国文代会的一组档案"。读过这难得一见的有关文艺工作的党史文献之后，对第一次全国文代会筹备与全国文联成立的背景与原委，有了更多的了解和更深的理解。

2009年，是我国建国和文联成立60周年的大庆的年份。在这样的一个重要时段里，重温这份"有关第一次全国文代会的一组档案"，并就其中涉及的一些人物、事件等相关内容进行一番梳理与解读，对于我们回顾中国文联成立的历史过程，回溯社会主义文艺的源起，当会都有相当的认识作用与一定的纪念意义。

一　主旨

在 1949 年 7 月 2 日～19 日于北平召开的中华全国文学艺术工作者代表大会上，中华全国文学艺术界联合会（以后简称为"中国文联"）正式宣告成立。这使中国文联这一文艺团体的成立，既早于 1949 年 9 月 21 日召开的中国人民政治协商会议第一次会议，也先于在同年 10 月 1 日举行的开国大典。中华全国文学艺术工作者代表大会（以下简称"全国文代会"）的先行成立，不只是一个简单的时间提前的问题，内里还有更为重要的政治情势之必需与政治协商之急需的问题。这由以下几件档案文献中，可以清楚地看出其中的端倪。

档案一　中共中央关于召开文协筹备会的通知
（一九四九年二月十五日）

华北局周扬，并告各局：

全国文协理事会已有郭沫若、茅盾、叶圣陶、田汉、洪深、胡风等十余人到了解放区，曹禺、巴金等，亦正在约请中，现决定在新政协开会（五六月间）以前，召集他们与各解放区文协的联席会议，讨论：

（一）推举文艺界代表出席新政协。

（二）筹备新的全国文协大会，此项联席会议，须于四月召开，请周扬负责筹备，拟待郭、沈等至平后商定，由华北解放区文协与全国文协联名发起，并大致拟定参加此项会议的人数（不要多）及主要的人选，望各解放区文协准备届时派代表到北平参加会议，在尚未成立文协的解放区届时可采取某种会议的形式，产生代表。来时望将文艺运动总结及优良作品搜集带来。本此决定，望周扬提出执行计划电告。

中共中央
丑删
一九四九年二月十五日

从这份档案可以看出，中共中央根据时势的发展与需要，要求当时的全国文协与解放区文协（华北等五大解放区区文协），能在新政协开会之前举行联席会议，以推举出席新政协的文艺界代表，并筹备新的文协大会。

全国文协的全称应为"中华全国文艺界抗敌协会"。该协会于1938年3月于武汉成立，旨在联合全国各地的文艺界人士，以文艺的方式进行抗战的宣传、教育与动员。全国文协有45位理事，老舍为总务部主任。文协在重庆、桂林等市和延安、晋东南等地区建有分会，抗战胜利之后，全国文协转入反映、宣传和推动国统区文艺界反压迫、争民主的革命运动，并改名为"中华全国文艺界协会"。从文协理事的分布情形看，解放区方面的文艺家只有丁玲等个别人，多数是国统区方面的革命文艺工作者与进步文艺人士，如郭沫若、茅盾、夏衍、胡风、田汉、老舍、巴金、郑振铎、朱自清等。

"各解放区文协"是指华北、东北、西北、华东、华中五大解放区的文协。在当时情况下，"华北文协"因聚集的文艺家众多，离中央机关最近，实际上更为重要。晋察冀边区与晋冀鲁豫边区合并后，自身的文艺家增多，在1947年11月解放石家庄之后，各解放区和国统区的大批著名作家、艺术家又云集于冀察地区。周扬等延安文艺界的著名人士，先后从延安来到晋察冀边区，筹组华北联合大学和华北文艺工作团等。当时的周扬，先任华北联大副校长，随后担任华北中央局宣传部长。1948年8月8日，晋察冀边区文联和晋冀鲁豫文联在石家庄联合召开文艺工作会议，决定两边区文联合并，成立华北文艺界协会。选出周扬、李伯钊、沙可夫、贺绿汀、马彦祥、周巍峙、丁里、赵树理、陈荒煤、成仿吾、萧三、光未然、王亚平、田间、蔡若虹、欧阳山、李焕之等21人为华北文协理事，马达、阿甲、胡蛮等7人为候补理事，理事会推选萧三为主任，李伯钊为副主任。

周扬在接到中共中央的电报后，先后就全国新文协筹备名单和华北文协筹委人选，两次致电中共中央及中共中央宣传部部长陆定一。

档案二　周扬关于全国新文协筹备名单致中央及陆定一
（一九四九年二月五日）

中央并定一同志：

关于成立全国新文协问题，我们初步意见，由华北文协既原中华全国文协在平理事，于日内举行联席会议，发起并产生筹备委员会，筹委名单如下：郭沫若、茅盾、田汉、洪深、曹靖华、许广平、周扬、萧三、沙可夫（丁玲、胡风、叶圣陶等如来平，可再加上），以茅为主任，周、沙为副，筹备工作计划，俟拟定后再告。对以上意见，请即示复。

档案四　周扬关于华北文协筹委人选问题致中央及陆定一电
（一九四九年三月九日）

中央并定一同志：

关于华北文协筹委人选问题，微电请示后又与郭、茅、田、洪等磋商，结果认为筹委人选中可减去许广平，增加徐悲鸿、贺绿汀、程砚秋、俞平伯、李广田等。如此共计十五人（郭、茅、田汉、洪深、曹靖华、胡风、李广田、徐悲鸿、程砚秋、俞平伯、周扬、萧三、沙可夫、丁玲、贺绿汀），如郑振铎、叶圣陶、曹禺、巴金等来平时亦可加入，共十九人。此名单如中央同意，当即提交华北文协及中华全国文协在平理事联席会议上通过，正式成立。筹委会正副主任人选。未便于与他们交换意见，前电所提当否，请一并考虑示知。筹备于五一召开全国文艺界代表会议，争取于五四（今年恰好三十周年纪念）正式成立中华全国文学艺术工作者协会并选出出席新政协代表、文艺界代表。会议产生办法初步拟定，除以华北、东北、西北、中原五大区文协理事及原中华全国文协及其香港、上海、北平分会理事为当然代表外，各地区文协按会员十人推选一代表出席会议，此外得由筹委会斟酌情形，邀请各地区以外或非文协会员的知名文艺工作者作为代表各地代表，于四月二十日前到达北平，在此代表会议上准备将文艺座谈会以来解放区文艺作初步检阅，并适当地介绍蒋管区进步文艺，讨论并确定今后全国文艺工作与任务，具体工作如下：

（一）专题报告写出草稿并经各局阅。

（二）解放区文艺丛书出版。

（三）戏剧、音乐、电影表演以华北、东北为主，并希望西北、华东、中原各派一剧团或文工团来参加表演。

（四）美术展览。

（五）蒋管区进步文学、戏剧、电影、音乐、美术作品介绍，除请郭、茅、田、洪等计划组织外，并请中央电告香港、上海送材料来。

（六）组织评奖委员会，评奖作品。以上各点准备于筹委会议上讨论决定。是否妥当，请速告。郭、茅、田、洪等对于此事均表示热心积极。

周扬

寅佳

一九四九年三月九日

中共中央在3月9日，3月15日两次致电周扬，就全国新文协筹委会名单、正副主任等事项给予指示。

档案三　中央关于全国新文协筹委会问题致周扬电

（一九四九年三月九日）

周　扬：

寅佳电悉。文协筹委会名单及主任、副主任人选，望于罗迈到后与罗迈及党外人士从长计议，再行商定，务使各方均感满意，以利团结。商定后望再电告我们。

档案五　中央关于文协筹委会名单等致周扬电

周　扬：

（三月九日）寅佳电悉

（一）文协筹委会十九人名单同意。但其中无电影及新派画家代表。请考虑增加袁牧之、叶浅予、赵树理、古元等二十四人。

（二）正副主任，以郭、茅、周三人担任为宜。

（三）会期同意。

（四）代表产生办法，按会员十人选一代表则人数太多，不如仅以五大区及中华全国文协及三个市分会的理事为代表，容易召集。此外再酌情邀请。

（五）全国文协及其分会只包括作家，不包括戏剧、电影、音乐、美术人员，故亦须邀请他们。

（六）同意六项具体工作。但此次评奖，只包括文学作品，其他艺术部门。须声明尚未做好准备工作，暂不评奖。再则，评奖的文学作品，应不仅包括解放区的，并且包括蒋管区的在内。

（七）与文艺界人物来往，要采取坦白诚恳态度，如正副主任委员人选问题，必须与他们交换意见。其他各项亦然。在开会之前，要多花时间与各方作最后协商，商妥后再开会通过。

中央

寅铣

一九四九年三月十五日

在中共中央与周扬电报联系的过程中，北京市军管会、市委、市政府与华北人民政府先后进驻北平办公。在3月13日结束中共七届二中全会之后，毛泽东、刘少奇、周恩来、朱德等领导人及中共中央、中央军委机关由河北平山西柏坡移至北平。二三月间，大批文艺工作者也从华北、东北、中原等地，纷纷进入北平。

3月22日，华北文化艺术工作委员会和华北文协及中华全国文艺协会在北平的总会理事、监事举行联席会议，招待当时到达北平的文艺工作者。会上，由郭沫若出面提议，召开全国文学艺术工作者大会以成立新的全国性文学艺术界的组织。郭沫若的提议受到与会者的广泛赞同并协商推荐筹委会。郭沫若、茅盾、周扬、叶圣陶、郑振铎、田汉、曹靖华、欧阳予倩、柳亚子、俞平伯、徐悲鸿、丁玲、柯仲平、沙可夫、萧三、洪深、阳翰笙、冯乃超、阿英、吕骥、李伯钊、欧阳山、艾青、曹禺、马思聪、史东山、胡风、贺绿汀、程砚秋、叶浅予、赵树理、袁牧之、古元、于伶、马彦祥、刘白羽、荒煤、盛家伦、宋之的、夏衍、张庚、何其芳等42人被推选为筹备委员。3月24日，筹备委员会正式宣告成立，同时举行第一次会议。这次会议上，郭沫若、茅盾、周扬、叶圣陶、沙可夫、艾青、李广田当选为筹委会常务委员，郭沫若任筹委会主任，茅盾、周扬任副主任，沙可夫任秘书长。全国文联成立之后，立即选出出席全国政协会议的代表，全国文联并成为全国政协会议的发起单位之一。

为了结束旧文协，迎接新文协，也是在同年的3月22日，在北平的全国文协总会理事与监事郭沫若、马叙伦、柳亚子、田汉、茅盾、郑振铎、曹禺、叶圣陶、周建人、洪深、许广平、葛一虹、张西曼、戈宝权等19人开会议决，原在上海的全国文协总会，即日起移至北平办公，并会同华北文协筹备全国文学艺术工作者代表大会，以便产生新的全国性的文艺界组织。

从中共中央对全国新文协筹组的要求与指示，以及特别指明"望于罗迈到后与罗迈及党外人士从长计议，再行商定"来看（罗迈即李维汉，时任中共中央统战部部长），筹组全国新文协有两个重要的主旨。一是文协作为贤达众多、追求进步的和影响广泛的社会团体，其组织与代表可作为依靠与倚重的政治力量参与政治协商的大举与建国议政的大计，并以此促动民族团结与民主建设的大业。从当时尚未完全解放和还有残敌的情势来看，统战工作已上升为当时最大的政治。而在统战政治替代军事政治的这一过渡时期中，聚集、借重和发挥包括了各类知名文艺家的全国文协的这股力量，是必要的，也是重要的。还有就是，新的文协在新的历史条件下的筹组，必须具有切实的权威性，广泛的代表性，以使这一全新的文艺团体，跨越历史上形成的"山头"，消弥长期分离造成的隔膜，达到举国上下真正的团结。这样两个主旨，既是党和政府建政与建国的需要，也是新的文艺界建制与建业的自身需要。从这个意义上说，这样的主旨，也是在具体的历史境况之下，政治与文艺的双向需要与共同选择。

此后在五十年代初期发生的取消与虚化文联的想法引起毛泽东的关注与反对，也从另一角度佐证了党和政府对中国文联的非文艺的社会政治功能的看重。1952年初，文艺界要筹备召开第二次文代会。毛泽东对这次会议很重视，责成时任中共中央宣传部副部长的胡乔木主持筹备工作。但胡乔木主张学习苏联的文艺制度，取消文联。将当时的文学工作者协会、戏剧工作者协会等改成各行各业的专门家协会，他主张作家协会会员要重新登记，长期不写东西挂名者不予登记。胡乔木在与林默涵、张光年、袁水拍等人商议之后，去向毛泽东作汇报时，毛泽东对取消文联非常不满，严厉地批评了胡乔木，说："有一个文联，一年一度让那些年纪大有贡献的文艺家们坐在主席台上，享受一点荣誉，碍你什么事了？文联虚就虚嘛！"据说，在听取第二次文代会筹备情况汇报时，毛泽东又说：文联这个"官僚"好，这个"婆婆"我很喜欢。他还说：文联，文联，就是要"联"嘛！上联、下联、左联、右联、内联、外联。他认为取消文联，不利于团结各类文艺家。这样一来，筹备第二次文代会的工作便改由原已到湖南参加土改的周扬回来主持（见张光年《回忆周扬》，《忆周扬》第8～9页，内蒙古人民出版社1998年版）。正是在1953年9月23日到10月6日的第二次全国文代会上，中华全国文学艺术界联合会更名为中国文学艺术界联合会，并选出了新的领导机构。期间，全国文协召开第二次会员代表大会，正式更名为中国作家协会，并从中国文联分离出来，成为与之并行的全国性文艺团体。由于党中央、毛泽东对于文联与作协的职能与工作的高度重视，各省、市、自治区及市、地一级，都很快相继成立了文联与作协，这一体制化的文联组织与文艺建构一直延续到现在。

二　主将

将要在政治协商、和平建国和建国后的社会生活中发挥重要作用的新文协，选择什么样的领导者来领衔组织和主持其事，是十分重要的。中共中央对此高度重视，慎之又慎。其实，这样的领导者在当时已呼之欲出，而他们具有这样的一个地位，也是历史地形成的。

在"档案一《中共中央关于召开文协筹备会的通知》"中，中共中央在如下的电文中，就暗含了关于文协未来领导者的考虑："筹备新的全国文协大会，此项联席会议，须于四月召开，请周扬负责筹备，拟待郭、沈等至平后商定。"在"档案5《中央关于文协筹委会名单等致周扬电》"中，更是明确地指出："正副主任，以郭、茅、周三人担任为宜。"

无论是从党长期领导文艺工作的角度看，还是从文艺界党内同志的地位与影响来看，周扬都是承担重托，负责筹组新文协和主持成立之后的新文协的不二人选。

周扬于1932年在上海加入中国左翼作家联盟，随即便担任了"左联"常委，1933年任"左联"党团书记，1935年又任上海中央局文委书记、文化总同盟书记，为"左联"时期党的最为主要的领导者。1937年，周扬由上海到延安，先后任陕甘宁边区教育厅长、边区文化界救亡协会主任。1938年4月，与毛泽东、周恩来、林伯渠、徐特立、成仿吾、艾思奇等发起成立鲁迅艺术学院，1939年11月任鲁迅艺术学院副院长、院长，延安大学副校长。1940年中央文化工作委员会成立之后，他一直担任主任一职。延安时期，他参与了延安文艺座谈会的组织与宣传，主编了《马克思主义与文艺》一书。这样的一个非凡经历与高端地位，使他不仅是延安文艺运动的主要组织者，而且是党在解放区文艺领域里的首要领导人。他在解放战争时期先到北平，参加了一段时间的北平军调部中共代表机构的工作后，到达晋察冀边区，先后任晋察冀中央局宣传部长，华北局宣传部长。这时的华北在晋察冀与晋冀鲁豫合并之后，已是全国最大的解放区，聚集了原有两个边区、平津地区和来自延安的众多文艺工作者。掌管华北大区的文艺与文化的全局工作，已使他处于了党在文艺界的实际领导人的地位。选择他做文协筹备会的负责人与执行者，实属日下无双，自然而然。

郭沫若从"五四"前后起，就以诗集《女神》，小说集《漂流三部曲》，剧作《王昭君》《屈原》《蔡文姬》，史论《十批判书》《李白与杜甫》《中国古代社会研究》《甲骨文字研究》，自传《革命春秋》等多种重要著述，在诗歌、戏剧、翻译、古文字、考古等多个方面作出了重要而独特的贡献，奠定了自己在文学、史学等领域里的较高地位。他还是介入较早、职位较高的革命活动家。从北伐时期出任国民革命军政治部副主任、代主任，到"八一"南昌起义出任总政治部主任，再到1938年出任国民政府中央文化工作委员会主任，他在许多时候都是当时政府体系里文化领域的首要领导人。他以这种合法的身份和有利的地位，从事着反封建、反专制和反独裁的革命文艺活动，实际上担当的是在解放区的环境里所不能完成的艰巨使命。作于1944年的学术著作《甲申三百年祭》，曾被中共中央指定为整风学习文件。1948年末，为出席新政协会议，郭沫若由香港转赴东北解放区。由东北到北平后，他在受命参与筹组新文协的同时，还在1949年率领中国代表团出席世界拥护和平布拉格大会，实现了建国前的首次外交任务。所有这一切，都使郭沫若在文艺、文化领域的代表性，在政治领域的影响力，都罕有他人能与之相匹。因而，中央在"档案5《中央关于文协筹委会名单等致周扬电》"中提出："正副主任，以郭、茅、周三人担任为宜。"直接点将，让他领衔新文协，既为势所必需，也属名至实归。

茅盾是一个有着多重身份的文艺家、革命家。在政治活动方面，他在1921年初就参加了上海共产主义小组，是创党时期的少数几个共产党员之一（1927年失掉组织联系，1981年中共中央恢复其中国共产党党籍，从1921年起计算党龄）。1922年后，曾以《小说月报》编务为掩护，从事党中央联络员工作。国共合作期间，曾出任国民党中央宣传部秘书、武汉中央军事政治学校教官，及《民国日报》主编、"左联"执行书记等；1936年2月，当获悉红军长征胜利到达陕北的消息后，鲁迅与茅盾发出致中共中央贺电："在你们身上，寄托着人类和中国的将来。"同年10月，茅盾和许多文艺工作者发表了《文艺界同人为团结御侮与言论自由宣言》，号召建立文艺界的抗日民族统一战线。抗战时期，辗转于香港、广州、新疆、延安、桂林、重庆等地，以多种方式从事救亡与统战工作。与此同时，他在文艺创作、文艺评论、文艺编辑等方面，多点开花，硕果累累，尤以长篇小说《子夜》和《蚀》三部曲蜚声文坛内外。其间，主编《小说月报》，创建"文学研究会"，出任新疆文化协会会长，在内地与香港参办文艺杂志、报纸副刊等，是一系列革命文艺活动的组织者与领导人。1948年5月，茅盾等发表《致国内文化界同人书》，与香港各界爱国人士联名响应中共中央"五一"号召，吁请海内外同胞团结起来，促成新政治协商会议早日召开。同年底，茅盾离开香港，经大连、沈阳，于1949年2月到北平。这样一些辉煌的文艺实绩与不凡的革命经历，使他既标志了那个时代的小说创作的艺术高峰，又成为了革命文艺活动贯穿始终和不可或缺的领军人物。

从当初选择"郭、茅、周"的意图来看，背后可能还含有在当时的具体历史条件下，郭沫若因更具有越区跨界的广泛代表性，可在名义上总领全局，茅盾可作为蒋管区进步文艺力量的总代表，周扬可作为解放区革命文艺部分的总代表，实际上执行与主持新文协工作的内在考量。事实上，在新的文联成立之后及正式建国之后的很长时期里，"郭、沈、周"基本上都是以一种"铁三角"的形式，长期坐居着当代文坛的领袖地位。郭沫若以全国政协副主席、中央人民政府委员、政务院副总理兼文化教育委员会主任的身份，领衔中国文联主席；茅盾以中央人民政府委员、文化教育委员会副主任、文化部部长的身份,兼任中国文联副主席、全国文协(后改为中国作协)主席;而周扬虽以文化部副部长身份兼任中国文联副主席,但居于指导地位的中共中央宣传部副部长、文化部党组书记的两个重要党内职务,使他实际上成为党在文艺、文化领域的真正掌门人。

在筹组文代会和成立文联的过程中,陈去"郭、茅、周"三位核心领导人之外,许多来自解放区与蒋管区的文艺界著名人士,都参与了当时的筹组事项与日后的领导工作,他们共同构成了一个群星璀璨、相互辉映的中国文艺当代时期的主将群体。这些各个文艺门类的代表性人物,由此开启了他们个人介入当代文艺的新异历程,也共同拉开了整个新中国文艺事业蓬勃兴起的序幕。

"档案四《周扬关于华北文协筹委人选问题致中央及陆定一电》"中,周扬向中央汇报拟议中的华北文协筹委人选(实为全国文协筹委人选)时,提到了郭、茅、周等19人。中央回电在表示同意的同时,提出"其中无电影及新派画家代表。请考虑增加袁牧之、叶浅予、赵树理、古元等二十四人。"最后产生的筹委人数是42位,不仅比原先的人数几乎翻了一番,而且更具有多方面的代表性。这种在筹委人选上的多方考虑与细心选取,可谓全面而周严。事实上,这样的一个筹委阵容,确实体现出了更为广泛的代表性,以及整体上的权威性。

筹委会中的这些人士,在随后成立的全国文联和各协会中,都出任了主要领导的角色,并在各自的文艺领域和文艺组织工作中做出了重要的建树。如除"郭、茅、周"之外,丁玲、曹禺、沙可夫、赵树理、袁牧之、田汉、夏衍、萧三、欧阳予倩、阳翰笙、柯仲平、郑振铎、马思聪、李伯钊、洪深、徐悲鸿、刘芝明、张致祥任全国文联常委;阳翰笙任文联党组书记,沙可夫任秘书长;丁玲、柯仲平任全国文协(后改为中国作协)副主席,刘白羽任作协党组副书记,田汉任中国剧协主席,张庚、于伶任副主席;阳翰笙任中国影协主席,袁牧之任副主席;吕骥任中国音协主席,马思聪、贺绿汀任副主席；徐悲鸿任中国美协主席，叶浅予任副主席；欧阳予倩任中国戏曲改进会主任，赵树理任中国曲艺改进会副主任等。这些文艺家的名字和他们所掌管的文艺团体，长时间内是相互联系在一起的。

三　主脉

在筹备文代会与筹组新文协的过程中，中央要求筹委人选的组成，要"务使各方均感满意，以利团结"。但由于当时尚未全部解放和交通阻隔的外部原因，以及以周扬等解放区文艺家具体负责筹组工作的内部原因，第一次文代会的代表与首届全国文联的组成，实际上更多地倚重和突出了解放区的文艺家们。而在大会拟议确定的文艺方向、工作任务上，也延续并放大了解放区文艺运动的经验、立场与观点。第一次文代会与首届全国文联呈现出的这种队伍结构与文艺方向，实际上也以一种主脉的方式，形成了新中国文艺事业与工作的主流，并深刻影响了此后数十年的文艺发展进程。

在"档案七《有关第一次全国文代会的一组档案·文艺代表大会党组给中央的报告》"的第二部分，关于文代会的代表，作了如下说明性的汇报：

> 大会决定于本月三十日举行。当然代表及邀请代表共678人，解放区399人，占58.85%。国统区279人，占41.15%。
>
> 解放区代表中，野战军仅占80.2%。如加上各地方军区，当不止此数。原因是：（一）野战军正在行动，不易派代表来。（二）一、二、三野战军派了剧团来，剧团中代表较少，拟从剧团中再选一些代表，以增加部队代表的比重。其次，各解放区代表比例，以平津最多，共167人，占41.86%。其次东北75人，占18.79%。

华东39人，占9.78%。华北37人，占9.27%。华中最少，共11人，占2.76%。

就业务分类统计：文学最多，258人，占38.06%。其次戏剧254人，占37.76%。美术87人，占12.82%。音乐74人，占10.92%。舞蹈3人，占0.45%。这是按解放区、国统区统一计算的。如果就解放区计算，则戏剧代表数为第一。

现已抵平代表共415人，尚有263人未到。估计可到五百至五百五十人。

从最终报道和实际参会的情形看，第一次文代会的代表总数为824人。平津代表团最为庞大，以到达北平的解放区代表为主的平津一团135人，以原平津地区文艺家为主的平津二团55人，合计190人。由平津一团、华北、西北、东北、华东、华中及部队代表团构成的解放区代表文艺代表，总计为499人，为第一次文代会代表的大多数。以原国统区文艺代表为主的平津二团、南方一团、南方二团，合计为325人，明显的属于少数。

从大会代表的业务构成的比例来看，戏剧界代表人数排第一，占39.81%；文学界代表次之，为36.89%。随后依次是美术界代表，占12.86%；音乐界代表，占9.95%；群众文艺界代表，占0.49%。戏剧界代表的人数众多，阵容强大，也是那个特定时期，戏剧在社会生活中发挥着重要作用的一个反映（见中华全国文学艺术工作者代表大会宣传处编《中华全国文学艺术工作者代表大会纪念文集》，新华书店1950年3月版）。

如果说第一次文代会开得早，是要在全国政协召开之前，形成整体性力量参政议政的话，那么第一次文代会开得好，就在于它实现了解放区与国统区两路文艺大军的大会师与大会合，并在此基础上，确定新的文艺方向与文艺任务，也即在组织架构与文艺思想上，形成并建构新中国文艺发展的主体力量与主流导向。

在"档案七《有关第一次全国文代会的一组档案·文艺代表大会党组给中央的报告》"的第三部分,就文代会的方针与方向,作了如下陈述:

> 大会方针文艺。一致同意此次大会应是一个团结大会,在反帝、反封建、反官僚资产阶级的共同原则下,团结一切爱国的民主的文艺工作者,在无产阶级思想领导即毛泽东文艺方向的领导下,容许小资产阶级、资产阶级的思想及各种不同的艺术倾向。
>
> 大会必须着重宣传毛主席文艺方向,要通过各种条例进行宣传。同时,根据目前革命形势与革命任务的需要,提出当前文艺工作的任务,主要是创作任务。对解放区文艺工作者长期地普遍地存在的工作条件、物质待遇、政治地位等问题,适当予以解决。

正式召开的全国文学艺术工作者代表大会,对拟议中的方针、方向与任务等,都一一做了具体的落实。大会收到了党中央发来的贺电,朱德代表党中央致贺词,周恩来向大会作政治报告。会议期间,毛泽东到会向大会代表讲话致意,说:"今天我来欢迎你们。你们开这样的大会是很好的大会,是革命需要的大会,是全国人民所希望的大会,因为你们是人民的文学家、人民的艺术家,或者是人民的文学艺术工作者的组织者。"(《毛泽东年谱》,第526～527页),在听取了郭沫若的《为建设新中国的人民文艺而奋斗——在中华全国文学艺术工作者代表大会上的总报告》,茅盾的《在反动派压迫下斗争和发展的革命文艺——十年来国统区革命文艺运动报告提纲》,周扬的《新的人民的文艺——在全国文学艺术工作者代表大会上关于解放区文艺运动的报告》之后,大会作出了"决议","一致认为":"在毛泽东主席的文艺方针之下,中国文学艺术工作者今后努力的方向与任务,是完全正确的。""一致同意,并接受作为我们今后工作的指针,决议最大的努力来贯彻执行。"关于新的文艺方针与方向,周扬在《新的人民的文艺——在全国文学艺术工作者代表大会上关于解放区文艺运动的报告》中,作了以下的诠释:毛泽东《在延安文艺座谈会上的讲话》提出的文艺为人民服务首先是为工农兵服务的方向,也就是"新中国的文艺的方向","解放区文艺工作者自觉地坚决地实践了这个方向,并以自己的全部经验证明了这个方向的全面正确",并且"深信除此之外,再没有第二个方向了"(见中华全国文学艺术工作者代表大会宣传处编《中华全国文学艺术工作者代表大会纪念文集》,新华书店1950年3月版)。

以《在延安文艺座谈会上的讲话》的精神为指针,以延安革命文艺的实践为经验,这在当时不仅合规合辙,而且合情合理。因为以《讲话》为代表的毛泽东文艺思想,既立足于文艺与政治的关系,也立足于文艺与生活、文艺与人民的关系,既是全新的文艺思想体系,也是马克思主义理论与中国实践相结合而形成的毛泽东思想的构成部分。延安和其他地区的革命文艺实践也证明,它确实是在民族斗争与阶级斗争激烈存在的时代,创造新的人民文艺和辅助革命斗争的行之有效的正确指针。但在时代与社会都发生了巨大变化之后,这一指导思想的某些局限性开始显现,对于它的理解与执行也出现了不少偏差与失误,由于过度强调"政治"不断走向了左倾,由于过于看重"斗争"造成了许多的坎坷,这应是另外一个话题,这当然也是沉痛的历史教训。

第一次文代会取得了重大的成果,也表现出了某些问题与不足。这些也都延续到了此后的文艺发展之中,并造成了相当深远的影响。其一,在面对已经变化和还要变化的新社会现实,未对文艺的指导方针与组织领导作出适时的和必要的调整,基本上只是肯定和照搬解放区文艺工作的方针政策和具体做法,国统区进步文艺工作经验的总结没有得到重视,仅仅被摆在了陪衬的位置。其二,因为重解放区文艺,轻国统区文艺,视解放区文艺为正统，非解放区尤其是国统区的文艺工作者，有被另眼相看的感觉，甚至很长一个时期都被当成了同路人，这在一定程度上阻遏了他们在新的文艺活动中发挥自己的长处与作用，也在实际上影响了革命文艺队伍内部的精诚团结，造成了一些不应有的和难以消弭的嫌隙。

第一次文代会上发生的两件事情，便在一定程度上显露出了这些问题的端倪。

一个是在周扬作报告时，大会主席宣布"平津第二代表团、南方第一、二代表团提议'十几年来解放区的文艺工作者，以艰苦战斗创造了新的人民文艺的模范，对于我们刚刚从国统区解放出来的文艺工作者起了带路作用，在这一个伟大会合的学习过程中，我们向他们致无限的热烈的敬意！'"然而，在这种国统区代表向解放区特别表达敬意之中，又含有某种不平等意味，一些非解放区的文艺代表明显地感到了低人一等，因而表现得非常低调和格外谦恭。在有关7月23日"中国文学工作者协会成立大会揭幕"会上的"自由发言"的报道中，吴祖缃说："在国统区的时候，我们觉得自己很进步，解放后才觉得自己不知道落后到那里去了……希望老解放区的朋友们，带着我们，鞭策我们前进。""杨振声发表感想"是："自己没有资格参加大会，更没有资格讲话，我是来学习的……解放后，才看见了解放区的作品，觉得中国重生了，自己也重生了……"靳以说："我是先沉默，再学习。"巴金在文代会所作发言的题目，索性就是"我是来学习的"。

还有就是3月26日赶到北平的胡风，踌躇满志地来参与"新文协"的筹建工作，但发现自己并不受重视，被放置在了决策圈之外。他只是南方代表第一团的一名团员，虽然进入大会主席团，但并非常务成员。十分不快的胡风，只好对文代会的工作采取不合作的态度。他是"章程起草及重要文件起草委员会"委员，分工与茅盾共同负责起草国统区文艺运动报告。当他看到国统区报告草稿中有批评自己的文字后，更是表示了强烈的不满，从此拒绝参与文件的修改定稿工作。这种情况，使得茅盾在做完报告的最后，不得不增加一个"附言"，特别说明"胡风先生坚辞，皆未参加"。失意至极的胡风，自然对这次文代会评价甚低，他说："在文代会期间和以后，一般都是不满意的。情形很混乱。这不满意当然有各种各样的动机，但我却遭受到了一种比那以前更严重的情况。"后来 胡风在他的"三十万言书"中谈及文代会上自己的处境时这样写道："在李家庄，周总理嘱我到北平后和周扬、丁玲同志研究一下组织新文协的问题；但旧文协由上海移北平的决定恰恰是我到北平的前一天公布的，到北平后没有任何同志和我谈过处理旧文协和组织新文协的问题，我是十年来在旧文协里面以左翼作家身份负责实际工作责任的人，又是刚刚从上海来，但却不但不告诉我这个决定的意义，而且也不向我了解一下情况，甚至连运用我是旧文协负责人之一的名义去结束旧文协的便利都不要。这使我不能不注意这做法可能是说明了文艺上负责同志们对我没有信任。"

胡风由此结下的心结难以解开，使他日后不计后果地愤然上疏"三十万言书"，便成为了一种必然。

第一次全国文代会的召开与全国文联的成立，都已经过去了整整六十年，但回顾这些史实，钩沉这些史料，一切都还那么清晰，那么温热，让人感觉到它并没有远去。事实上，第一次文代会的召开与全国文联的成立，构成了中国当代社会主义文学的源头，而它的经验，它的教训，也以各种方式继续发酵，延宕影响，而且这种影响已深深沉浸于当代文学的血脉与肌体，成为当代文学六十年不可分离的一个部分。从这个意义上说，重温这份"有关第一次全国文代会的一组档案"，也不无其现实性的意义。

第三辑

怀人与记友

领略认真

——杨绛先生小记

我向来以为自己是比较认真的人，但在编辑《杨绛作品集》的过程中与杨绛先生打了许多交道之后，却切切实实地领略了什么叫真正的认真。

1992年间，我们出版了杨绛先生的《干校六记》和《将饮茶》的校定本后，就一直寻思如何在高档次的作者和高品位的作品上再做文章。经反复考虑，形成了出版汇收杨绛先生所有创作作品的《杨绛作品集》的设想。谁料提出这个想法后，杨绛先生不仅没有答允，反而提出了三个问题：第一，此书是给读者看的，她的各类作品是否真的有读者需要；第二，出版社已改为自负盈亏，这样一套书赔了钱怎么办；第三，院属出版社如此郑重地对待她的作品，会不会让人以为是沾钱钟书的光（当时钱先生任中国社会科学院顾问）。面对杨先生的认真诘问，我和同去的总编辑反复解说，一一释疑，申明我们本身就是从读者角度来考虑问题的，出此套书不为盈利但估计也不会赔钱，再加上钱钟书先生从旁帮忙，总算说服了杨绛先生。

事情确定下来之后，杨绛先生便不顾年高体弱，放下她为父亲杨荫杭整理遗稿的重要工作，精心校订了入集的全部作品，细心收集了她未曾结集或未曾发表的八篇论文和七篇散文，尔后交我编辑。我深知给杨先生当责编非同小可，从分卷立栏、作品编排、注释体例到版式设计，都格外用心用意，一一仔细处理，力求编辑工作严谨而科学。在这一过程中，杨绛先生不断来信或来电话，或修订某些文字，或补订前言、后语，或增删注释条文，或撤换某篇旧文，这个过程从发稿延续到排校，又从排校持续到出片，直到最终出书。

出书之后，我拿到还称得上是精编精印的《杨绛作品集》，心里面很得意；但发现第三卷"作者小传"中一个显眼的误植时，心里不免暗暗叫苦。给杨绛先生送书时，我老老实实地告诉她，虽编校高度认真，但发现仍有错漏，正组织人校读。尽管钱钟书先生在一旁以"现在是无错不成书，你们这已经算是好的了"来替我们开脱，我心里仍然很不是滋味。此时，恰逢1993年春节，谁料杨绛先生利用春节，把刚出版的三卷新书从头至尾校读了一遍，订正出二十多处仍须改正的错漏，嘱我重印时一定全部改好。孰料二次印刷时工厂工作不细，改了一些，又留下一些，直到第3次印刷，才全部改正了过来。

不久前，去给杨绛先生送改正一新的样书，我才稍有如释重负之感。杨绛先生翻览了全书，果然很感欣然；继而她又询问会不会赔钱，我回答说，不仅不赔钱，而且成了我们社赚钱的看家书，她这才露出了满意的笑容。此时，钱钟书先生因病住病，杨绛先生自己身体也不好，还要每天去医院陪钱先生。我想我不能为他们多做什么，把我本应做到的认真做好，让认真的杨先生和钱先生省心、放心，那该有多好。

真学问真性情

——怀念陆梅林先生

　　从步入文坛以来，我就有与一些老前辈结为忘年交的机遇与幸运，陆梅林先生便是其中重要的一位。他是我接触较早也较多，也最为敬重的学术前辈之一。从新时期的八十年代起，就同他交往甚密，也从中受益颇多。在我内心里，他是一个既有真学问，又有真性情的师长，我一直把自己当成他的一个编外学生，把他当成自己学业与人生的双重老师。他的溘然去世，学界为之沉痛，也让我有一种莫名的失落。

　　陆梅林先生是从马列经典著作的翻译家，进而成为马克思主义文艺理论的研究家的。他的这种由翻译立足的深厚功力，使他的马克思主义文艺理论研究，建立在了坚实的原著理解与原典把握的基础之上。这种坚定稳固的根基，也使他的编辑成果与理论研究，总能在同类著述中更进一步，更胜一筹。他的编著《马克思恩格斯论文学与艺术》，因其系统而精要，成为马恩文艺论著编选中的经典读本。他的《唯物史观与美学》的论著，高度强调唯物史观对于研究审美主客体与构建文艺美学体系的方法论意义。

他以竭思殚虑地辑注马恩原作，秉要执本地阐释马列要点的方式，为建构中国马克思主义文艺美学的理论体系，在大架构与方法论上，都作出了极为突出和不可替代的重要贡献。

在八十年代以来的有关文艺与美学的一些重要论争之中，陆梅林先生都有旗帜鲜明的观点与掷地有声的发言。其中给人印象最为深刻的，是他基于原著理解的高屋建瓴的全局观，纲举目张的整体观。比如，在马克斯、恩格斯文艺理论思想有无完整体系的论争中，他从纵与横的两个方面进行缜密论证，提出"分散是现象，整体是本质"的"有机整体"论；在马克思主义与人道主义的关系以及马克思主义文艺理论是不是人道主义的讨论中，他断然否定把马克思主义看做人道主义的看法，明确提出马克思主义文艺理论是无产阶级的具有高度党性的文艺科学。今天再来看他的这些看法与说法，应该说那些坚定而清醒的观点，不流于片面，不随风摇摆，既是极为全面的，也是更为稳健的。

八十年代中期，陆梅林先生由中央编译局来到中国艺术研究院，主持筹办马列文论研究所。那时的中国艺术研究院，暂时栖身于前海西街十七号的后院。当时的陆梅林先生，就在一座旧楼一层靠西的一间屋子办公。房间除了一张书桌，一把椅子，一张单人床，就是夹着纸条的各类图书，摊在桌上的书写稿子，加上总是烟头堆得快要溢出来的烟缸，给人的感觉很是简陋，又有某些杂沓。每次要找他说事或聊天，想去就去了，去了他总在。而一见到你，他会立刻放下手头的工作，与你促膝而坐，倾心而谈。那时，他并不在意工作条件的差强人意，也并不在意尚在襁褓之中的马列文论所面临的种种非议，他最为关心的，是国家改革开放的走向，文坛理论批评的动向，以及这种走向与动向之中隐含的一些问题。说起这些，他时而兴奋，时而沉郁，忧国之心与忧文之情，都溢于言表，殷殷可感。最让他为之上心也舒心的，是当时他所带的几个的学生，都比较出色，令他甚为满意，如陈飞龙、李心峰、熊元义等，说起他们的勤奋好学，初显的特点，他兴味盎然，如数家珍。这个时候的陆梅林，你能从那因深度近视而颇显深邃的眼睛里，感到一种掩饰不住的熠熠亮光。

陆梅林先生重视研究中的基础工作——资料的搜集与整理，更是深深地影响了我，极大地帮助了我，促进了我在理论批评道路上的坚实成长，使我至今仍在不断收益。八十年代初中期，文艺界在改革开放的大环境的促动下，各种学术会议很多，文学问题论争频仍。年轻的我参加这种研讨会之后，没有什么宏论，也轮不上发言，常常就被分派做记录，办简报，而做完简报再顺便写一会议讨论综述。这样一来，先后曾就"两结合"问题，艺术与物质生产的不平衡规律，写真实与现实主义，文学与政治的关系，文学与人性人道主义等，写过一些研究概要与讨论综述，并发表在《文学评论》《中国社会科学》等刊物。陆梅林先生看到这些综述文章后，很是肯定和赞赏，一再向我强调这一工作的必要与重要。他说这样的论争跟踪与资料整理工作，不仅对于学界极其有用，而且对于自己也相当有益，可使自己对理论的进展与现状有个清晰的观察和系统的把握，再搞研究就会做到心中有数。对于年轻的研究者来说，由这样的资料工作打好学术底子，是至关重要的。他力邀我到中国艺术研究院马列文论所给年轻的学者和他的学生讲讲资料整理的心得与体会。在他的一再鼓励下，我勉为其难地被迫梳理了自己的做法与想法，去往了马列文论所，在他的主持下以主讲者的身份进行了我平生第一次学术交流。但经过他的这种有意与有力的点拨、鼓励与督促，我便由无意识进入了有意识，开始有计划地把资料整理与综述作为自己的工作重心之一，并使这些看起来零碎、初级的理论资讯与论争资料，逐步经常化、系列化，从而让它成为我的另一文学批评方式。在他的提携与帮助下，我先把自己系统阅读与长期积累的马克思、恩格斯有关人性人道主义的论述，进行分类整理，结为《马克思恩格斯论人性人道主义》一书，以"马克思主义文艺理论研究编辑部"名义，在光明日报出版社出版。与此同时，我一直留意收集和坚持跟踪一些重大的理论探讨与问题论争的情况，系统性地撰写了新时期以来的一系列理论讨论与文学论争综述，并结集为《文学论争20年》一书，在华中师大出版社出版，可以说，这些学术资料工作得以延续，已有的成果得以成书，乃至本人能够在当代文学研究上有所长进，在很大程度上都得益于陆梅林先生的积极支持与热心扶助，这使他在我自己的学业进步与学术成长中，虽不是授业的老师，却又胜似授业的老师。

陆梅林先生不仅为文认真，而且为人真诚。从年龄上讲，他是名副其实的父辈；从学问上讲，他又是著述丰富的大家；但他却没有一点架子，总以平和、平等的态度看人、待人，让人觉着亲切、不隔，愿意有事去和他说说，乐于有话找他倾诉。

说起他的为人，有一件事我至今印象深刻，就是八十年代中期刘再复提出文学主体性理论之后，在当时的文坛尤其是文论界引起了空前激烈的争论，许多有名的文论家都著文参加讨论，不同的意见与看法，渐渐地就分成了赞成与批评的两大营垒。那时候去前海西街十七号看他，总免不了谈论此事。有次说起刘再复的理论探索，他在有赞成有不赞成的评说中，突然很真切地感慨道：再复真是个难得的人才，可惜路向有些偏颇！接着他又重复和强调性地感叹：真是难得，真是可惜！由衷之言情不自禁，爱才之心溢于言表。看得出来，他确实喜欢刘再复突出的理论才情，但又坚守着自己的理论原则。他知道我与刘再复关系不错，有意把话说给我，也期望我能把话转达过去。我过后把此话给再复转述了，刘再复说我知道陆先生是好意，我一定好好注意。此事已经过去了二十多年，但陆梅林那种爱才之心切，为人之真诚，仍让人记忆犹新，长久难忘。在陆梅林先生刚去世不久，适逢远在美国的刘再复来电话，问及朱寨先生去世之事，说完此事，我顺便告诉他陆梅林先生也去世了。刘再复在电话那头沉默了一会儿说到：他是一个真正的好人，我不会忘记他。

过去，文坛因为历史的原因，常有谁是左派，谁是右派的区分与说法。

按通常的流行看法，陆梅林先生因编选和阐释马列经典著述与观点见长，是被归在了左派之列的。还有另一位著名文论家陈涌，因为常对一些探索性观念提出批评与商榷，也是被不由分说地归入了左派。但就我接触的感觉看，陆梅林先生，陈涌先生这样的所谓左派，作文有理有据，做人堂堂正正，在许多问题的判断与认知上，他们既有自己清醒的定见，也有一种超常的定力，既不轻易改变，也不随风摇摆，内里自有一种知识文人的风骨、品格与操守，让人觉着可师可敬，可亲可爱。由此，我也在暗中反思，过去那个时候把一些理论批评家人为地分成所谓左派、右派的做法与说法，其实也有把人加以简单化的嫌疑，是不是也因此把一些真实的面目给弄模糊了，或者把丰富的人性与个性脸谱化了。而要真正地了解一个人，尤其是一个有思想的人，要拨开这种说法形成的种种迷雾，无成见地走近他，近距离地感知他。

  陆梅林先生看起来是离开我们了，但其实并没有真正离开我们。他以不朽的业绩、不灭的精神，依然活在我们的记忆里，活在我们的工作里，活在我们的事业里。

由衷的敬意及其他

——怀念朱寨先生

2011年3月7日下午六时许，接所里同事短信说"朱寨先生刚走"。我将信将疑，即刻回电询问了朱寨先生的孙女朱迪，她说"爷爷五点多走了，家里人正在医院料理后事"。虽已证实朱寨先生确已仙逝，但我在心底里，还是情有不愿，心有不甘，一时难以相信这竟是真的。

朱寨先生不大愿意人们把他称作"先生"，与他较为亲近的同事与同行都理解他的意思，通常以老朱称呼他，我们这些晚辈后生不好直呼老朱，就变通一下，称他为朱老。

朱老自罹患胃癌之后，身体状况一直每况愈下。去年年初，他出版了自己的回忆文集《记忆依然炽热——师恩友情铭记》。这本书从作者的中学时代写起，包括了延安鲁艺、解放区文学、"十七年"，新时期，一直到2010年，时间跨度是七十三年；写到的人与事，从领袖到领导，从老师到同学、同事，涉及了各个文化阶层。作品的主线，是一个革命文艺工作者怀抱理想、超越自我、求真务实，献身事业的不懈追求，以及在这一过程中对师恩友情的铭怀与感恩。和所里商定，趁他身体还行的时候，为他的这本书组织一个小型研讨会。时间定在 2011 年 3 月 11 日，这个时候正好是他 89 岁生日之际。邀请与会的，多是所里当代文学研究室和中国当代文学研究会的新老同事与同行，还有他带过的一些学生。原想有几个人作主要发言，接下来就随便谈谈。孰料会开起来之后，大家争先恐后地发言，一直到十二点多了还热度不减，接连不断。主持会议的我只好让最后准备发言的几位以几句话的方式简短表态。因为所有与会者都曾经是朱老先后的同事、同行，或者学生、部属，都不同程度地得到过他的提携，聆听过他的教诲，接受过他的熏陶，受到过他的影响，对他特别熟悉与了解，更特别敬重和钦佩。因此，话题就从书里谈到书外，为文谈到为人，包括他坚守文学理论批评数十年笔耕不辍，为当代文学学科建设呕心沥血，为中国当代文学研究会的发展尽心竭力，以及关键时刻的挺身而出，重要关头的仗义执言，等等。研讨会开出了特别的气氛，特别的情意和特别的收益。研讨会的最后请朱老收尾，身体已很虚弱的他，打起精神讲了近半个小时。除了简单回忆自己经历中难忘的人和事，他特别向大家表示歉意式的感谢，表示自己的一本小书，把都是忙人的大家打扰了，很过意不去，但很感欣慰的是，因他的这本书，大家又有一个由头再次相聚。依然故我地低调，一如既往地谦虚。

　　那次会上的朱老，人已明显地瘦削了很多，体力与气力都较为羸弱。而自那次会之后，朱老的身体状况更是越来越不好了。碰见同在所里工作的朱老的邻居毛晓平和朱老的孙女朱迪，常会询问朱老的身体近况，得到的信息也都是：已难以在院子里散步遛弯了，只能在屋里勉强走走；过段时间又说：下地走路已很吃力，时起时卧常在床上歇息。春节前夕，朱老托毛晓平带来他花费不少工夫新写的一篇怀念钱钟书与杨绛夫妇的文章，文章是用一张张小纸条拼贴而成的，贴了好几张稿纸。看得出来，他是在精力和体力都还允许的情况下，一点一点地写出来，断断续续地完成的。

文章除了追忆与钱钟书、杨绛的早年交往外,主要评说了他们为人的淡泊名利和治学的严谨。此文我稍作订正之后,交给了院报与《北京日报》,因解玺璋兄的鼎力相帮,在2月2日的《北京日报》以《奇峰对峙的并蒂莲》为题率先刊出。而就在1月底,朱老又因病重住进了医院,病中的他在清醒时看到已发的文章,很是感到欣慰。

去年以来,时常犯病的朱老本就需要住进医院精心治疗和细心看护,但却一直住不进医院去。他因1958年由中宣部调到了社科院,只是一个研究员,1986年离休时,才给了个局级待遇。高干病房需要副部级级别,他够不上;一般病房需要住院的人满为患,他又排不上队。于是,就只好时而去医院打打吊针,时而就在家里自己扛着,直到今年1月底,病得实在不行了,才勉强送进协和医院,但却搁在了观察室里,进不了正式的病房。后来家人托了各种关系,才转到隆福医院住进了病房,但那也是三人一间的大病房,中间只有布帘简单相隔。

我在2月底去隆福医院看过朱老一次,那时的他时而清醒,时而昏迷,但还能大体认清人,基本说清话。他看见是我,先说《北京日报》的文章看到了,很高兴;又嘱咐我,要把刊有蔡葵夫人邹士明文章的《当代文学研究资料》寄给蔡葵,我说年前已寄了。他听后微微点了点头。看到旁边的病人大呼小叫,医护人员和病人亲属等来回穿梭,我感叹道:这么嘈杂的环境,怎么能安心养病?听见我的话,他睁开眼睛反倒安慰起我来,说你不知道,这已经比在协和医院时住在观察室里好多了。我问旁边的护士和护工,你们知道你们护理的老先生是什么人吗?他们都说不知道,只知道是有文化的老头,人很坚强,有时也幽默,我便向他们简要地介绍了朱老的身份与经历,说他是社科院资格最老、成就最大的研究员;说他是延安时期就参加了革命的老干部,说他曾经给刘少奇、周恩来送过信,说他解放前就当过县大队指导员、县委书记,说他在中宣部工作时跟江青同过事,等等。我越讲他们越茫然,护工不解地询问:这么重要的老干部怎住到我们这里来了？我只好又说，因为他行政级别没有上去，好的医院住不进去。朱老听见了我说的话，眼睛半睁半闭地轻声感叹道："高干太多了……都是官本位。"为了让医护人员和护工知道他们护理的是什么人，我突然想起朱老去年新出的《记忆依然炽热》可以送他们一看，那里有他延安时期的经历，以及他对许多名家友人的回忆。让他们多少了解一下朱老的这些经历，增加一些敬仰之情，也许就会把医护工作做得更好一些。

于是，我向出版社要了两本《记忆依然炽热》，在3月5日下午又去隆福医院，送给医生一本，护工一本。但这次再去，朱老已经大不如前，几乎已神志不清，腿也肿得厉害。护工告诉我说，朱老常常说胡话，躺在床上硬说自己掉在地上了，已不能动身还要求自己去上厕所。听着护工的话，看着与病魔作最后斗争的朱老，我在内心深处生发出两种截然不同的情绪来。对于弥留之际的朱老，我满怀深深的崇敬之意，敬仰他的无欲无求，敬佩他的忍辱负重；但对在他生命的最后时刻没有住进更好的医院，并得到更好的医疗护理，我满怀一种莫名的愤懑。

朱老去了，这个从15岁就参加革命，从事革命文艺工作七十多年的文艺功臣，却因不够一定的级别，有病住不进医院，得不到应有的护理，他走得多么无奈、无助又无告？这种堪称无常的遭际，难道不值得我们引以为训，难道不需要我们深加检讨吗？

请朱老好好安息吧，让我们进入反思……

一个执拗的好人

——浩然印象点滴

浩然去世,我的第一感觉是一个执拗的好人走了。好人的这个印象,首先来自早年阅读他的作品留下的记忆,其次是后来接触了他本人之后的一些观感。

浩然是我从事文学工作之前就较为喜欢的作家之一。事情还得从三十年前说起。记得在"文革"期间我回乡务农,繁重而紧张的劳动让人喘不过气来,也没有什么文化娱乐活动,那时劳动之余最重要和最有意思的事情,就是找小说来看,那几乎是我唯一的生活调剂与精神寄托。我从别人那里得到过两本小说,小说因为已没有了封面、扉页和封底、版权页等,是什么书并不知道,但这没头没尾的两部小说,却把我看得如醉如痴。小说里的主要人物的奋斗经历、男女青年的爱情际遇,都让人好生羡慕。在总拿书里写的故事和自己的现实比较之后,老是纳闷:为什么我们这里不像人家那里,生活那么蓬勃,人物那么美好?斗争那么火热,爱情那么甜蜜?要是我们也能像他们那样就好了。这成了一种人生向往,也成了一种精神支撑。后来见到了带封面的完整小说，才知道那使我一直萦绕萦怀的两本书，分别是柳青的《创业史》和浩然的《艳阳天》。

因为《艳阳天》曾在艰难的青春岁月滋润过我，我便对作者浩然抱有一种敬意和好感。后来知道他在"文革"期间又走红了，乃至他的书与鲁迅的书成了当时少数能够流行的作品，甚至有人把这称之为"鲁迅走在《金光大道》上"。我心里有一种不解，也有一种遗憾。

八十年代初到了北京，在做文学编辑的同时做文学评论，当代文学成了我主要的研究对象，这时候的浩然，又成了我所关注和研讨的对象。在他于"文革"后写出了描写农村青年的爱情悲剧的首部长篇小说《山水情》后，我曾写过一篇评论，但没能发表出来。在疏理当代文学史时，重读过一遍《艳阳天》，感觉不像当年在农村读时那么感动与激动，但觉得在反映新时代和描写新农村方面，在切近生活还和靠近人性诠释当时的文学理念方面，他可能是做得最见特色和最为可看的。因为他观察生活深切、揣摩人物细切，作品在生活化的细节中，充满了泥土的芳香，他笔下的农村生活具有了一种以政治为主色调的丰富性，而这又恰是那个时候农村现实生活的真实写照。在这个意义上，这个作品是当时那个时代农村题材长篇小说创作方面不可忽视的重要代表。1999年9月，我在建国五十周年之际为《北京晚报》做一个五十年的十部长篇经典，在"十七年"时期我选入了《艳阳天》。此作于1999年在《亚洲周刊》主办的"二十世纪中文小说100强"的评选中，也超越了许多作品被选入，名列第43名，说明和有不少评论家和专家也持有与我相似的看法。

在浩然出任北京市作协主席之后，我们有过几次接触。在与他一起参加一家报纸副刊的征文评奖时，我向他讲起过《艳阳天》当年对我的感动与影响，他只是略显满意地憨厚地笑了笑。我问他"文革"期间怎么就被江青"看上了"？他没有避讳地讲了具体经过："文革"期间的某天，江青点名要找浩然陪她看戏，市里到处找浩然，而他正骑着自行车跑儿子上学的事；听说江青找他，他撩下自行车就要去。来人说，你还穿着短裤，换个正规衣服吧。他回家换了衣服，被人带到了天桥剧场，被安排到江青身边。江青简单问了他几句话，戏便开演了，只见江青一直不停地在说着什么，旁边有人打着手电在做着纪录。中场休息的时候又被叫到休息室说了几句话。此后，便是通过别人传话，要他去写《西沙之战》什么的。他没有把这当成什么很好的事，也没当成什么很坏的事。讲述中，他没有怎么丑化江青，只是说她前呼后拥，显得有些趾高气扬；他也没有怎么自责自己，只说自己百姓一个，唯唯诺诺，谁也不敢得罪，也没想过去抗拒。我相信他的说法，因为我感觉得到，他还原的是一个历史的真实。

后来浩然写了自传体小说三部曲《乐土》《活泉》《圆梦》，我都认真拜读了。这三部自传作品，为了解浩然其人其作所必读。从自传作品中可以看出，浩然从一个乡间穷苦少年的生存挣扎中，认识到"革命"的意义——那可以改变他的不幸命运；参加革命后，他怀着满腔热情，读书认字，从小学文化程度起步，学着写新闻、试着写小说，一步步地成为了一个硕果累累的作家。截至他得了脑血栓病，他已不懈不怠地写作了近千万字。他后来在一些场合讲的"我想这是个奇迹"的说法，很多人不理解，但我理解。他从贫穷中活下来，已属不易；又从战火中走出来，更其不易；而他还竟然靠自己的努力奋斗，成为了当代中国的重要作家之一，这难道还够不上奇迹吗？

浩然是一个乡土文人、农民作家，他在城里有住房，但不习惯，待不住；以前多住在通县乡下，"文革"后长期住在三河县段家岭镇的一个农家小院。就在他担任北京市作协主席期间，也常常是进城开完会、办完事，晚上便返回乡下去。他的最好的朋友，都是农村的基层干部和普通农民，还有就是农村和基层的文学爱好者。像他这样一直不离开乡土的作家，不说是独一无二，也是凤毛麟角。

浩然最惹争议的"文革"所谓"受宠"，我觉得那显然不是他"贴上去的",而是"撞上去的"。只能说,可能他"文革"前的作品因为比较贴合当时的路子,给江青留下了不错的印象,觉得他可以利用。对浩然来说,一个对"革命"毫无二心,又是平头百姓的他,只能听从"上边"的安排,做他力所能及的事。如果说他还做了一些什么不合适的事的话,那也是老实人做了糊涂事而已。即便是那个时候,他也做了一些好事,如尽力保护老作家等,许多北京作协的老同志都说起过此事。与浩然同事多年的老作家林斤澜,就曾明确告诉别人:浩然是好人,"他是我们北京文联革委会负责人,但是他做事比较温和,批人,斗人并不厉害"。林老还举出了浩然用"走过场"的方式批他和李学鳌,以及从造反派手中救出骆宾基等事例(《林斤澜说》第234页)。至于有人指责他"文革"期间"护人"不力,这真是苛求他了,他没有去"害人",这就相当难得,这就对他的人格已经做了很好的说明。

我感觉浩然是不凑热闹,不善交际,为人低调,又拙于表达的。他不常参加活动,喜欢乡村更胜于文场。他不爱多说话,说出来的话简括、直接而又有欠准确,常常引起一些不必要的误解;而引起误解,他也不擅长为自己辩解、与对方辩驳。这也是他为人和为文都朴厚老实的明证。

纵观浩然的一生,不能不说他是一个悲情人物。这种悲情,在很大程度上与他的执拗有关。他没有从"十七年"的那种政治文化氛围中真正走出来,这使他在各个方面都难以适应变化了的社会和文化的现实,他所欣赏的,越来越稀少,越来越边缘;他不喜欢的,越来越吃香,越来越普遍。他呕心沥血地遵循着自己的生活与艺术理想写出来的作品(如《苍生》),不仅在读者中没有引起应有的反响,而且在圈内也"很少能够进入评论家的视野"。这使他感到了无奈的落寞和深深的失望,因之,"有意识地远离文艺界",就成了他的必然的选择。他在1998年的一次访谈中,就向人们流露出了他的这种心绪与情绪。他说他感到"孤独","现在的很多东西我都无法理解了,包括现在一些作家写的东西,我看不懂"。谈到农村的变化和农民的致富，他也兴奋不起来，因为那并非是通过务农和种地，也不合乎他的理想与理念。总之，与社会生活的隔膜，与当下文坛的疏离，使他越来越生活在孤独而闭锁的自我世界里。

这真是个执拗的人，正是这种执拗，使他的这个人具有了一种特殊的研究价值。我以为，对于当代文学的"十七年"，以及当代文学六十年来说，浩然其人其作，都是一个极具某种标本性意义的研究对象。

是纪念，也是回报

——读《永远的路遥》有感

《永远的路遥》（人民文学出版社 2007 年版）这本纪念文集告诉人们，路遥离开我们已整整 16 个年头了。

16 年，我的感觉是：路遥远离了我们，路遥还在我们身边。我们已见不到那个朴实又健硕的汉子，看不到那张黝黑又亲切的脸庞；但有关路遥的作品，路遥的影响，路遥的精神的相关话题，又经常不断地在我们耳边回响。他是以文学的方式，存在于我们之中；他是以精神的姿态，存活于我们的心间。

是的，文学的和精神的遗存，是路遥留给我们的最好的财富。而这既表现在他那为数不多却常读常新的系列作品之中，还表现在他在创作这些作品时所秉持的理念，所坚守的精神之中。有关他的这样两句话，我记忆深刻，并深为首肯。一句是"生活的大树万古长青"；一句是"像牛一样劳作，像土地一样奉献"。这两句话，可以看做是路遥精神的绝好写照，而这显然既是文学层面上的，又是人生意义上的。

一个作家离世16年，还能让人们念念不忘，甚至在读者中热度不减，这与当下文坛一些作家很难为人喜欢和被人记住，构成了何等巨大的反差。路遥在世时的写作和离世后的作品，都不曾被人们冷落，毫无"边缘化"之虞，这是值得我们认真加以省思的。至少有一点可以看得很清楚，那就是作为作家的路遥，从不游离于生活，从不疏远于时代，从不自外于平民，他自然而然地置身其中，理直气壮地为他们代言。因为"生活之树常青"，所以路遥作品常新。这是路遥至今为人们所不忘、所喜爱的根本因由，也是他的文学追求留给当下文坛的一个有益启示。

当然，我们今天怀念路遥，追思路遥，也要记取路遥应有的教训，更要反省我们作为朋友的问题，那就是这个在文学创作上过于忘我，过度投入的朋友，在后期的创作尤其是《平凡的世界》的写作中，几乎豁出去了，玩了命了。对于他的这种近乎自戕的行为，我们之前所知不多，之后也少有劝诫。他的英年早逝，当然主要是由于他自己的过劳与过累，但作为他多年的朋友，我总觉得关切不多和尽力不够，似也存有着一定的责任。

我知道自写完中篇小说《人生》之后的八十年代初、中期，路遥便开始了长篇小说《平凡的世界》的创作准备。他重返陕北故里，深入农村体验当今农民的生活，走访城乡了解乡镇经济的发展，这种生活的积累和情感的积蓄到1985年变成一种不可遏止的创作冲动后，路遥便打点行装，躲进渭北高原一个偏僻的小山沟，在一间小茅屋里开始了《平凡的世界》三部曲的艰苦营造。此间，有人从陕西来，说起烟瘾极大的路遥，写《平凡的世界》时买了许多烟，全都撕开烟盒，把烟散放在屋子里任何能随手拈来的地方，以便不因烟的问题而使写作有所中断。还说，他写到一些重要的部分时，废寝忘食，笔走龙蛇，稿页从桌上纷纷散落到地上，而当他停笔之后去收拾这些散稿时，竟趴到地上无力站起身来。这些事情，朋友是当趣闻讲的，我听了以后，心里却有一种深深的感动与悸动。正是在这样忘我的拼搏之下，1986年夏，《平凡的世界》第一部完稿；1987年夏，《平凡的世界》第二部完稿；1988年夏,《平凡的世界》第三部完稿。洋洋一百万言的《平凡的世界》在不到三年的时间里接踵到了读者手中,这要是没有一种对当代生活的赤诚挚爱,没有对小说艺术的痴心迷恋,真是很难以想象的。

写完《平凡的世界》,路遥如同终于扑倒在马拉松终点线上的长跑者,几乎到了身心交瘁的地步。他在1989、1990两年间吃了数千块钱的药自不待说,心力与精神的疲惫不堪更是难以恢复过来。他无心也无力干什么,即便是到作协大院的门房看报或与朋友聊天,他也常常不能自持地犯困、打盹,甚至坐到哪里就眯到哪里,以至在一个时期被陕西作协大院誉为一大景观。路遥在《平凡的世界》这部巨著里付出的,实在太多了。同这种巨大的代价相比较,他荣获第三届茅盾文学奖委实是一个小小的补偿。但这种荣誉对路遥依然很重要,它毕竟表明：严肃的文学创作必将得到文坛和社会的首肯,生活最终不会亏待那些为生活呕心沥血的人们。

那一届茅盾文学奖的评选,因为文学的和非文学的种种原因,竞争十分的激烈。《平凡的世界》能不能最终获奖,朋友们都在心里捏了一把汗。我记得在评委们刚投完票,有了结果之后,先是蔡葵从评奖会场出来给我打了一个电话,轻声告我刚刚投完票,《平凡的世界》评上了。稍后,朱寨又出来给我打电话,说《平凡的世界》得票第二高,获奖没问题了。我说,不会有什么变化吧,他说还要报中宣部审批,一般不会有问题。我说那我就告诉路遥了,他说当然可以,并代我们致贺。于是,我即刻从单位骑车赶到附近的地安门邮局,兴冲冲地去给路遥打电报。记得电文是这样写的："大作获奖,已成定局,朱蔡雷白同贺。"这里的"朱"是朱寨,"蔡"是蔡葵,"雷"是雷达,"白"是本人。这个电报当天下午就到了陕西作协,据路遥事后说,那天下午,他在家里坐卧不宁,总觉得有什么事,便到作协院子溜达,走到门房,看见门口的信插里有一封电报,觉得可能跟自己有关,拿到手上一看,正是我打给他的报喜电报。他兴奋地要跳了起来,想找人分享这份喜悦,可那时的作协大院一片寂静,连个过路的都没有。他只好把这份喜悦收在心底，独自品味。后来，他来北京领奖，到北京的傍晚就给我打来电话，我约了雷达赶到他下榻的华都饭店，三人不坐沙发，不坐床榻，就在地毯上席地而作，促膝畅谈，那种率性、土气又亲切的场景，我至今记忆犹新，那个时候的茅盾文学奖，奖金只有5000元。领完奖，路遥约了在北京文学界的陕西乡党在前门一家饭店聚餐庆贺，因不断有人加入，一桌变成两桌，两桌又变成三桌，结果一顿饭把5000元奖金全吃完了。

《平凡的世界》荣获第三届茅盾文学奖，当然是对路遥辛勤劳作的一种回报，但最好的回报，应该还是来自读者经久不衰的欢迎，来自底层热度不减的喜爱，这种持续又热烈的阅读回馈，最为难得，也最为可贵。

正因为路遥的这种历久弥新性，从多方面感知路遥其人其文，既为当下文坛所需要，更为广大读者所需要。所以这本《永远的路遥》（人民文学出版社2007年版）纪念文集的编辑与出版，正逢其时，恰为其用。我大致浏览了文集中几个栏目的篇什，感到这些来自路遥朋友与亲友的记事记感文字，给我们多角度和多方面地再现了一个繁复又浑厚、真实又鲜活的路遥；这些有备而来和有感而发的文字，对于走近路遥其人，理解路遥其文，都有着不少的裨益。而把这些文字连缀起来，则可以影射出三重路遥的形象：文学的路遥，人生的路遥，精神的路遥。而这与其说是对路遥的纪念，也不如把他看作是对路遥的回报。

我还比较满意的一点，是这本书的编者的姿态。我们经常看到一些现象，就是一些文坛名人去世之后被一些人以各种方式不断地进行炒作，让人不难看出背后的别有用意，那就是在把当事人"时尚化"、"商品化"的过程中，加大某些人借以扬名和获利的筹码。而这本《永远的路遥》的编者与此做法完全不同，他们真诚地还原路遥，虔诚地怀念路遥，可以说是照着路遥的气格来弘扬和传承路遥的精神。这是我最为欣赏的，也是路遥的在天之灵足可欣慰的。

豁达与尊严

——有关史铁生的两个关键词

我与史铁生,相识得比较早,交往也比较多。"文革"后期,他从北京到延川下乡插队,我在黄陵本地回乡务农,同属于延安地区的知青一代,因此感觉上有种莫名的亲近。他因病回京之后,我也从西安调至了北京。他在雍和宫大街26号的平房的家,在水锥东里28号楼房的家,或与友人同往,或自己单去,都曾去过多次。后来我在当时供职的中国社会科学出版社,先后编辑出版过他的《我与地坛》和《史铁生作品集》(3卷本)。对他不同时期的作品,从早期的短篇小说,中期的散文随笔,到后期的长篇小说,因为既是读者,又是编者,也比较了解和熟悉。他于2010年12月31日突发脑溢血逝世后,对于他的人与文,我一直都在回味与梳理,但越想越觉着怎么也理不清,说不尽。因为他纯粹又丰沛,深刻又高远,许多不同的因素集合于一身,很难简单地予以解读。

在2011年1月4日于"798"举行的"铁生与我们同行"的追思会上,看着墙上贴着的铁生的照片,人们手里持着的铁生的著作,我在心里不断地向铁生说道："大哥，你好！大哥，走好！"确实，铁生对于我，就是"大哥"一个，而且最恰切不过。他年长我一岁多，按年龄说，就是大哥。更让人为之敬重的，还是他的胸怀，他的识见，他的广博，他的厚道。朋友们有什么事，总爱找他唠叨唠叨，听听他的意见。朋友间有什么不同看法争持不下，谁说这个问题铁生说过什么什么，大家立刻停止争论，集体表示认同。他在或不在，他好像都是朋友们的主心骨。你无论和他谈论什么，无论人生与人性，还是文学与文化，抑或是宗教与哲学，他都似乎是有备而来，与你娓娓而谈，而且不凡精彩之见。我常常暗自感叹，他阅读的书怎么那么多？他知道的东西怎么那么广？他思考的问题怎么那么深？而以他的残疾之身躯，这一切都堪为奇迹。而因为他为文写作的不拘一格，为人处事的达观随和，人们常常会忽略和忘记他是一个残疾人士，都把他当成是可交心的文友、可钦佩的作家，并他在情感上和精神上，把他当作可亲近的大哥，可钦敬的兄长。

　　回想起铁生的人与文，以及与他有关的人与事，有两个关键词渐渐地凸显出来，总在心头萦绕，这就是"豁达"与"尊严"。我觉得如果要概述他留给我的印象，这两个关键词要更为突出，至少可以表达目前我对铁生为人为文的主要感受。我甚至认为，铁生所以是铁生，豁达与尊严这两个精神品质，不仅不可或缺，而且是其基本内核。铁生以此成就了自己，也以此启迪着我们。

　　豁达之于铁生，是两个意义上的。一个是为人，一个是为文。

　　我们知道，铁生因为罹患尿毒症，长期以来要靠透析维持生命。而他的尿毒症系由肾病发展而来，而越来越严重的肾病，则源于插队劳动期间的得患腿病，因耽搁了最佳治疗时间，最终导致了双腿瘫痪。说实话，他是最有资格抱怨的，也最有理由诅咒的，从青春历程的人为中断，到社会生活的动荡不安，乃至个人命运的明显不公……但是，他既没有怨天尤人，更没有自暴自弃，而是在默默承受这一切中，尽力扩展自己的承受力，有意锻磨自己忍耐力,用越来越宽广的胸襟,越来越博大的心志,在精神的层面上,去化解一切磨难,掌控自己的命运。当有人对他总要依赖透析表示同情时,他却说道:"幸亏有透析,要是倒退20年,这个病就是绝症,就没有办法。在近五六年,透析技术才比较成熟,所以我还能有这个状态。"他这样独到地去理解残疾:"人所不能者,即是限制,即是残疾。"在送给朋友陈村的书上,他干脆写道:"看来,残疾有可能是这个世界的本质。"他如此达观地去看待命运:"所谓命运,就是说,这一出'人间戏剧'需要各种各样的角色,你只能是其中之一,不可以随意调换。""上帝在每个人的欲望前都设置了永恒的距离,公平的给每个人以局限。""就命运而言,休论公道。"这些用苦痛和心血换取来的真知灼见,首先开导着他自己,然后又启迪着我们,使人们更通透地理解人生和更宏观地把握命运。

就为文而言,铁生给人的印象是,在新时期以来三十多年的创作拓进与文学演变中,似乎处处有他,又似乎处处无他。1979年,他用《午餐半小时》一作,加入当时的"伤痕文学"的大合唱,但却以说实话、讲真话的方式,发出属于自己的独特声音;随后,他以《我的遥远的清平湾》《插队的故事》等,成为"知青文学"的代表作家之一,但却以抒写知青与农民之间的深挚情感而使作品别具一种乡间情怀。八十年代中期,他由《一个谜语的几种简单的猜法》和《中篇1或短篇4》等中篇小说,表现出借鉴现代派手法和趋于先锋性写作的大胆实验;同时,他又以《好运设计》《我与地坛》等散文名作,率先在散文写作中追求思想含量与文化意蕴;进入九十年代之后,他的长篇小说《务虚笔记》《我的丁一之旅》,以现实主义与现代主义相杂糅的方式,在人性审视与人生探悉上呈现出全新的风景,也达到少见的高度。他的散文《病隙碎笔》,更以纪实与联想、反思与断想的连缀,构成当代散文随笔写作新的艺术高峰。可以说,所有的写作倾向与文学思潮中,都能见到他的独特声影,但他又不止步于某一类文学写作,从而专属某一个文学流派。由于洒脱,因而超脱;又因为不断突破和始终参与，他成为了三十年文学发展历程中的一个贯穿性作家。

无论是作为一个人，还是作为一个作家，铁生都不仅活出了自己的尊严，也活出了文学的尊严，而在这些尊严的背后，是他的出自内里又深怀虔诚的敬畏之心，敬畏生活，敬畏生命，敬畏文学，敬畏读者。对于生活，他更重的是过程，而不是结果本身，如他曾说道："微笑着，去唱生活的歌谣。不要抱怨生活给予了太多的磨难，不必抱怨生命中有太多的曲折。大海如果失去了巨浪的翻滚，就会失去雄浑，沙漠如果失去了飞沙的狂舞，就会失去壮观，人生如果仅去求得两点一线的一帆风顺，生命也就失去了存在的魅力。"而对于写作，他是在生活的衍生与延伸的意义上去理解和把握的，他说："写作是一种可能性的生活。"在你生活的日常之外，还有一种可能性，其实这种可能性，经常是在夜里自己的梦中实现。也许不能说是"实现"，算是"虚现"吧。最好的形容是梦，梦想。在你的梦想里出现的一些可能的东西，它在现实中不能成立或无法达到，而写作可以帮助你达到。因为重视写作与生活的内在勾连，文学与心灵的密切互动，他又强调指出"你是不是给自己的心灵写。这是首先要问的问题"。因此他这样告诉人们："每一个朝阳的升起对我来说都弥足珍贵，不论多么困难，在有生之年，我一定要把这些年来的文稿整理出来，结集出版。"时间的弥足珍贵，使他从不懈怠自己；生命的弥足珍贵，使他从不慢待文学，文学的弥足珍贵，使他从不轻待读者。

铁生说他自己"职业是生病，业余在写作"。然而就是这个利用"病隙"写作的业余作家，在异常艰难的生存境况之下，从七十年代后期起，连续写作了大量的脍炙人口的小说佳作与散文精品，如《午餐半小时》《我的遥远的清平湾》《奶奶的星星》《老屋手记》《我与地坛》等，从八十年代起，影响了一代又一代的读者。在当代作家之中，史铁生不是最为有名的，也不是最为畅销的，但他以他的内敛式语言传扬着真挚而达观的人生理念，用他的哲理化的感悟释放着真切而浓郁的人间温情，与读者最为贴心，与大地最为亲近。

在铁生于2010年12月31日因突发脑溢血不幸去世之后,文坛内外无不为之震惊和哀痛。从2011年1月4日史铁生生日那天起,从北京到上海,从山西到海南,从武汉到四川,全国各地先后举行了三十多场史铁生追思会,人们以座谈讨论、作品诵读、视频对话、漫步地坛等多种多样的方式,深切缅怀史铁生并向他表达诚挚的敬意。这些活动的共同特点是,一是均为自发组织,自愿参加,二是参加者跨越了不同行业、不同代际。在于北京"798"艺术社区举行的"与铁生最后的聚会"的追思会上,千余人从四面八方络绎不绝地赶来,文学界、艺术界的许多著名人士纷纷到场,更多的是不同行业、不同年龄的普通读者、平民百姓,还有从外地,从港台,从日本等地赶来的文学读者,追思会人数之众多,悼念之恳切,气氛之庄严,场面之盛大,都为文坛数十年来所罕见。

史铁生逝世引发的广泛而巨大的反响,使文学界深为震动,使文学人甚为感动。这震动在于:在当下越来越偏于娱乐、流行消闲的文化背景之下,一个严肃文学作家依然得到人们的真切喜爱与真情怀念,说明严肃文学并非缺少受众,并非没有市场,而是作家是否切近人们的需要,走进人们的内心。而许多健全文学人没有做到的事情,史铁生以他的残疾身躯实实在在地做到了。这感动在于:当一个作家心里装着读者,写出对读者大众有用,对世道人心有益的作品时,那他一定不会被人们疏远和淡忘,他们一定会在人们心里占据一个应有的位置,得到同样真挚、同样贴心的热烈回报。著名作家刘庆邦事后就很有感慨地说到:史铁生生前生后都是一面镜子,他让我们看到文学与生活的关系是多么重要,作家与读者的关系是多么重要;他也让人看到文学力量的巨大影响,作家写作的崇高意义,这使我们重新认知了文学的要义,深刻反省了自我的状态,今后的写作更有方向,也更有信心。刘庆邦的这一席感言,不只是他个人的一番感悟,他在很大程度上是代表了广大文学人由史铁生逝世触发的感慨与共同的心声的。

"豁达"与尊严",使史铁生成为为人与为文的一面明镜。由这面澄明剔透的镜子,人们可以反省自我,反思文学,更可以由此坚定信心,增加定力,从而在人生与文学之路上,走得更为实在一些,也更为倜傥一些。也因此,我们与铁生同行,铁生永在我们中间!

在变亦不变中演进

——蒋子龙印象

  蒋子龙是我所看重的作家中较为熟悉的一位，或说是我较为熟悉的作家中颇为看重的一位。

  第一次见蒋子龙，是在1979年12月份于北京召开的全国第四次文代会上。那是粉碎"四人帮"后文艺界的一次空前盛会，代表中有受过迫害的老辈作家，有挨过整的中年作家，有刚露头角的青年作家，大家欢聚一堂，纷纷登台亮相。发言或揭批极左思潮，或论说文学走向，说来激昂，听来振奋，很是激动人心。蒋子龙此前先以《机电局长的一天》引人注目，继之又以《乔厂长上任记》蜚声文坛，是势头正旺的青年作家中的一员骁将。刚到北京的我，通过所在的中国社会科学出版社弄了一张列席证，几乎旁听了所有的大会发言。记得那天蒋子龙上台发言，一口浓重的津味普通话，加上一身普普通通的装束和一席"有关文学和生活与现实的看法的话，让人觉着分外质朴、真诚、实切。青年作家上台发言的，还有张扬、刘心武、杨志杰等，但蒋子龙那多少有些土气的形象给我的印象尤为深刻。当时我就想，像蒋子龙这样实在又灵动的作家，脚踏实地又不张不扬，理当有更好的发展和更大的前途。

果不其然，从1980年起，蒋子龙就既以《一个工厂秘书的日记》《拜年》再获1980年、1982年全国优秀短篇小说奖（《乔厂长上任记》曾获1979年全国优秀短篇小说奖），又以《开拓者》《赤橙黄绿青蓝紫》先后获取1977～1980年、1981～1982年全国优秀中篇小说奖；尔后，又以《弧光》《螺旋》《维持会长》等中篇力作，迭次在文坛内外引起轰动。他这一时期的小说创作，数量既多，质量又好，生活内力与艺术魅力水乳交融，被评论界公认为是"起工业题材小说之衰，开'改革文学'风气之先"。确实，无论是工业题材小说在新时期的振兴，还是改革题材小说在新时期的发轫，首功都当之无愧地属于蒋子龙。也是从蒋子龙这里开始，新时期的文学创作开始由反思过去的历史走向直面当下的现实，在整体态势上初步完成历史的与艺术的双重过渡。

尔后，对蒋子龙的人和蒋子龙的文，我都格外关注。在一些文学座谈会、作品研讨会上，见到蒋子龙，总要说几句，总想聊几句，话语虽不多，但都感觉良好。由此也不知怎么就形成了一个相对固定的印象：蒋子龙为人实诚，为文诡异；而且，直面现实永不移，艺术视角总在变。

蒋子龙的小说创作，从来没有疏离过社会现实，这绝不是他不能也，而是他不为也。但都写现实，却一作有一作的风貌，决不相互雷同。他写于八十年代中期的《燕赵悲歌》《阴差阳错》《收审记》，就各以不同的方式切入现实，让人领略了不同视角下的不同的生活内蕴和人生意味。而他写于1999年的长篇小说《人气》，更是以对人物与事物的不确定性的深刻而独到的认识与揭示，写出了社会生活的复杂性和改革过程的艰巨性，使一部现实题材的作品，格外凝重，分外隽永。这部没有把改革的壮举写得淋漓痛快反而写得步履维艰的作品，很引人深长思之。《人气》不仅把他自己开创的"改革文学"大大推进了一步，而且使那些写官场、写"反腐"的同类题材作品相形见绌。我读了首发于《中国作家》的《人气》后，按捺不住内心的激动，连夜赶写了《〈蒋子龙的新变——喜读〈人气〉》一文，就作品在题旨营造上的不确定性所带来的深度与厚度作了论评，尔后还意犹未尽地给蒋子龙打去电话，畅谈有关我对他的创作新变的看法。当时，好像是正在山西出差的蒋子龙，在回电话中对我的看法表示了认可，于是又让我的兴奋延续了好长时间。其实，作家是在以创作的方式发现生活，而评论家也是以评论的方式发现作家的发现。这样一种连环式发现，才有可能构成一种生活——作家——评论家之间深层次的良性互动。

在2001年底于北京召开的第六次作协代表大会上，又见到当选为中国作协副主席的蒋子龙，照例聊了几句，谈了彼此的近况，又说到他的创作，好像他又有新的作品正在酝酿。对于他的这种状态，我从心里由衷地赞赏。有的作家当了官或升了官，就一心从政不事创作了，好像当官进爵才是追求的目标，当什么比写什么要更为重要。而蒋子龙不是这样，当了官仍是平常样，而且心系文学，不懈创作，这自然不能不让人纫佩和敬重。

创作的行当，需要积累，需要历练。一直在面对现实不断地积累，不停地历练的蒋子龙，在小说创作上还有大的发展在后头，对此，我坚信不疑。

本色陈忠实

一

如同恋人接触多了反倒看不出来长相如何一样，朋友间交往深了也常常谈不出更为特别的印象。我与作家朋友陈忠实的关系，大致就属于这种情形。

初识陈忠实，约在十数年前的1973年。那时，陈忠实刚刚发表了中篇小说《接班以后》，作品以清新而质朴的生活气息与当时流行的"三突出"作品形成鲜明对照，在陕西文坛引起较为强烈的反响。我所就学的陕西师大中文系邀他来校讲学，他以他自己丰富而切实的创作体会，生动而形象地讲述了由生活到创作的诸多奥秘，使我们这些听腻了枯燥课文的学子大饱耳福。看着他那朴素的装束，听着他那朴实的话语，我开始喜欢上这个人，同时也对他有了第一个印象：本色的人。

七十年代末我调到北京工作之后，思乡恋土的强烈念想一时难以释然，陈忠实的小说便成为寄托乡思、宣泄乡情的重要对象。它使我身在繁华而嘈杂的京城而得以神游熟悉而温馨的故里，这种阅读显然已超出了文学欣赏的范围。1982年间，《文学评论》编辑部要我为《文学评论丛刊·当代作家评论专号》写一篇作家论，我思来想去还是选择了陈忠实。因为我差不多读了他的所有作品，心里感到有话要说也有话可说。在写那篇文章的过程中，我与陈忠实通了好几次信，算是正式开始了我们之间的交往。

由那时到现在，已有十数年。十数年来与忠实的交往愈多也愈深，但所有的接触都无不在印证着我对他的原初印象：本色。我想象不出除了"本色"一词，还有什么说法能更为准确地概括他和描绘他。

二

与陈忠实稍有接触的人，都会有人如其名的感觉。的确，为人忠厚、待人实在，在陈忠实完全是一种天性的自然流露，这使人和他打起交道来，很感自在、轻松和"不隔"。

同忠实在北京和西安相聚过多少次，已经记不清了，但1984年夏季在北京街头一家饭馆的相会却至今难忘。那次忠实来京到《北京文学》办事，交完稿后在《北京文学》编辑部打电话约我去见他，我赶到《北京文学》的门口后，我们就近在西长安街路南的一家山西削面馆要了削面和啤酒，那天饭馆里的人很多，已没有位子可坐，我们便蹲在饭馆外边的马路边上，边吃边喝边聊，看着来来往往的行人和车辆，聊着热热闹闹的文坛和创作，不拘形式也不拘言笑，实在惬意极了。

由此就好像形成了习惯，每次忠实来京，我们都去街头找家饭馆，在一种家常式的气氛中谈天说地。他先后两次来京参加党的"十三大"和"十四大"，所下榻的京西宾馆附近没有陈忠实中意的饭馆，我们就步行很远到小胡同里去找小饭馆，连喝带聊度过两三个小时。对于不讲排场、不吃好的而又注重友情、注重精神的我们来说，这是再好不过的交往方式了。

把这种平民化的交友方式与忠实常常要离城回乡的生活方式联系起来看，我以为，这除去表现了他的为人实诚之外，还是他人生的一种需要。他需要和普通的人、普通的生活保持最经常的接触，需要和自己熟稔的阶层、喜爱的土地保持密切的联系。正因如此，他才既有出自生活的清新的审美感受，又有高于生活的深邃的艺术。

陈忠实对帮助过他的人，宁可感念于内心而不形诸口头，也很典型地表现了他的为人之忠厚。他于1979年在《陕西日报》上发表了短篇小说《信任》后，由于当时任中国作协副主席、《人民文学》主编的张光年的发现与支持，得以在《人民文学》转载并在该年度全国优秀短篇小说评选中获奖。他十分感激这个关怀和鼓励他的创作的文学前辈，但却没有像有些人那样或致信感谢，或登门认师，只是默默地铭记于心。嗣后参加"十三大"期间中国作协的一个聚会时，适逢张光年同志在场，他听说这一天是光年同志的生日，便相邀了作家金河等人一起向张光年同志敬了一杯酒。张光年同志问了他的名字，才知敬酒的人中有一个是陈忠实。

陈忠实以他的方式待人处世，这种方式质朴无华，不带任何繁缛，不含任何俗气，一切都是自我本色的自然呈现。

三

陈忠实从事专业创作不久，即在换届中担任了陕西省作协副主席的职务。1992年再次换届时又出任了陕西作协主席；同时，他较早就是党的"十三大"、"十四大"代表，中共陕西省委候补委员。在作家里头，党内外都有如此之高职务的人并不多，而这对于陈忠实来说，什么都没有改变，他依然和往常一样，不显山，不露水，把自己看做是一个普通农家出身的普通作家。

正因陈忠实把自己的全部心思和精力用于创作，他在省作协副主席的职位上，先后写出了《十八岁的哥哥》《梆子老太》《初夏》《蓝袍先生》《四妹子》《地窖》《夭折》《最后一次收获》等中篇力作和一批短篇小说，并在1992年完成一鸣惊人的长篇处女作《白鹿原》。无论是创作的数量，还是创作的质量，都以无可争议的实绩在陕西乃至全国的专业作家中名列前茅。

1992年，陕西省文联换届，省里原拟调在作家中党内地位较高的陈忠实出任省文联党组书记。陈忠实考虑再三婉拒了组织上的好意，理由只有一个：要把主要精力投入创作，在有生之年写出更多更好的作品。后来，省里在省作协换届时根据大家的意愿决定由他担任省作协主席，陈忠实难以再次坚辞，上任后便以秘书长制的方式使行政工作分流，自己仍腾出较大的精力来从事创作。在这之后几次见到他，发现他在琢磨自己的创作突破的同时，显然对全省的创作和文学工作比过去考虑得更多、更深了。他由路遥、邹志安等作家的中年早逝看到了改善作家生活和工作条件的重要性，想方设法帮助中青年作家解决种种困难，并在出差北京时找有关出版单位为作家京夫（《八里情仇》作者）、程海（《热爱命运》作者）争稿费；他由1992年舆论界普遍叫好的"陕军东征"现象中，看到了陕西小说创作的长处和短处，告诫自己的同行们要保持清醒的头脑；他还感到了与文学创作相比陕西的文学评论的相对薄弱，提出在培养青年作家的同时要着力培养青年评论家。既谋其文，又谋其政，一切都统一于对文学事业的默默奉献，这就是陈忠实的为官之道。

去年夏季，我出差西安再去熟悉的省作协大院，发现破败了多年的大院果然气象一新，作协下属的几个刊物调整了班子，焕发出了新的活力。大家在言谈中都称赞陈忠实上任之后说实话、办实事，使机关的面貌切切实实地换了新颜。这种使一个单位发生显著变化的事情，无疑是需要投入像写作《白鹿原》一样的大气力和大功夫的。这在不图虚名的陈忠实，也是自然而然的事情。

四

用"文如其人"这句话以形容陈忠实，也是再恰切不过的了。忠实的作品，如他的人一样，质朴中内含明慧，厚实中透着灵气，而且在忠厚、实在的基点上不断超越过去的自己，现在可说已近乎一种大巧若拙、大智若愚的境地。

陈忠实在小说创作上有一个原初的基本点，这便是由种种来自生活的真情实感，倾听民间的心声，传达时代的律动，其特点我曾在一篇文章中概括了八个字："清新醇厚，简朴自然"。应当说，在他此后的创作中，这个总的基调并没有改变，但在此之外他显然又有诸多的拓展与丰富，从而在整体上又构成了一种渐变。

如果把陈忠实的创作分为《信任》时期、《初夏》时期和《蓝袍先生》时期三个阶段来看，显然第一阶段在注重生活实践中关注的是生活事实的演进；第二阶段在深入挖掘生活中更注重社会心理的嬗变；而第三个阶段则在生活的深入思考中趋于对民族命运的探求与思考。这一次次的递进，都由生活出发而又不断走向艺术把握生活的强化与深化。有了这样的坚实铺垫，作者拿出集自己文学探索之大成的《白鹿原》，并以它的博大精深令文坛惊异，就毫不足怪了。

《白鹿原》确非一蹴而就的产物，自1986年创作《蓝袍先生》触发创作冲动之后，陈忠实实际上就把一切精力投入了《白鹿原》的创作。1987年夏我去西安出差，忠实从郊区的家里赶到我下榻的旅馆，我们几乎长聊一个通宵，主要都是他在讲创作中的《白鹿原》，我很为他的创作激情所陶醉，为他的创作追求所感奋，但怎么也想象不出写出来的《白鹿原》会是什么样子。作品大致完成之后，忠实来信说："我有一种预感，我正在吭哧的长篇可能会使你有话可说……自以为比《蓝袍先生》要深刻，也要冷峻……"后来，看过完成稿的评论家朋友李星也告诉我，《白鹿原》绝对不同凡响。我仍然一半是兴奋，一半是疑惑。待到1993年初正式看到成书《白鹿原》后，我完全被它所饱含的史志意蕴和史诗风格所震惊。深感对这样的作家、这样的作品要刮目相看，因而，以按捺不住的激情撰写了题目就叫《史志意蕴·史诗风格》的评论。在该年7月的《白鹿原》讨论会上，当有人提出评论《白鹿原》要避免用已近乎泛滥的"史诗"提法时，我很不以为然地比喻说，原来老说"狼"来了、"狼"来了，结果到跟前一看，不过是一只"狗"。现在"狼"真的来了，不说"狼"来了怎么行。我真是觉得，不用"史诗"的提法难以准确评价《白鹿原》。

有评论者把注重生活积累的作家和玩弄表述技巧的作家分称为"卖血的"和"卖水的"。这种说法虽过于绝对了一些，但也说出了这些年创作中的某种事实。陈忠实显然属于"卖血的"一类作家，他的作品从最初的《信任》到最近的《白鹿原》，篇篇部部都若同生活的沃野里掬捧出来的沾泥带露的土块，内蕴厚墩墩，分量沉甸甸，很富打动人的气韵和感染人的魅力。这样的本色化的创作成果，无愧于时代生活，无愧于广大读者，也无愧于作者自己。

本色为人，本色为官，本色为文，在生活和创作中都毫不讳饰地坦露自我，脚踏实地奉献自我，尽心竭力地实现自我，这就是我所了解的陈忠实。我为有这样的朋友而骄傲。

多色贾平凹

因有陕西同乡、同届学友和文学同行的三重关系,在作家朋友中,贾平凹是我交往最多、相知也较深的一个。

我之所以不敢用"最深"一词来形容我对他的了解,实在是因为这个家伙太难以把握了,而且你接触越多,他身上显示出来的互为矛盾的东西就越多。好像他的存在,就是为了证明那句"人是矛盾的集合体"的名言似的。

然而,正因为贾平凹把诸多不尽相同甚至迥然不同的东西集于一身,其人其作才不那么简单,才不那么平庸,而让你难以一眼洞穿,难以一言蔽之,有了让人咀嚼不尽的意味。

从这个意义上说,矛盾的贾平凹就是多色的贾平凹,多色的贾平凹就是独特的贾平凹。

弱与强

平凹身坯单薄而又生性懦弱，从外形上看，绝对是一副弱者的形象。他自己对自己的描画就颇为传神："孱弱得可怜，面无剽悍之雄气，手无缚鸡之强力。"

他给人的印象也确乎如此。陕西的朋友常说，成了名的平凹仍然极不开通，他不愿意抛头露面又不得不抛头露面，因而，常常处于被动应付的状态，无论参加什么活动，总是缩在衣领里，躲在僻静处，别人不点名，他绝对不说话。我与他一同参加过几次会，也觉得他确实有些缩头缩脚，不够洒脱。1987年冬，作家出版社在京召开他的长篇新作《浮躁》研讨会，评论家朋友们竞相发言，慷慨激昂，轮到平凹时，他以羞怯的语气简述了自己的创作体会后，更多地谈了创作中的种种缺憾和不足。一副自谦、自责的神情，好像他写了一部《浮躁》，很对不起大家似的。

但在非公众场合，尤其是熟人和朋友之间，平凹又常常表现出让人惊异的另一面来。朋友间谈论什么或讨论什么，他总有一种不肯服输的劲头，从容不迫而又想方设法地旁征博引，直到占了上风为止。一次创作会议的晚间，几十个人聚在一个屋子里谈天论地，不知怎么就把话题转到了"荤笑话"上，一人讲一个，看谁讲得妙。轮到平凹时，他用不紧不慢的陕西方言讲了一个小偷捉弄县太爷的故事，那用语雅极了，寓意又"荤"极了，压倒了所有人的笑话，在座的人无不为之折服。也还是在那次会上，文学基金会印了一张有百十名著名作家签名的礼品画片，平凹认真看过之后对我说："这所有的签名里头，最好的还是我的字。"一副当仁不让、洋洋自得的神气。

平凹自己说得好："懦弱阻碍了我，懦弱又帮助了我。"他从中修炼出来的那种"静静地想事，默默地苦干"的内向性格和务实精神，使他在凭借个体智慧和文思舞文弄墨的创作领域里大显身手、迭领风骚，以十分强劲的势头把他在别的地方丢留的懦弱一扫而光。

恐怕这么几个数字就很能说明问题：截至1991年，他已出版各种类别的文学作品四十七部，在国内当代青年作家中名列前茅，虽说还够不上"著作等身"，却也可以说是"著作等腰"了；他是当代作家中少数几个既在小说领域里独树一帜，又在散文领域里自成一家的作家之一；他先后获得过三十多种文学奖，1988年又作为第一位中国获奖者领取了国际性的美孚"飞马"文学奖。其实，在这些数字背后，还有一些更为重要的事实，那就是作为新时期文学为数不多的贯穿性作家之一，贾平凹在以自己的创作实践推进整个文学的发展方面，还起到不少独特而重要的作用。他发表于1978年的短篇小说《满月儿》，预示了当时的小说创作由揭露"伤痕"向正面写实的过渡；他发表于1984年间的《腊月·正月》《小月前本》以及《鸡窝洼的人家》和后来的《浮躁》，有力地促进了"改革文学"向现实生活深处的掘进和发展；他发表于1982年的《卧虎说》最早发出了文学"寻根"的审美信息，此后又以"商州"系列作品成为"寻根文学"的一员主将。他还是较早尝试"新笔记小说"创作的探索者，后来有关小说文体问题的提出与讨论，他也是始作俑者之一。总之，在新时期文学创新求变的道路上，每一时期的每一阶段都留有他鲜明而有力的足迹。

由此可见，在生活中不无懦弱的贾平凹，一旦进入创作的领域，是何等的雄强，何等的英武。

"鱼翔浅底，鹰击长空。"贾平凹的天地在于创作，他是为文学而生就的。

呆与灵

关于贾平凹的呆，也有不少故事。事实上，在他所不擅长的一些方面，显呆露拙是常有的事情。不久前，有朋自西安来，说是去冬西安市文联换届后举办茶话会，平凹以文联主席的身份主陪省市领导。他除了别人问一句答一句外，就默坐不语了。有几位不甘寂寞的副主席和委员们则如鱼得水，左右逢迎，夹吃端喝好不热闹，平凹反被大家遗忘了似的晾在了一边。事后从平凹那里知道，朋友们勾勒的那一幅图画是真实的。事情同我想象的一样，不爱表现自己又不善于交际的平凹遇到这种场合不仅不会感到尴尬，反而会感到欣幸。因为陪领导这种苦差事有更合适的人取而代之和乐于酬应，于大家都是幸事。

我也遇到过平凹在不该呆的时候犯呆的事。去年六月间，西安市文联和市作协联合举行"贾平凹近作研讨会"，尚在住院的平凹抽出三天时间与会，他既是会议的研讨对象，又是协会的主席，本应只是会会友、听听会，谁知遇上了一帮玩心大于责任心的办会者，正事上常常抓不着人。平凹索性带上夫人和一位副主席，从接送与会者到安排住处，招呼吃饭，几乎包揽了会务。他一会儿是接待员，一会儿又是办事员，三天没有睡过一个囫囵觉。他没有想到自己还有指使别人的权利，也拿不出名家的架子和领导的威严来。朋友们在怜惜和感动之余，都觉得他那不大不小的官实在当得有些窝囊。

然而，只要涉及与创作、与审美有关的事情，这个官场上的呆子便摇身变成了一个艺术的精怪，比谁都聪敏、都灵醒。近年来他在诗书画等艺术门类上全面出击暂且不论，就拿他当成宝贝收藏了满屋子的石头和树根来说，那也只有想象力同他一样奇崛而超群的人才可能领略其中的奥妙与意趣。一块石头，他这样一摆，说是像狮子，又那样一摆，说是像老道；这个树根他说像女人在舞蹈，那个树根他说像白鹤在长鸣……反正似像非像，全凭想象。你若是照着他的描述去理解和想象，便越看越像，绝妙异常。朋友们去他家，主要的节目就是欣赏他的这些木、石收藏品，听他绘声绘色又眉飞色舞地解说与炫示，好像他得到这些东西绝妙得天下无双。我常常想，平凹真有一种从人们习焉不察的事物中发现美和表现美的灵性、悟性和天性，这恐怕就是他总能在文学创作中别具慧眼和独领风骚的奥秘吧。

平凹的悟性和灵性，还表现在他的掐八字、看手相上。他常常把一些找他测性格、算命运的男男女女说得心服口服，因而有了一个"贾半仙"的雅号。我向来不信算命一类的勾当，但自目睹了平凹的一次算命后，便不敢贸然否定了。一次会议的间歇，我熟识的一位女编辑托我找平凹给她算命。他们互相并不认识，我把他们领到了一起后，便坐在一旁观看起来。平凹问了她的生辰八字，又看了看她的右手，然后煞有介事地说了起来，什么你刚从一个很远的地方回来，什么你的婚姻生活不甚协调等等，使这个刚从西藏讲师团归来又正准备离婚的女人惊叹不已。事后，我问平凹这"八字"和手相果能看出人的种种境况么？平凹这才说，他问"八字"和看手相，纯粹是为了打掩护，真正的奥秘在于凭他长期观察各色人等的经验和细切感知对方情性与心性的悟性。由此我也知道，他把算命也作了探悉人性、窥解人生、积累素材和锻炼悟性的手段。而他作为一个富于创作性的作家，也确实借此显示出了自己过人的锐敏、聪慧和睿智。

丑与美

从长相上说，平凹说不上相貌堂堂、人才出众，却也是平头整脸、人模人样。但他总是对自己估计过低、缺乏自信，往往以"丑陋"自贬和自嘲。而他那些刊发在一些报刊上的照片，因既不上像又未精心择选，也给人一种其貌不扬的印象。其实，这里头既有他真诚自谦的成分，也有他故意渲染的伎俩。他把自己说得面目"狰狞"一些，便大大降低了读者的期望值，而一见真人，却未必如此，反倒生出好感来。事实上，平凹在许多场合，都以他的瘦骨清风和秀外慧中赢得了许多人的喜爱，其中当然包括不少女士在内。

但平凹不大修边幅却是事实。他除了按照他的"女人美在头男人美在脚"的美学观点时时注意鞋的整洁外，其余就都随随便便了。只是去年冬天要去美国访问，他才破天荒地"武装"了自己。我打趣地说他："噢，换了个人样了。""有什么办法，丢自己的人事小，丢国家的人事大。"他也打趣地回答。我想，平凹不事修饰并非是愿意邋遢，这除了生活习惯上的原因外，显然还出于他不愿惹人眼目，只想朴俭为人的心理。

让人感到有趣的是，平凹一个劲地把自己往丑人的行列里划，却毫不掩饰他追求美的事物的炽心。像他当年痴追美人韩俊芳的经过，就已成为众人皆知的猎艳轶闻。他有一次乘公共汽车时，发现中途上车的一个姑娘漂亮得惊人，眼睛再也离不开她。后来，姑娘下了车，他心里生起莫名的失落与怅惘。此后什么事情也干不下去，便索性三次冒着酷热，不辞劳苦地到姑娘上车的市南郊某车站可怜巴巴地守株待兔。功夫不负有心人，贾平凹终于想方设法地把她追到了手，这便是他的夫人韩俊芳。后来，人们向他们夫妇证实此事，俊芳说完全属实，平凹则笑着不置可否。我的朋友也是平凹的朋友孙见喜，在《贾平凹之谜》一书中专有一章讲述贾韩的恋爱经过，读了那一章的人都会看到，在诸如找心上人这种关键时刻，贾平凹一点都不懦弱，不呆拙，更不言什么丑了，简直勇敢、自信到无所顾忌的地步。可见，一个人的爱美之心高度炽热了之后，也是什么苦都能吃，什么事都敢干的。

平凹在一份《性格心理调查表》上"你一生性格变化中的重大因素"

栏里写道："事业和爱情是我的两大支柱，缺了哪一样，或许我就自杀了。"一语道破了天机：文才＋情种＝贾平凹。它还表明：无论是文学中的写美还是生活中的爱美，在他那里作为浑然一体的审美追求，同他的生命、生活方式紧紧联系在一起。平凹曾这样谈到过他的爱人韩俊芳："从她的身上，我获得了写女人的神和韵。她永远是我文学中的模特儿。"由个体女性的美领略到整体女性的美，由现实女性的美生发出理想女性的美，因而才有他笔下众多美妙而可爱的女性形象。如此来看，我们不仅应当感谢作为作家的贾平凹，也应当感谢作为模特儿的韩俊芳。谁能想得到，十数年前公共汽车上的那次邂逅，对于投身于文学的贾平凹和贾平凹所投身的文学来说，竟然会有那么重大而深远的意义呢？

"各色"王朔

北京人爱用"各色"来形容那种性格特别的人，个中的意思，既有不从俗的一面，更有不顺溜的一面。

认识王朔已有多年，把种种印象归拢起来看觉得也只有用"各色"两字来概括最为熨帖。

说别人"各色"，既有被看的人的确很特别的实情，也有看人的人过于俗气的可能。这篇"各色王朔"，两种情况都会有，无论由此构成的反差有多大，无疑都是一种写真。

一

初识王朔约在1988年《中国电影报》和《电影艺术》联合举行的王朔电影研讨会上。那时，王朔虽已有《空中小姐》《一半是火焰，一半是海水》《浮出海面》《顽主》《橡皮人》等中篇小说相继问世，但并没有引起文坛的足够重视。有关的评论文章数量比较少，调子也比较低。但该年度他先后有《顽主》《浮出海面》(电影名为《轮回》)《一半是火焰,一半是海水》《橡皮人》(电影名为《大喘气》)四部小说改编成电影联袂问世,却在文坛和影坛引起了不小的反响,使人们不得不郑重其事地刮目相看。

应邀与会的三十多人中,除了电影界、文学界的评论家和几部影片的主创人员外,还有王朔本人。会开了三天,除过座谈讨论还看了一些影片。关于怎样看待王朔的电影,会上有两种意见相持不下。一种意见认为王朔电影作品涉及的题材新、领域新,不仅有社会认识意义,而且有文化和批判意义;另一种意见则认为,王朔电影作品无所不"侃",又无所不"嘲",调子灰暗,风格媚俗,又受到有欠分析能力的青少年观众的广泛欢迎,其消极作用不可小视。也许是观念的反差大,也许是讨论的时间短,反正谁也没能说服谁。临了,主持者请王朔发言,王朔对两种意见未置可否,而是出人意料地申明自己写作时并没有大家谈到的那么多的意义的考虑,他还说几天来的争论他越听越觉得与自己没有多大的关系。那种并不顾忌在场人的反应的清纯又冷漠的神情,直率又辛辣的口气,使人们无不惊异,有一种被迎头浇了一盆凉水的感觉。我当时就觉得,这小子太"各色"了,如果不是在思想观念上过于偏激,至少也是在人情世故上有欠修炼。

同王朔接触多了,也有了新的长进之后,再来反观王朔在那次会上的感觉与反应,觉得确也不无道理。的确,大家是都在谈王朔,但却无不把反传统的王朔置于传统的文化和文学观念的视镜之下,在王朔看来,这多少有些文不对题。

评论王朔反被王朔所评论,并得以反观自省,这也是只有从"各色"的王朔那里才能得到的收获。

二

其实,王朔平日为人随和而谦恭,在公众场合有时也藏头缩尾,与他在创作上的强劲逼人形成强烈的对比，也算一"各"。

1989年初，以王朔为干事长的"海马影视创作中心"（后改为"海马影视创作室"）在中国记协新闻发布厅举行成立新闻发布会，我应邀前去助兴。与会的"海马"成员，整个一拨哥们儿姐们儿，与会的报刊记者，也是清一色的青年男女。王朔走上主席台没正经讲几句话，便一头扎到台下与朋友们扎堆闲聊，新闻发布会尔后变成了恳谈会、交谊会。那次会给我印象很深，形式随随便便而气氛热热闹闹，这也是因干事长的"各色"而使新闻发布会别具特色。

1992年9月，由"海马影视创作室"集体创作的《海马歌舞厅》电视连续剧在国贸中心举行开拍仪式。王朔把这个本该由他主持的隆重仪式交给创作室其他成员，自己则在台下迎来送往和闲聊，比谁都悠然自在。可会后给与会者每人赠送一套《王朔文集》，大家返回来找王朔签名，却使这个开拍仪式在最后掀起了一个热潮。只见葛优、梁天、申军谊、马晓晴等纷纷围了过来。王朔在人们环绕下笑呵呵地在递过来的书上郑重地签着"××老师指正，王朔"的字样，大家拿到签名的书，纷纷指责王朔戏弄哥们儿的不仗义，气氛霎时间甚为活跃。成心想缩头的王朔不仅缩不了，反而成了"星"中之"星"。这种反效应，是王朔有心的谋算，还是无意的获得，就不得而知了，但"各色"的人偏有"各色"的收获，却是不言而喻的。

王朔在生活上也有不少"各色"的地方，酒量极好甚至能常常以酒代水便是一例。

在文人圈里，本人也算是能应付酒场的一个，因此向来不大憷谁。有两次与王朔同桌吃饭，都要了白酒，两个人你一杯我一杯，都极为爽快。但平心而论，我有些憷王朔，他喝酒如喝水，而且自然而然，喝多喝少都不动声色，那种你摸不着边又探不着底的坦然神情着实让人畏怵。

1992年夏季的某天到王朔家谈事。一人在家的王朔提溜了一瓶啤酒给我，说他家里没开水，他都是以酒代水。尽管口渴的我极想喝点水，却不得不端起啤酒来，说了不一会儿话，两人已喝了好几瓶啤酒。我一看客厅的墙根下面，密密匝匝地摆了好几排空啤酒瓶，少说也有四五十个。想来"以酒代水"是毋庸置疑的了。

那天骑车回家，多少有点晕晕乎乎，但感觉舒服极了，总想喊点什么，唱点什么。就我的经验，喝酒的佳境是似醉非醉，欲人欲仙，飘飘忽忽，朦朦胧胧；东摇西晃又倒不下去，胡说八道又知道什么不能说。王朔是不是也在追求这种境界不得而知，但可知而又可信的是，王朔喝酒也"各色"，而这"各色"更证明了他是一条汉子。在文人中，能喝酒的汉子，是值得敬重的。那是汉子与汉子之间无言的沟通、情义的明证。

三

与别的作家比起来，王朔的创作谈尤其"各色"。那种立足于他的角度、他的思路的实话实说和真情袒露，无论是其表述的意思和表述的方式，都常常"各色"得令人瞠目，给喜欢他和不喜欢他的人都添加了不少的疑惑。

他在一篇《我和我的小说》的创作谈里开宗明义地指出："我立意写小说，的确是想光明正大地发点小财。"赤裸裸地道出他创作的初衷，一点幌子都不带。也许这话使喜欢王朔作品的人感到难堪，使不喜欢王朔作品的人感到得意，但你从王朔当初走投无路去写小说的过程去理解，那的确也是一句实话。

王朔对于自己的创作好坏话都说，甚至在许多创作谈里对读者普遍看好的作品偏要说几句不好的话。他一再申明自己的创作"少思想"、"无理想"，是"生活的流水账"；《千万别把我当人》"把自己都写恶心了"；而《编辑部的故事》"毛病多了"，"比不上二流小说"。此话招惹来他的一帮合作者的埋怨，怎么自个"给自个也不留个情面"，真"各"到家了。这些自谦乃至自贬的创作谈，着实"各色"，但这"各色"里，分明透着王朔那不虚伪的真实和不做作的真诚。

去年夏末，我的两个搞评论的年轻朋友赶写了一部《王朔批判》的稿子拿给我看，想在我供职的中国社会科学出版社出版。我看了提要和目录后，多少有些犹豫。书稿是有特色、有见地的，但他们在诸如"时代大潮中的沉渣泛起"、"妓女的文学观"这样的题目中评论王朔其人其作某些提法和看法，我感到又不无偏颇。我把书稿的提要及目录原封不动带给王朔，征求他本人的意见，王朔的反应之豁达，之大度，真使我大感意外。他说只要是谈创作，怎么谈都可以；还说，批评性的意见往往花钱都买不来，更为难得。他一个劲地看着书稿，没有半句责言。在当即表示了支持该书的出版意见之后，他还多次打电话询问此书的出版情况。由这件事情中，我又领略到王朔"各色"的另一面。

王朔的创作谈里有一些话，带有明显的调侃意味也是事实，对这些话，人们也不必认真。譬如，他虽比喻说自己的作品好比是"原装'茅台'供不应求，我们这种酒精兑水点上一二滴'敌敌畏'的假活儿也昧着良心上市了"。有的人就单抓住这句话大做文章，追溯王朔在创作上如何来意不善。其实，这只是一句比喻的话，而且主要是自嘲的话，不必当作"狐狸尾巴"去抓。再说，作品是什么味，主要靠人们去品；人们应该去看作品是怎么写的，而不要去管作家是怎么说的。

王朔在作品中爱用一些谐谑的话，在创作谈中也不例外。比如，他说他干什么都不成，只好去写小说，结果"一不留神，成腕了"；说他要写的言情小说，"最损写成《飘》，一不留神就写成《红楼梦》了"。细琢磨这些寓艰辛于轻松的"各色"自白，那里头除了对于创作的执著和对于自个儿的自信外，显然还有一种大智若愚、大巧若拙的颖慧。

四

　　王朔在创作上几面出击，不甘守成，小说创作上已是成就斐然，影视编剧上也是硕果累累，分别在文学界、电影界、电视界占定了一方位置。对于他，已不能单用"小说家"的称谓，也不能单用"剧作家"的称谓。创作领域里如此见异思迁而又干事成事的，在当代作家中的确也为数不多。这可能是王朔作为一个作家的最大"各色"之处。

　　一次同王朔闲聊，谈起他的多栖创作，他兴味盎然，极来情绪，他喜滋滋地说他已涉足歌词创作，并已开始出盒带。从他那里出来，看到满街的文化衫中，有不少写着"玩的就是心跳"、"千万别把我当人"、"过把瘾就死"的王朔"名言"，你不能不感到王朔的影响在社会民间文化中的与日俱深的渗透。由此我想，王朔的成功与成就，不只体现在书本文化上、影视屏幕上，还流动在社会生活中、街头文化中。这是定位于民间、着眼于市井的王朔所独有的。

　　"各色"的人自有"各色"的"运"和"各色"的"福"。如此的"各色"，值了。

评坛"这一个"

——雷达其人其文漫说

文友初识,重在看文;及至深交,便重于看人了。

与雷达的交往便是这样。十数年前初相识,一见面便谈读了什么又写了什么,话题多不离文。后来交往多了,交情深了,便无事不谈,无话不说,彼此在文事、家事中的喜怒哀乐都一无遮掩,遂渐渐把人的关注摆在了首位。这样的接触多了又深了之后,对他的文的理解也就较过去更为内在,而且每每感到人与文真是有着密不可分的缘结,布封的"风格即人"的说法确乎不谬。

检视我对雷达的认识,最为突出的感觉是,把较多的矛盾的东西汇集一身,又表现得淋漓尽致的"这一个",甚至可以说是一个天然而自在的性格典型。把人的这种复杂与独特辐射到文学评论之中,他成为评坛"这一个",也便是自然而然的事情。

一

　　雷达为人颇讲义气，对朋友能想你之所想，急你之所急；但又义中带悍，径情直遂，想找你说什么便说什么，想找你干什么便干什么，一切都不由分说，常让你既受其惠又受其累，其中苦衷一言难尽。

　　近年来文坛的活动越来越多，别人有事来求雷达，他总是想着我，拉上我，下杭州，去济南，到西安，一块儿参加会不说，还常常住一间屋，老兄打呼噜之出色一点也不亚于他写评论。他睡觉前总要拉你聊天，我说你让我先有个过渡好不好，不然你一打呼噜，我就睡不着。他说不行，你不能不理我。于是只好陪聊，聊着聊着，他便不做声了，旋即呼声大作，我只好打开电视转移呼噜带来的刺激。当然，一起聊天聊地，聊人聊文，时时都有收益自不待说，但常常因睡眠不足备感劳顿。最要命的一次，是我们同去深圳给文稿竞价审稿，搬了两次住处都在一屋，差不多遭受了他近一个月的呼噜的蹂躏，回家后家人奇怪我人怎么瘦了许多，更有朋友打趣说，怪不得人说到深圳才知身体不好，我说都是呼噜闹的，人皆不信，真让人有苦难言。

　　雷达经常惦记着朋友，也要朋友时常惦记着他。如你忙别的事几天不找他，他便要愤愤不平地问个究竟。有时，他会在电话上突然问你：你说我最近写点什么好？我说没怎么想。他便会挖苦你说："我的事你从不放在心上，就只顾自己出名，你就是出了大名又能怎么样？"他就这样随意拈起一个话头，说着说着就让你觉得真的对不起他，你也就只好赔不是。当然，他也常常会突然打电话来，告诉你某个作品值得一读，某位作家值得注意，他又有什么文坛见闻、阅读体会，让你在不经意中获取信息，得到收获。总之，关爱你，责怨你，一切均无"商量"。

每次去雷达家,看到厅里悬挂的贾平凹书赠的"人有天马行空志,文有强硬霸悍气"的条幅,都在心里暗暗称奇,觉得平凹对于雷达的人与文的感觉真是恰切。就评论事业上的追求来说,雷达从未有过满足,完全是一副"不当元帅的士兵不是好士兵"的劲头;而其评论文章,更是强劲雄浑,硬朗豪放,端的霸气与悍气十足。这一方面表现于他在评论选题上,或抓取当前的热点、难点问题,推本溯源,或择选重要而典型的作家作品穷原竟委,总是喜欢啃文学上的硬骨头;一方面又表现于他的阐发见解,或举重若轻,或大含细入,总能披坚执锐又独辟蹊径,炮制出一颗颗重磅炸弹,把文章作足分量,造出影响。

如他的《民族心史上的一块厚重碑石——论〈古船〉》《心灵的挣扎——〈废都〉辨析与批判》《废墟上的情魂——〈白鹿原〉论》等。这些重要的作家作品,包括我在内的众多评论家都写过文章,作过评析,但平心而论,无论是选角度、挖意蕴、评艺术、估价值,雷达的见解都要更加深邃,更为内在和更见丰湛,遂当然为文坛内外的人们更为看重。

二

文人敏感,这是常情。但雷达的敏感常常过度,不免时时陷入疑惑,这使他比一般的人更敏于感觉,勤于思索,从而为人情胜于理,为文情理交融,内在地构成了自己敏锐而主气的评论风格。

一帮好友在一起,彼此总有关系较好和关系更好之区分。在这些场合,雷达总要和更好的朋友保持些许距离,以免较好的朋友感觉不舒服。面对作者热诚而作品平平的评论央求,雷达推脱不了勉强写了,又几头诉苦,既怕作者不满意,又怕文友们责怪自己。他常常为如何推脱求上门来的评论而绞尽脑汁,总想拿出一个不伤作者又不累自己的万全之策,但每次尝试都事与愿违,致使文债越背越多,遂由桩桩文事变成为重重心事。

他很关注生活中的一些细小现象，并能由此生发开来，察觉出某些带有倾向性的问题。由丢失山地自行车而换骑破旧自行车的平安无事，他看到了生活中的"世俗化的折旧过程"；由"打的"、"托福"这些日常俗语的出现与流行，他看到了时代的"缩略"倾向，因而就有了他以小见大又启人思索的一篇篇随笔。至于他由方方、池莉、刘震云的作品看出"探究生存本相"的新写实倾向，由莫言、乔良的作品所捕捉到的"历史主体化、历史心灵化"的新历史主义苗头，以及由许谋清和李锐迥不相同的作品比较中发现的文学生态上的"西东倾斜现象"，就更典型不过地显现了超常的敏感作用于评论之后，雷达是如何从个别中见出一般，从纷繁中剔理出头绪，从而先人一步地把握了文学创作的脉搏与动向，使他成为探测创作的发展与走向的名副其实的"雷达"。

敏感而疑惑，还使他对自己的评论现状时时予以反省与检视。他常常看一阵子书，写一阵子文章。书读多了，有了新的收获，就觉得自己的评论多所缺失，言谈中总有不满旧我的种种怨叹，尔后又带着这些养分蓄精养气，当积聚了较多的新的感受和新的激情，又不吐不快时，便埋下头来写出一批文章，接二连三地抛出去。这样，他就使自己的评论，有血有肉有骨头，而且避免了平面推进，不断有新的内容、新的进取。而他一有新的成果问世，便吩咐朋友们加以关注。一次，他嘱我一定看看他即将发在《光明日报》上的《人文精神质疑》的文章。我没有《光明日报》，也忙得顾不上去找，便把此事放在了脑后。不料他连问两次我都说没看，竟然大为光火，言谈之中不是你从来不把我的东西当回事的刺激，便是又被哪个小姑娘缠住了之类的嘲讽；我只好搁下一切，去找读他的大作。认真读过此作之后，觉得角度和见解都果然不错，大有给人文精神讨论吹进一股清风之感，把此意思告诉他后，他不仅一切疑怨顿时冰释，而且得意之情溢于言表。此类事经历多了，我便感到，现在的文坛外在的疆域越来越大，内在的圈子越来越小，因而文友之间的相互关注和激励，确乎越来越重要，既要同台出演，又需彼此助兴。

三

玩就真玩，干就真干，这种现在为许多人所倡导和称道的行为方式，在雷达那里，早就付诸实践，并形成了自己的习惯。

他酷爱游泳，喜下象棋，热衷于打乒乓球，只要有玩的机会，他决不轻易放过。游泳这一项，他似乎坚持得最好，包括冬泳。我去年冬到什刹海看他冬泳，嗖嗖的寒风之中，站在岸上裹紧大衣仍觉寒冷，他和他的泳友们则无所畏惧地脱去衣服，拍打着身子，跃入刚刚砸开冰面的湖中，那份勇敢，那种精神，真让人肃然起敬。下象棋和打乒乓球这两项运动，他也是常玩不懈。一次，他约我下午四点半到他家谈事，我如约按时到达，却吃了闭门羹，一直等到快五点他才回来，原来去打乒乓球一时难以脱身。对如此嗜玩的朋友，你能说什么呢？有人问他，高洪波象棋下得极好，你和他比怎么样？他回答有一拼吧！有人又说，陈建功的球相当厉害，打得过他吗？他说看临场发挥。话里从不含输人的意思，一副自信的神气。

一些并不高级的游戏，如打游戏机，他也乐此不疲。有一阵玩上了，直找朋友们的孩子交换游戏卡。有时忙于游戏攻关废寝忘食，甚至误了文章，便又挑灯夜战，赶完文章速用特快专递寄走。为此，他真花费了不少的冤枉邮费。不久前，他添置了一台电脑，也是没学会打字先学会了游戏，常常玩得天昏地暗，忘乎所以。

爱玩，使雷达有劳有逸，身康体健，尝到不少甜头；但也耽搁时间，辄误写作，吃了不少苦头。他自己有时也常自我抱怨，好玩误了正事。其实，也不能说只有写文章才是正事，活动了筋骨，增强了体质，无论如何不能算作邪事。他至今仍能以饱满的激情、旺盛的精力对文学评论保持一种强力投入，而且敢啃硬骨头，辄唱重头戏，这绝对跟他有一副好的体魄与心态不无关系。由此我还觉得，好玩并能坚持不渝，正是葆有童心、童趣的表现，而这对一个人尤其是一个文人来说，也许更为重要和难能。

其实，玩心对于文学绝非多余。文学本身，包含有一定的娱乐与休闲成分，以童稚而纯真的玩心去看取生活，往往也会给作品带来别一景致。譬如王朔的中篇小说《动物凶猛》（改成电影叫《阳光灿烂的日子》），就是以一个顽童的眼睛看"文化大革命"，由稀奇古怪的画面同样揭示出了"文化大革命"时代的某些荒诞性实质。雷达自1994年以来，陆续在《钟山》等杂志连载他的系列随笔《蔓丝藕实》，其中的不少篇什，其实也充满了亦庄亦谐的情味，带有以玩童的眼光和纯真的心灵看取世间万象的游玩性。譬如，说有的人如何自诩"超脱"，又如何事事不能超脱；讲不少人一边散播某某传闻，一边又叮咛听者"可别给别人说"；谈某人为了避免别人议论而怎么做都总有人议论，终于使自己不知所措；写一个学者由口渴买梨涉足市场引起观念动摇，遂从一个埋头著书的学问家变成了一个马路边上的观棋者，等等。这些现象在生活中司空见惯，但雷达俯拾起来之后，由童真的视角插形画影，叙说中又暗含针砭，使人在轻松嬉闹之中怡情悦情、反思人生。这种直面当下社会又涉笔成趣的随感断想，差不多已构成了雷达文学、文化评论的别一重要方式。

雷达是复杂的，因而是多面的；雷达是多面的，因而是独特的。这样的朋友，灼人又累人，可遇不可求，何况他既让你知文，又让你知人。因而，我珍视这份友缘，珍重这位朋友。

"路遥知马力"

——路遥和他的《平凡的世界》

有人借用鲁迅先生"从血管里流出来的都是血,从水管里流出来的都是水"的说法,把当今文坛的作家分为"卖血的"和"卖水的"两种类型。这种彼此独立乃至对立的区分是否科学另当别论,文坛上存在着这样意向不同的创作追求却是大致不差的。我以为,不管从哪个角度来看,路遥都属于"卖血的"这一类作家,或者还是其中最为典型的一位。

路遥的作品即使以获奖者为例,也可见出那种悃幅无华的品性和呕心沥血的意味。获1980年全国优秀中篇小说奖的《惊心动魄的一幕》,以县委书记马延雄在两派群众组织的相互揪斗中受尽煎熬仍惦念着群众疾苦,最后为平息群众的大规模武斗而献身的悲壮行为,揭示了"文化大革命"以"革命"的名义祸害革命群众、迫害革命干部的实质。作品由一个独特线索串结起了一个个紧张而又感人的情节,那真挚的情感和扎实的文笔,几乎构成了对一个非常年代历史的神形毕肖的缩写。获1982年全国优秀中篇小说奖的《人生》，更以独到的人生体验和曲婉的生活故事，表现了回乡青年高加林在人生道路和情爱选择上难遂人愿的起落浮沉。那种主客观世界交互影响所构成的斑驳的世态和游移的心态，只有对城乡生活烂熟于心而又饱含深情，对回乡青年爱之甚切而又知之甚深，才能如此逼真而生动地描绘出来。这些作品无疑是坚实的人生积累和深刻的人生思索的艺术产物，它们不似当今文坛一些作品那样是"试管"里培植出来的"婴儿"，那完完全全是作者用自己的生命和心血养育出来的足月"产儿"，一呱呱坠地，便充满了独有的生气。

写完《人生》之后的1982年，路遥便开始了长篇小说《平凡的世界》的创作准备。他重返陕北故里，深入农村体验当今农民的生活，走访城乡了解乡镇经济的发展，这种生活的积累和情感的积蓄到1985年变成一种不可遏止的创作冲动后，路遥便打点行装躲进渭北高原一个偏僻的小山沟，在一间小茅屋里开始了《平凡的世界》的营造。此间，有人从陕西来，说起烟瘾极大的路遥写《平凡的世界》时买了许多烟，全都撕开烟盒，散放在屋子里任何能随手抬来的地方，以便不因烟的问题而使写作有所中断。朋友是当笑话讲的，我听了以后心里却有一种深深的感动。正是在这样忘我的拼搏下，1986年夏，《平凡的世界》第一部完稿；1987年夏，《平凡的世界》第二部完稿；1988年夏，《平凡的世界》第三部完稿。洋洋一百万言的《平凡的世界》在不到三年的时间里接踵到了读者手中，没有一种对当代生活的赤诚挚爱，没有对小说艺术的痴心迷恋，那是很难想象的。

写完《平凡的世界》，路遥如同终于扑倒在马拉松终点线上的长跑者，几乎到了身心交瘁的地步。他在1989、1990两年吃了数千块钱的药自不待说，精神的疲惫不堪更是难以恢复过来。他无心也无力干什么，即便是到门房看报或与朋友聊天，他也常常不能自持地犯困，甚至坐到哪里就眯到哪里，以至被陕西作协大院誉为一大景观。

路遥在《平凡的世界》这部巨著里付出的，实在太多了。同这种巨大的代价相比较，他荣获第三届茅盾文学奖委实是一个小小的补偿。但这种荣誉对路遥依然很重要，它毕竟表明：严肃的文学创作必将得到文坛和社会的首肯，生活最终不会亏待那些为生活呕心沥血的人们。

严肃的作品需要严肃的读者。《平凡的世界》以平凡的艺术手法勾勒的平凡的人生画卷，有心的读者都不难从中读到深刻的人生况味，品出不凡的史诗内蕴。它不仅是我国文坛目前部头最大的反映当代现实生活的长篇小说，它显然还以纷繁、厚实的生活容量和循序渐进的艺术后劲，在当代长篇小说之林中别树一帜。即由宏观的视角着眼，也能见出作者在《平凡的世界》里苦心孤诣的追求所给作者带来的诸多显著特点。

这里略谈三点。

其一，在时代的艰难蜕变的大背景中多视点地观照社会生活，使《平凡的世界》以跨度较大的历时性和幅度广阔的空间性具有一种丰厚的"意识到的历史内容"。

《平凡的世界》以1975～1985年间的社会生活为背景，十年的时间在历史的长河里不过是一瞬，但作者选取的这十年却在中国当代社会变迁史上具有十分重大的意义。它囊括了"文革"后期毛泽东、周恩来等革命领袖的逝世、天安门事件、粉碎"四人帮"、十一届三中全会、十一届六中全会、十二大、六届人大等一系列重大社会政治事件，包孕了由政治禁锢到思想解放、由以阶级斗争为中心到以经济建设为中心、由农业的初步变革到经济的全面起飞等多方面的社会生活的剧烈过渡和演变。而这种巨大的时代转化，在《平凡的世界》里绝不只是一种虚隐的背景，它不仅通过少安、少平以及他们周围的人们痛惜毛泽东等革命领袖的逝世、辗转传抄天安门诗抄、欢呼"四人帮"的被粉碎等，如实描写了一次次历史风云在黄土高原造成的深沉回响，而且更以普通人物少安、少平的自立自强、"职业革命家"田福堂、孙玉亭等人的失势失意等不同社会力量的地位的调整与转换，反映了改革的大潮生长壮大乃至激浊扬清的客观流动趋向。可以说，作者是力求通过多种生活场景的交织描绘，恢弘而又细致地表现这一历史性变迁的。在作品里得到充分描写的至少有三大块生活场景，或者说作者有力地运用了看取生活的三个基本视点：第一，是由迷恋黄土地的孙少安的人生追求串结起来的农村生活场景；第二，是由不甘于务农的孙少平的打工生活所缀连起来的工矿生活场景；第三，是由改革型干部田福军的从政生涯所铺陈开来的政界生活场景。

三个生活场景构成的博大的生活画卷不仅大大突破了作者以往的创作以乡村为主、城乡交叉的生活氛围，而且联缀内在、文笔娴熟而地道。三个生活场景的交叉演进用兄弟、乡亲的彼此交往来自然调遣、切换，其主要人物的进退与荣辱，则又系于时代的大气候，统于改革的大趋势。"四人帮"之流尚在肆虐之时，少安、少平们被"穷"和"左"压得喘不过气来，身为县革委会副主任的田福军也备感压抑；社会改革逐步展开之后，少安率先打破"大锅饭"，以办砖厂谋求致富；少平也按着自己的意愿在外出打工中自我闯荡；而田福军则更是如鱼得水，由县革委会副主任升任地区专员而后又升任省委副书记。应当说，他们在各自的生活领域里也进取得相当艰难，但毕竟可以放开心性、放开手脚地同阻碍他们前进的力量相抗衡、相拼搏，自己在把握自己的生活，自己在争取自己的前程。社会改革如何适应并释发了人的心性，而逐步活跃的人的心性又如何推动着改革的深化与发展，这些在《平凡的世界》里可以说都得到了生动而又鲜明的反映。

其二，在多重对比、多层开掘之中塑造人物群像，在生活磨难之中刻画典型性格，使《平凡的世界》在众多人物性格的多样化的展示中有对主要人物内心世界深邃性的揭悉。

《平凡的世界》中有名有姓的人物有一百多个，展示了一定的性格又给人以一定的印象的人物，有少安、少平以及他们的同代人润叶、晓霞、兰花、王满银、贺秀莲、金波、田润生、郝红梅、侯玉英、李向前、兰香、金秀、小翠等；有孙玉厚以及他的同代人孙玉亭、贺凤英、田福堂、田福高、田万有、田二、金俊文、金俊山、金俊武、金光亮等；有田福军以及由公社到县、地、省的干部徐治功、张有智、李登云、马国雄、冯世宽、呼正文、苗凯、石钟、乔伯年等。如何使这些比肩接踵的人物各显个性，作者确实是用了心思的。他或写同一事情上的不同态度，或写不同处境中的不同心性；或以万变中的不变显现其沉稳保守、谨慎或怯懦，或以不变中的多变揭示其灵活或迷惘、聪颖或狡黠；或以其生活中的行状折射其情趣，或以其心灵上的曝光透视其精神。这种多重对比、多层开掘的手法交替并用，便使人物在相互碰撞之中各显其性，又各个不同。在这些栩栩如生的人物形象中，堪称"典型"的即有少安、少平、润叶、晓霞、金波、孙玉厚、田福军、田福堂、孙玉亭等十数个，其中又尤以少安和少平最为光彩。这两个人物是作者倾注了所有积蓄和全部心血刻画出来的两种不同类型的典型。作者把他们放在生活的漩涡中恣意捶打，总是命运刚见好转、打击就劈头而来，他们几乎是少有喘息机会地寻找着摆脱困境的契机，一次次地去奋力把握自己无定的命运。正是在这种令人难以应付的重重磨难中，他们分别在各自的领域中战胜了厄运，更新了自我。痴情于黄土地的确立了自强，崇尚新生活的走向了自立，并以他们精神世界的丰富、提高和强化，向人们预示了他们将在改革的历史进程中以时代的"脊梁骨"角色搏击风浪前进的可喜信息。

其三，大胆揭示影响人的命运的生活风浪背后的种种历史性诱因，使《平凡的世界》具有相当的社会批判深度。

《平凡的世界》在一开始，通过困顿的生计使少安、少平一家备受煎熬的细致描写，把农村生活的贫穷本相明晰地揭示给人们。的确，一个"穷"字，使少安、少平无法安心上学，而且时时背着沉重的屈辱感。孙玉厚为少安结婚鼓起勇气向人借钱结果碰了一鼻子灰的场面，王满银为了几个糊口钱贩卖假老鼠药被当成坏分子惩治的结局，无不让人感到一种"贫穷"对人的尊严的伤损、对人的心性的扭曲。与这种贫困的生存境况交相映衬的，是那种十分"发达"的农村政治。田福堂、孙玉亭及那些大大小小的"父母官"们，除去机械性地上传下达，便是忙于各种各样的政治批斗，搞各种各样的政治联盟，普遍变成了"职业革命家"。他们对农民的生计问题是何等漠不关心，而对那些"运动"群众的事情又是何等不遗余力。什么移山造平原，什么假造万元户，其实质都在于以政治上的胜绩为个人邀功请赏。从少安、少平的人生追求的种种坎坷中，从润叶婚爱生活的巨大挫折中，从兰花、王满银一家的生活畸变中，从孙玉厚老人愁眉难展的生计煎熬中，我们都不难感受到"穷"和"左"结盟联姻之后，对普通人生活命运的无情播弄。正因极左思潮开始逐渐减退，才有了改革事业的逐步进取，才有了人的生力与活力的日渐发挥；也正因极左影响未散，才又有改革进程的步履维艰，才又有人的命运追求的乖戾多蹇。在陕北这块有着深厚革命传统的黄土地上，清除极左的思想余风，把人们从"越穷越革命，越革命越穷"的错误循环中解脱出来，使他们真正走上与他们的付出相适应的富强之路，仍然是尚未完结的课题。在这里，作品通过这特定生活氛围的特定社会现象的透视，郑重地提出了对于民族的近传统的反省与反思的问题，引导人们面对现实去寻思如何使几代人摆脱某些传统的东西和外在的因素对普通人心性的压抑和命运的限定。

《平凡的世界》的内蕴和它的部头一样，分量都是沉甸甸的。只要是认真读完全书的读者，都会有这样的感受。但说实话，读这部长篇巨著，确实也需要耐心，需要毅力。这不仅因为它卷帙较大，篇幅较长，还因为作者采取了一种平铺直叙的叙述方式，以一种松疏的情节和散淡的故事体现生活本身自然而质朴的内在意蕴。这尤以第一卷为甚。从第二卷开始，作者适当地收缩了笔墨，集中了笔力，作品遂以紧密的节奏和曲折的情节抓人，以至你读完第三卷，还意犹未尽，感到就此煞尾是不是过于急促了一些。

"路遥知马力。"人们由《平凡的世界》的长读中了解了路遥，也深深感到了在他身上潜藏的丰厚的生活功底和不凡的艺术功力。

"《平凡的世界》对我来说已经成为过去","生活的大树万古长青",读者由路遥在茅盾文学奖授奖大会上讲的这两句话里,看到了他告慰过去的勇气,也看到了他放眼未来的雄心。看来,这位陕北汉子是认定了要在小说创作中"卖血"的。对此,我们只能满怀敬意又满怀怜惜地说一句:

"路遥,你多保重!"

"一鸣惊人"前后的故事

——陈忠实和他的《白鹿原》

当代的中青年作家大概有两类:从学校里走出来或从生活里滚出来。陈忠实之为作家,属于后者。

陈忠实1962年中学毕业后,由民办教师做到乡干部、区干部,到1982年转为职业作家,在社会的最底层差不多生活了二十年。他由1965年到七十年代的创作初期,可以说是满肚子的生活感受郁积累存,文学创作便成为最有效、最畅快的抒发手段和倾泄渠道。他那个时期的小说如《接班以后》等,追求的都是用文学的技艺和载体,更好地传达生活事象本身,因而,作品总是充溢着活跃的时代气息和浓郁的泥土芳香,很富于打动人和感染人的气韵和魅力。

我正是这个时候开始关注陈忠实的。1982年,《文学评论丛刊》要组约当代作家评论专号的稿子,主持其事的陈骏涛要我选一个作家,我不由分说地选择了陈忠实。因为我差不多读了他的所有作品,心里感到有话要说也有话可说。为此,与陈忠实几次通信,交往渐多渐深。嗣后,或他来京办事，或我出差西安，都要到一起畅叙一番，从生活到创作无所不谈。他那出于生活的质朴的言谈和高于生活的敏锐的感受，常常让人觉得既亲切，又新鲜。

忠实始终是运用文学创作来研探社会生活的，因而，他既关注创作本身的发展变化，注意吸收中外有益的文学素养；更关注时代的生活与情绪的嬗嬗演变，努力捕捉深蕴其中的内在韵律。这种双重的追求，使他创作上的每一个进步，都在内容与形式上达到了较好的和谐与统一。比如，1984年他尝试用人物性格结构作品，写出了中篇小说《梆子老太》，而这篇作品同时在他的创作上实现了深层次地探测民族心理结构的追求。而由此，他进而把人物命运作为作品结构的主线，在 1986 年又写出了中篇力作《蓝袍先生》，揭示了因病态的社会生活对正常人心性的肆意扭曲；使得社会生活恢复了常态之后，人的心性仍难以走出萎缩的病态。读了这篇作品，我被主人公徐慎行活了六十年只幸福了二十天的巨大人生反差所震撼，曾撰写了《人渡》。1987 年间，我因去西安出差，忠实从郊区的家里赶到我下榻的旅馆，我们几乎长聊了一个通宵。那一个晚上，都是他在说，说他正在写作中的长篇小说《白鹿原》。我很为他抑制不住的创作热情所感染、所激奋，但却对作品能达到怎样的水准心存疑惑，因为这毕竟是他的第一部长篇。

1991 年，陈忠实要在陕西人民出版社出一本中篇小说集，要我为他作序。我在题为《新层次上的新收获》的序文里，论及了《地窖》等新作的新进取，提及了《蓝袍先生》的转折性意义，并对忠实正在写作中的《白鹿原》表达了热切的期望。忠实给我回信说：

依您对《蓝袍先生》以及《地窖》的评说，我有一种预感，我正在吭哧的长篇可能会使您有话说的，因为在我看来，正在吭哧的长篇对生活的揭示、对人的关注以及对生活历史的体察，远非《蓝袍》等作品所能比拟；可以说是我对历史、现实、人的一个总的理解。自以为比《蓝袍》要深刻，也要冷峻一步……

我相信忠实的自我感觉，但还是想象不来《白鹿原》会是一个什么样子。1992年初，陕西的评论家李星看了《白鹿原》的完成稿，告诉我《白鹿原》绝对不同凡响；后来参与编发《白鹿原》的人民文学出版社的高贤均又说，《白鹿原》真是难得的杰作。这些说法，既使人兴奋，又使人迷惑，难道陈忠实真的会一鸣惊人么？

《白鹿原》交稿之后，出书很快确定了下来，但在《当代》杂志怎样连载，连载前要不要修改等，一时定不下来，忠实托我便中了解一下情况。经了解，知道是在《当代》1992年第6期和1993年第1期连载，主要是酌删有关性描写的文字。在我给忠实去信的同时，人民文学出版社也给陈忠实电告了如上的安排，忠实来信说：

> 我与您同感，这样做已经很够朋友了。因为主要是删节，可以决定我不去北京，由他们捉刀下手，肯定比我更利索些。出书也有定着，高贤均已着责编开始发稿前的技术处理工作，计划到八月中旬发稿，明年三四月出书，一本不分上下，这样大约就有600多页……
>
> 原以为我还得再修饰一次，一直有这个精神准备，不料已不需要了，反倒觉得自己太轻松了。我想在家重顺一遍防止可能的重要疏漏，然后信告他们。我免了旅途之苦，两全其美。情况大致如此。

后来，人民文学出版社当代一室的主任高贤均给我讲了他与《当代》的洪清波去西安向陈忠实组稿的经过，那委实也是一个有意味的故事。1992年3月底，他们到西安后听说陈忠实刚完成了一部长篇，便登门组稿，陈忠实不无忐忑地把《白鹿原》的全稿交给了他们，同时给每人送了一本他的中短篇小说集。他们在离开西安去往成都的火车上翻阅了陈忠实的集子，也许是两位高手编辑期待过高的原因，他们感到陈忠实已发表的中短篇小说在看取生活和表现手法上，都还比较一般，缺少那种豁人耳目的特色，因此，对刚刚拿到手的《白鹿原》在心里颇犯嘀咕。到了成都之后，有了一些空闲，说索性看看《白鹿原》吧，结果一开读便割舍不下了，两人把出差要办的事一再紧缩，轮换着在住处研读起了《白鹿原》。回到北京之后，高贤均立即给陈忠实去信，激情难抑地谈了自己的观感：

> 我们在成都呆了十来天，昨天晚上刚回到北京。在成都开始拜读大作，只是由于活动太多，直到昨天在火车上才读完。感觉非常好，这是我几年来读过的最好的一部长篇。犹如《太阳照在桑乾河上》一样，它完全是从生活出发，但比《桑乾河》更丰富，更博大，更生动，其总体思想艺术价值不弱于《古船》，某些方面甚至比《古船》更高。
>
> 《白鹿原》将给那些相信只要有思想和想象力便能创作的作家们上了一堂很好的写作课，衷心祝贺您成功！

1993年初，终于在《当代》一、二期上一睹《白鹿原》的庐山真面目。说实话，尽管已经有了那么多的心理铺垫，我还是被《白鹿原》的博大精深所震惊。一是它以家族为切入点对民族近代以来的演进历程作了既有广度又有深度的多重透视，史志意蕴之丰湛、之厚重令人惊异；二是它在历史性的事件结构中以人物的性格化与叙述的故事化形成雅俗并具的艺术个性，史诗风格之浓郁、之独到令人惊异。我感到，《白鹿原》不仅把陈忠实的个人创作提到了一个面目全新的艺术高度，而且把现实主义的小说创作本身推进到了一个时代的高度。基于这样的感受，我撰写了《史志意蕴、史诗风格——评陈忠实的〈白鹿原〉》的论文（见《当代作家评论》1993年第4期）。

盛夏七月，陕西作家协会和人民文学出版社共同在文采阁举行了《白鹿原》讨论会。与会的六十多位老、中、青评论家，竟相发言，盛赞《白鹿原》，其情其景都十分感人。原定开半天的讨论会，一直开到下午五点仍散不了场。大家显然不仅为陈忠实获取如此重大的收获而高兴，也为文坛涌现出无愧于时代的重要作品而高兴。也是在那个会上，有人提出，"史诗"的提法已接近于泛滥，评《白鹿原》不必再用。我不同意这一说法，便比喻说，原来老说"狼"来了、"狼"来了，结果到跟前仔细一看，不过是只"狗"；这回"狼"真的来了，不说"狼"来了怎么行。

此后，关于《白鹿原》的评论逐渐多了起来，这些评论大都持肯定的态度，但也有一些评论着意于挑毛病。对出于文学角度的善意的批评，人们都不难接受，唯有那些并非出于文学也并非怀有善意的批评，颇令人疑惑和惊悸。比如，有人没有根据地胡说什么，《白鹿原》在人民大会堂举行了新闻发布会，尔后又由新华社向全世界宣布：中国文学由此走向了世界。编造了这样一个弥天大谎之后，便来批判《白鹿原》既如何为主流意识形态所欣赏、所推崇，又如何以严肃文学的身份向商品文化"妥协"，向大众情趣"献媚"。另有一种怪论，则从另一角度作政治文章，说什么《白鹿原》有意模糊政治斗争应有的界限，美化了地主阶级，丑化了共产党人。真是左右开弓，怎么说都有理。但只要认真读过《白鹿原》并全面地理解作品，这些意见都是不值一驳的。对于这些看法，作为作者的陈忠实能说些什么呢？他出访意大利两度路过北京，听到这些风言风语，他先是皱着眉头惊愕："怎么现在还有这样看作品的？"继之坦然一笑，"还是让历史去说话吧！"

是的，历史比人更公正，评价一部好的作品，也有赖于公正的历史。因为，历史决不会亏待不负于历史的人们。

走红的受难者

——贾平凹和他的《废都》

我曾以《多色贾平凹》一文,写贾平凹由多方面的矛盾集合所构成的特殊性格和才情,其实从他总体的人生际遇来看,似乎整个就是由两条走向和运势迥不相同的线索平行构成的一个大大的悖论。那便是在创作上不断走俏、走红,而在生活上却时时陷入窘境、困境。

这一状况发展到《废都》时期,尤以为甚。

创作《废都》时,他背负着身体有病和家庭破裂的两大难题,背城离家,辗转流浪。

发表《废都》并引起轰动后,他在情绪上、身体上和生活上都辄遇烦恼,不能自拔。

他是一个走红的受难者。

作为与贾平凹交往甚密、相知甚深的朋友,我想就我所知的有关贾平凹与《废都》是是非非,用琐记的方式披露一二。这在我,自然有一吐骨骾的意思;对于读者来说,也或许能为了解贾平凹和解读《废都》提供一点参照。

《废都》交稿始末

关于《废都》的创作经过，平凹在《废都·后记》里已有详尽的交代。那是在耀县的桃曲坡水库写出初稿，后来又在户县和大荔的朋友家改定。写西京的书并非写作于西京，而是在三处辗转流浪的过程中完成，这或许是细心的读者研读《废都》不应忽略的一个问题。

这三处地方我只去过户县，并从那里受托把《废都》书稿带回了北京。

那是1993年3月初，我因事去西安，抽了两天时间与朋友孙见喜一同去户县看望平凹。我们坐了两个多小时的汽车，又坐了两块钱的三轮车，到了平凹在户县旧县城寄宿的地方。那是一座三层小楼，为户县计划生育委员会的办公处。平凹的乡党兼朋友李连成在县计生委任办公室主任。一间十多平方米的房子，只有一张桌子两张床，简陋得只能用来写作和睡觉。见朋自远方来，平凹自然十分高兴。那天晚上，我们几乎聊了通宵，说《废都》，说女人，说他流浪的种种孤独与艰辛。他身体依然不好，怀疑是肝病重犯，时常起来喝药。那是请一个老中医配治的一种偏方汤药，喝下去满嘴是黑，看来十分痛苦。我不能替他做什么，只能拿话做些无力的劝慰。

桌上搁着一摞半尺高的稿子，整整齐齐地用一个纸盒子捆扎着，那就是刚完成的《废都》书稿。平凹说，初稿写来很顺，修改时却费劲不小。后来我看了稿子，发现已誊抄完毕的稿子，每页又有不少增改。而这些增改，或者渲染了气氛，或点染了事象，很有画龙点睛的味道。

当时，关于《废都》的出书，有许多出版社都在竞争，与我同去的孙见喜君也肩负着为陕西人民出版社拉稿的使命。但此前平凹已与北京出版社的田珍颖基本谈妥，他正愁着稿子如何能顺利、快捷地送到北京。

因此，我一来，他便高兴地打趣说：你来，怕是上帝的安排。第二天，平凹要了一辆车，带我们到附近看了一道一佛两个寺院，我便在下午带着《废都》手稿回了西安。

在西安趁工作之余，我匆匆翻阅了一遍《废都》。当时，我既为作品所塑造的庄之蝶这个独特人物的独特命运所引动，也为作品有关性的描写的大胆直率所惊悸。对这样一部可谓惊世骇俗的奇书，我多少是心存疑惑的。一是怀疑出版社方面看了全书后会不会接受出版；二是担心此书出版之后会不会被人们正确认识和理解。因之，当时有人知道我读过《废都》，问我有什么感受，我的回答明显持一种谨慎、低调的态度。后来，又二次看了校样三次看了成书，我对《废都》的认识不断有了深化，此是后话不提。

两天后，我回到北京，把书稿交到了北京出版社，田珍颖大姐正担心书稿被别的出版社抢走，见我拿来了《废都》书稿，兴奋之情溢于言表，一个劲地表示感谢。我当时并不能确信在出书形象上颇为保守的北京出版社能真的接受书稿，因此当我跨进北京出版社的大楼，也做好了再来这里背走书稿的心理准备。谁知北京出版社此次的表现十分出人意料，此也是后话。

西安之行横生的一段插曲

在西安临回北京时，无意中发生的一件事，给平凹和我都带来了极大的烦恼。此事至今仍余波未息。

那是一天晚上我在八点多回到我住的秦大饭店后，有一女的找来，说是湖北电视台电视杂志的记者。我一看并不认识，问有什么事，她说她到西安要找人了解贾平凹的婚变始末，写一篇有关这一方面的报道；并说她找到了贾平凹，贾平凹要她来找我，言下之意是贾平凹要我给她谈他的婚变。因我前一天去户县刚看过平凹，不大相信她的话，她便拿出一个写有我姓名、住处的字条，我一看果然是平凹的字迹。原来，平凹有事突然回了西安，刚进家门，此女就找上门去，平凹无心应付便把人支给了我。

我劝湖北电视台的女记者不要在名人的隐私上做文章，尤其是平凹的婚变，有比较蹊跷的原因，而且双方的情缘并未完全了断，写文章披露这一切只能制造麻烦。但该记者压根听不进去，说什么名人的一切大家都应当知道，还说她在西安已听到不少传闻，仅此就可以做很好的文章。我说这样就更不好，至少是极不负责任的。她又改而问我对平凹的离婚和复婚怎么看。我觉得这属于我可以谈的问题，便谈了谈自己的看法。临了，我还是劝她无论从职业的立场上还是从道德的立场上，都不要在平凹的个人隐私上做文章，她痛快地答应了。

但是回到北京不久，湖北电视台的女记者便在杭州的《西湖周末》上发表了一篇题为《贾平凹又回静虚村》的文章，文中说她见了贾平凹，贾平凹又让她见我，然后把她在西安的种种道听途说都以我的口吻披露出来，给人真实可信的假相，随后，同样的文章换了题目又发表在南京、武汉、重庆、广州、上海的几十家报纸上。这些文章给平凹和与他的婚变相关的人都带来了极大的麻烦，使身体不好的平凹又平添了精神上的痛苦，他觉得自己的婚变已经连累别人，而这一篇篇文章更像一把把利刃，伤人更见无形和无情。平凹看到这些文章后连来两封信，诉说自己的不安："此人文章一出，伤害面极大，后果不堪设想。""我现在日子很难堪。"他并要我写信给湖北电视台的女记者，叫她不要"拿别人的苦痛作欢乐，作发财，作出名"。我给此人和她单位的领导先后去了信，都没有反应，文章依然变着花样源源不断地衍生出来。看来，此人是"咬"定贾平凹不放松，非要"吃"个名利双收不可。对此，我只有对天悲叹，悲叹个别记者为人为文的水准都太过低下，悲叹某些小报的档次也过于低俗，也悲叹我们的名人实在活得可怜。

这难道还不是《废都》里的某些情节在现实生活中的生动演现吗？

生活与创作的双向焦虑

三四月间，平凹来京参加政协会，我先后数次到他下榻的京丰宾馆去看他。那时，《废都》已在出版社通过了三审，正式确定出版。得知这一消息，平凹和我都很高兴。平凹尤为感念《废都》的责任编辑田珍颖。他向我简要叙述了田大姐在审读报告中对《废都》的评价，那精到的论析、精警的语言，也令我这个搞评论的自叹弗如。我对平凹说，《废都》交给了田大姐，确是遇到了知音。但平凹仍然重负难释，他不知道其他的人会怎么看《废都》，更担心《废都》出书后面临众多读者的境遇。

其间，多次谈到他的生活现状。当时他离家半年有余，从外地回到西安，只能在朋友处打游击。对于需要调养身体和进行写作的他来说，真是痛苦之极。他当时抱有的一线希望是，西北大学决定聘请他为兼职教授，并同意为他解决一处住房。

今年六月，我又因事去西安，径直到西北大学找平凹，果然在学校的一幢新宿舍楼里找到了他的住处。两室一厅的房子虽然面积不大，但足以存身和写作，他已十分满意。厅里空荡荡的，只是门口处摆了几双拖鞋；南边的一间搁了一张床，北边的一间放着一张桌子，一块破木板搭在一只破铁桶上，算是一张茶几。屋里仅有一个旧沙发，一把椅子，再多来一个人就只好移一摞书来坐。看到这一切，我不免有些心酸，问他怎么不买个书柜，不多置几把椅子，不买个电视。他说心绪不好又忙忙乱乱，凑合着过吧。吃饭，他或是去附近的费秉勋家，或是上街上的小吃摊，果然都是在凑合。

但当谈到《废都》，他就有说不完的话。那次我带了一本新出的高罗佩的书给他，翻到书的序言中"苦难生活引起了一种喜好轻浮娱乐的反应"

的一段话，他马上告诉我，《废都》所写也大致是这样一个情形，苦到极处便作乐，作乐之后更痛苦；人物的行状与心理在无名的压抑下都不无变态。其间，还说到他的名字常常被人们用来用去，字画、名章甚至被人用来拉关系、做生意，而自己到头来则一无所有，实实在在地徒具了一个虚名。我虽用这也是"舍己为人"之类的话来打趣，但心里也有一种说不出的滋味。

我联想到《废都》里的某些情节和场景，更知《废都》里的种种描写确有其扎实而可靠的生活依据。不过，作者贾平凹似乎很难走出这"废都"的氛围，他在作品里发舒了观感，宣泄了情绪，似乎在精神上超越了现实，但说到底，那也是面对苦闷现状的一种审美补偿，是寻求个人生活的整体平衡的文学努力。

签名售书的前前后后

平凹带女儿倩倩到北戴河休养了数天之后，于7月20日到了北京。当时《废都》在《十月》刚刚发表，书还在赶印中。听说到北京出版社拉书的外地卡车已在一周前排起了长队，订货已达近五十万册，我们都颇感意外。

按常理，《废都》不大可能成为印量如此巨大的畅销书。但此前一篇关于稿费的报道把十万元误写成了一百万元，引起了众多人们的好奇；后来，又有"现代《金瓶梅》"之说的谣传不胫而走，使敏锐的书商感觉到了其中的商业价值。于是订数、印数便直线上升，创下了近十年来长篇小说销量的最高记录。但这对于平凹来说，更多的是忧而不是喜。因他明白《废都》需要有一定文学修养的读者，而读者群的数量愈大，这种高层次的读者按照概率就可能愈少。因而，他在许多场合，都煞费苦心地告诉人们：读《废都》一定不要着急，要慢慢地去读。

7月24日下午，在王府井书店举行《废都》的签名售书。霎时间，购书的人就排成了长蛇阵，书店的一楼被围得水泄不通。据书店经理讲，这种盛况是近些年的签名售书所没有过的。平凹从两点签到快四点，因有病的身体实在难以支撑下去，书店的同志便劝阻读者不要再排队。据说，仅此两个小时，就签售了近千册《废都》。几乎是在《废都》刚进书店，小书摊上也忽喇喇全摆上了《废都》。最近，笔者逛书摊时，发现有的书摊卖完了《废都》，摊主直后悔进货太保守；而有的书摊虽然有《废都》销售，定价早已超出了原价卖到了二十元之多。

7月25日，平凹返回西安。此前，西安有关部门和个人，已从北京用数辆卡车日夜兼程运回八万册《废都》。因之，平凹一下火车，又被人架到书店签名售书。据知，八万册《废都》一星期之内又在西安基本售罄了。饶有意味的是，近日平凹自己急需两本书，想尽办法从西安附近的咸阳用20元一册的高价购得两本，自己也吃了自己的著作火爆之后的亏。

走红者的受难

《废都》在京城、西安乃至全国热销到火爆的程度，在别人看来，不知作者会是怎样的欣幸。其实，事情并非如此。贾平凹开始还是亦喜亦忧，后来就忧多喜少，近来几乎是只忧不喜了。

这首先是《废都》销售得越多，读到的人越多，加之于作者的心理负担就越重。《废都》并非一本通俗小说、消遣读物。它在文人日常生活状态和心态的白描之中所包孕的哲理思考与文化批判，深而不浮，隐而不露，是需要细读和多读才能体味出来的。有的人只听信某些传言去翻读作品中的性描写文字，从而把作品看得俗不可耐。有的人用"纪传说"的眼光把作品里的描写同生活中的人和事相对应，从而大大抹煞了作品的文学意义。还有一些人则在作品之外打听上边有什么看法和说法，四处传布流言。凡此种种，都使平凹苦恼不堪、有苦难言，他摆脱不了被人指骂、被人议论的固定地位，作为与《废都》的福祸与共的作者，压根没领略到内中的福分。

8月9日，平凹来信说："西安的《废都》热实在空前。但对号入座严重。仁者见仁，智者见智，说好的特好，说不好的骂流氓。"他寄希望于严肃的文学评论能对广大读者阅读《废都》有所引导，但大报大刊又不发有关《废都》的文章；他希望能开一次《废都》的讨论会，听一听各种意见，但主管单位没钱会又开不起来。他唯一能做到的，就是不断地调适自己，如他所说："我就是这等不合时宜的命。我将修炼，修炼成佛。苦难于我没尽头。"

除《废都》之外，身体不适和生活不顺的苦痛也始终跟随着他。在北京签名售书时，他就时常肚子疼，厉害时只能趴在床上。朋友们劝他到医院看看，他说他知道自己的身体，一进医院就难得出来，而他现在要办的事情实在太多，哪有可能住院。他这样硬撑着回了西安，依然带着有病的身躯和泼烦的心态应理各种事情。他8月9日的来信谈到自己的境况时说："我身体极不好，心情极不好。家事、国事、文事、身事、百事交加，心力憔悴。"8月20日他托来京办事的一位朋友带来一信，信的末了几乎是无奈又无援的自我悲叹："等我给你写了这一封信，我实在该休息了。我太累了，心身皆累，一切一切，包括家庭、身体、创作，都是最危难之时，我无法应酬，也应酬不了。"

看了这封信，我长久无法使自己平静下来。走红不走运，磨难受不完，这不应当是贾平凹所应有和必有的境遇，但他事实上就是这样一步又一步地在苦难的泥潭里跋涉着。我总觉得，这一定是那儿出了什么毛病。

谁人能知道，一个把身心全交给了文学、几乎发表了等身的著作，又在读者中享有盛名的贾平凹，生活是如此窘迫，心情是如此忧郁，命运又是如此乖蹇呢？

各人的路还得各人自己走，谁也无法替代谁。贾平凹要走好他那坎坷而漫长的路，也许需要他进而调整自己的心态和步态，但对这样一个以燃烧着的自我愉悦着读者、走红总不走运又难得洒脱的受难者来说，多一份理解，少一份非难，多一些关切，少一些纷扰，岂不更好吗？

读者读君，以为然否？

京都文坛陕西人

陕西籍文人聚堆成群的，第一当为古城西安，第二就要数首都北京了。京都的文坛同京都的政坛等五行八作一样，什么地域的人都有，是真正的"五湖四海"，但近年来人们渐渐发现，口操秦地口音普通话的陕西人越来越多，在文艺界的大小活动中都随处可见，有时三五个，有时七八个，在一些小型研讨会上甚至几近与会者的一小半，于是有人惊讶：陕西人成了帮！有人戏言：陕西帮不得了。经旁人一再提醒，陕西人自己一看也纳起了闷；怎么这么多乡党就凑到了一起！

其实，京都文坛的"陕军"，是数十年间不知不觉地汇聚起来的。从五十年代到八十年代，陆续离乡进京不等，唯一相似或相近的是，都在与文学有关的部门工作，而且都踏实为人、刻苦为文，混得日渐有头有脸。

我总觉得，把京都文坛的陕西人称作"帮"，实在有些冤枉。这一则在于没有什么组织，二则在于少有什么活动。只是在前年3月平凹来京参加政协会与乡党们在西单"饺子宴"聚会，一帮老陕在酒足饭饱之后打趣时，有人提议要成立同乡会，大家附合并公推"二白"为会长。这二白，一个是本人，一个便是白描。我当时还认真了好一阵子，心想应好好做些事情。但过后大家都把此事忘在了脑后，再也没人提起过，我遂知那不过是乡党间的玩闹而已。

要说活动，也很一般。除去在一些作品研讨会上碰碰面外，再就是陈忠实、贾平凹等陕西作家来京时随便聚一聚，那也多是叙友情、话家常，再就是开玩笑。记得是忠实与陕西作协的同志来京参加《白鹿原》研讨会那次，大家在会上正襟危坐地谈了一通文学，会后便聚在忠实一行下榻的饭店海阔天空地穷聊，不知是谁说忠实：阎纲在研讨会上说你自创作出《白鹿原》就不仅是小说家，而且还是史学家，照我看还少说了一家。忠实很认真地问：“啥家？"答曰：性学家。忠实接过话头：不能么，这是人家平凹的头衔，咱咋能胡戴。有人接茬说：谦虚啥，你们俩都够。一说一笑，大家也哈哈一乐。

陕西文人不仅好文学、好玩闹，两方面都有极高的兴致，而且还从不以单一身份混迹文坛，都有着多把刷子。他们或编辑家兼作家，或出版家兼评论家，或评论家兼散文家，均以各具千秋的能耐占据着自己的一方天地。因此也可以说，京都文坛的"陕军"，是一个由各各不同的个体所集合成的一个共同体。

论年岁，论声望，京都"陕军"的头面人物当首推阎纲。而阎纲自五十年代中期由兰州大学分配到京后，一直未和编辑工作脱开关系。他辗转供职于《文艺报》《人民文学》《小说选刊》和《中国文化报》，还主编过《评论选刊》和《中国热点文学》。无论是编发理论文稿，还是选发创作作品，他都以别具手眼的劳作使刊物增辉添彩。据说在文坛已成名的作家和评论家中，有不少是阎纲"发掘"或提携起来的。创作界的情形不大清楚，在评论界，我至少听雷达、宋遂良两位亲口说过在他们出道之初阎纲所给予的重要帮助。我自己也是经常得到阎纲的悉心点拨，受益匪浅，像我这样的受惠者可能还有不少。

然而阎纲给人们印象更深的，还是他那出自机杼又卓厉风发的评论，他洞察问题能抓取要害，阐述见解又淋漓痛快，尤其是以散文化的构思和杂文化的表述对评论文体的改造，使他成为新时期中最具个性又最有建树的重要评论家。他现在虽已退休，但仍是不识闲儿地著文作评，而且在摆脱了工作人际上的一些负累后，文章反倒更显洒脱，更见锋芒了。他先后发表的《京都受骗记》和《评坛一绝》，说的都是大家有目共睹的人和事，但义无反顾的揭露和疾恶如仇的批判，却让圈内人无不肃然起敬。这些作为的意义，不仅在于它表明阎纲依然是一如既往的阎纲，还在于它告诉人们，当今之文坛，仍未泯灭正气之呼喊和正义之眼光。

如果说阎纲是京都"陕军"的一号人物，那么，二号人物便非周明莫属。周明自五十年代中期进京以来，长期在《人民文学》任职，从普通编辑一直做到常务副主编，前些年调到中国作协创联部任主要负责人。周明编刊物游刃有余，圈内人有口皆碑。他既能做别人做不到的事情，又能做别人不愿做的事情，可以说事无巨细都胜任愉快。我在他与刘心武搭档任《人民文学》常务副主编时有事找他，他说白天太忙也许晚上好一些，约我一天晚上到编辑部去。我在二十二点左右到了编辑部，只见他忙成一团，一会儿与编辑部的同志审定、编排稿子，一会儿又与搞发行的同志商量发行宣传问题，好像世界上除了《人民文学》别的一切都不存在似的。我当时就很感慨，怪不得《人民文学》一直保持着高水准，有周明这样的干将、这样的干法，刊物能办不好么？因长期从事档次高又接触广的编辑工作，加之事业心强，为人热情诚恳，京都文艺界乃至政界的大小人物，许多都与周明不无交谊。以前《人民文学》有什么重大活动，需要请政界和文艺界的重要人物，基本上是周明独家承揽的任务；外地来人进京办事遇到困难或是解决不了吃住，也是只要找到周明便一切迎刃而解。久而久之，大家便形成了一个习惯：有难事，找周明。周明也因而平添了另一重要身份：文艺活动家。其实，这些远不是周明其人的全部，他自己更看重的还是散文家的身份。他因交谊层次高，范围广，所写的东西在选题上往往就高人一等，如写邓榕、写冰心等等；而他那种重情尚义又敏感细腻的感觉与表述，又常使他的作品以小映大、平中见奇。在京都"陕军"中，周明以年岁大又热心肠，被大家尊为"老大哥"，但"老大哥"又有着比谁都活泛的心性，近来又因情爱上的收获而备显年轻。看着他那笑口常开、总不见老的面影，感染得大家对人生、对自己也增了自信，添了青春。

京都"陕军"里，最具秦人气度的，无疑还是何西来。文学界朋友在阎纲的面前说起未去临潼秦陵看过兵马俑的遗憾，爱开玩笑的阎纲很认真地告诉人家：不必非去实地看兵马俑不可，在北京你就看何西来，到西安你就看李星。这是两个走动着的兵马俑。此话传开，人们再见何西来，觉得真是咋看咋像。何西来生得高大魁梧，方脸阔额，端的一副武夫气魄。他舞文弄墨也大刀阔斧，时若英雄吐气，时若豪杰壮谈，很有一种气势。他曾在新时期文学的黄金时期出任中国社会科学院文学研究所副所长，并与刘再复共同担任《文学评论》主编，把一份理论刊物办得领导了好一阵子文学新潮流。他的理论功底深厚，艺术感觉敏锐，表达见解痛快，其评论在鞭辟入里的同时，有如悬河泻水，阪上走丸，很能征服人、感染人。他现在既搞评论，又写杂感，两种文体运作得都很得心应手。我还特别欣赏他在作品研讨会上的即席发言，他把独到的见解寓于擘肌分理的侃侃而谈，那熔理性、感性与记性于一炉的尽情挥洒，常常把研讨会的气氛推向高潮，以他的充沛激情调动起大家的情绪来。

接下来，无论如何要说到京都"陕军"的两位女将了。这两位一个是刘茵，一个是田珍颖。刘茵自新时期以来一直在人民文学出版社工作，先在《当代》当编委兼管报告文学，后在《中华文学选刊》当副主编，主持日常编务。无论是对作者来说，还是对出版社来说，刘茵可能都是最为难得的编辑人才。对于新作者，她能不惜气力地去扶持；对于老作者，她能不遗余力地去配合。不知她给多少作者管过饭，也不知她为多少作品红过脸，反正人民文学出版社的一位负责同志很有感慨地说过：刘茵认准的事情，谁想阻拦也阻拦不了。正是这种锲而不舍的敬业精神，她不断向文坛推出新人新作，也赢来了文学同行们的真心敬重。她在从事文学编辑的同时，还间或撰写报告文学，一些作品如《播鲁迅精神之火》等，还曾在全国优秀报告文学评奖中获奖，这使她作为报告文学作家当之无愧。与刘茵的经历相似，田珍颖也是新时期以来长期供职于北京出版社，并出任颇负盛名的《十月》杂志的常务副主编。《十月》编辑部既编刊，又编书，因此田珍颖除去主持每期四十余万字的编刊业务外，还责编了不少图书，如曾引起全国瞩目的贾平凹的《废都》、颇获好评的徐小斌的《敦煌遗梦》和报告文学《我在美国当律师》等。在出版《废都》前后，田珍颖曾以书信和文章的形式发表了她的一些读后感，那种对重点作品的驾驭力和对复杂作品的评判力，都把她编辑之外的才情显露无遗。看她的文章，听她的发言，你能从中感受到细密的论证与细切的感觉相融合所构成的特有魅力。可以说，京都文坛的"陕军"有此两位女将，构成更为丰富，势力也更显强壮。

与上述几位比较要相对年轻一些的雷抒雁、李炳银、白描和我，属于京都"陕军"中的少壮派。抒雁要比我们几位年长一些，但他从心性到行状都颇为活跃不羁，倒显得比我们还年轻气盛。他到北京大概是"文革"后期，先在解放军文艺社，后转业到工人出版社，现在《诗刊》杂志就任副主编。他从来没有离开过编辑的岗位，但给人的印象却像是从事诗歌创作的专业诗人。他由1979年发表的《小草在歌唱》一举成名，从此便没有停歇过自己的歌唱；但他的诗风却在不断地变异，近期的诗作就以哲理性的内涵更显隽永。李炳银现在的工作部门是中国作协创作研究部，相比较之下属于专业性的评论家。他也经历了为期不短的编辑工作的过渡，先是《出版工作》，后来又是《文艺报》。炳银的文学评论，以追踪报告文学的创作见长。他勤勉刻苦又较为专注，因而也随着报告文学的崛起而崛起。近几年他坚守着自己已有的阵地又漫足于小说批评，在评坛的两翼都有着引人注目的成就。白描进京的时间并不很长,但他因任《延河》主编期间交友甚广又常往来于京陕,到北京一如回西安一样如鱼得水。他具有着相当丰富的文学才力,因而有着多向发展的可能性,但《国际人才交流》杂志副总编的繁重编务,却使他更多地施展了组织才能,较少地发挥其创作的才情。他要组稿、编稿,又要策划种种活动,即使如此,他还先后创作了报告文学《一颗遗落在荒原的种子》和电影剧本《苍凉青春》,前者已在全国报告文学评奖中获奖,后者也摄制成电影上映了。据我所知,他在评论方面也颇具潜力,但现在只能在一些座谈会上发发高见,他不是述而不作,而是述而难作。

说到京都文坛的"陕军",有一个与陕西关系密切又非属陕籍的特殊人物不能不提,那就是雷达。雷达原籍天水,虽然这是真正的秦人发祥地,在省份上归属于甘肃,当然不能算作陕西人。但雷达自兰州大学进京后,最直系的亲人母亲和姐姐都安家于陕西武功,回陕西就比回甘肃更频繁也更重要了。由于这一层关系,他把陕西不当外乡,陕西人也把他看作乡党,加之他与陕西文坛和京都陕籍文人,都过从甚密,大家便视他为"陕军"的当然成员。雷达也是由编辑起家的,他先在《人民摄影》当记者,后来到《文艺报》当编辑,前几年还出任过《中国作家》的常务副主编。但雷达用心更专、投入更多的,还是文学评论。他可能是当今文坛发表文章频率最高、评论的作家作品最多,因而影响也最大的少数几个评论家之一。再公正一点说,他的评论在数量多的同时,质量也比较高,尤其是八十年代中期以来的重要的作家作品和重大的文学现象,他都有卓富识见的艺术评析与钩玄提要的理论概括,而且每每以其中肯且深刻而启人思索。但外人很少知道,雷达很能写评论,也很能玩。他酷爱游泳,喜好打乒乓球,痴迷足球,热衷下象棋,贪玩游戏机。常常兴致一来,玩得黑天昏地,全然不顾其他。新近添置了一台电脑,也是尚未学会打字,先学会了游戏。他常常自我抱怨爱玩影响了正事,但正事也不只是写评论。他有一副好体魄，在以笔著文和以言代文的两种方式的评论中连续作业而底气十足，谁知那不是得益于那些童心未泯的忘我游戏？

京都文坛的"陕军"，随着人们的不断"挖掘"和新人的间或加入，仍呈不断壮大之势。就出版一界来说，工人出版社的南云瑞、华夏出版社的王智钧、人民文学出版社的郑言顺、新闻出版署的阎晓宏，都是坐镇一方的重要诸侯；而在政界，则有中央宣传部的刘斌、中央书记处研究室的郑欣淼、全国政协秘书局的忽培元等亦政亦文，分别在评论和创作等方面实现着自己。而再年轻一些的文学新人，不仅数量见涨，而且起点较高，不少已在京都文坛崭露头角，如专事长篇创作的自由撰稿人老村，专以散文类图书的编选与评点见长的老愚，边做编辑边写小说的亦夫，既搞出版又搞创作的吴晔，又编报纸又写评论的吴涛，擅编副刊又长于特写的孙小宁，等等。如此梳理一番，京都文坛的"陕军"确乎为数不少，势力也不小。

但知情人都明了，陕西人的家乡观念重，陕西人的兼容意识和合作精神也强，尤其是在神圣的文学事业上。在地域意识的有与没有和结伙倾向的是与不是上保持一个适当的度，从而有情感之依托又有精神之超越，有相互之联系又有个性之自由，大概正是京都陕西人各自"浮出海面"而又整体形成一定气候的原因所在。

从这个意义上也可以说，京都文坛没有什么"陕军"，有的只是陕籍文人。

戴来有戏

说戴来有戏，包含有两个意思。一个意思是说戴来的作品好看耐看，有故事又有意味；另一个意思是说戴来的作品别具手眼，有个性又有前途。

戴来虽然在1998年即以短篇小说《要么进来，要么出去》在文坛崭露头角，但她真正引起我的注意，是她在1999年第1期《长城》发表了短篇小说《突然》之后。因要为《小说选刊》作一年一度的小说综评，我通读了1999年全年的《小说选刊》，选入《小说选刊》1999年第5期的《突然》，读过之后令人久久不能释怀。小说并没有一个完整的故事，只是通过缪水根的两个女儿留学日本嫁给日本人，自己到龄后下岗和无所事事逛街触景心生惆怅的几个情节断片，惘幅无华地写出了时世变迁在一个普通老者心里激起的层层涟漪。小说中，既有老缪痛恨日本人而女儿偏又嫁给日本人的耿耿民族情绪，又有不能适应生活变化而又必须面对生活变化的隐隐困惑。小说把种种"突然"，写得不露圭角，自然而然，让你由缪水根的个人际遇，窥知时世转移，思索现实人生。

应该说，作为"七十年代人"中的一位，戴来与其他同代人比起来很有些不同。她也关注当下，但看取生活却更具穿透力；她也擅写故事，但更在意的是故事里的人的命运。因为视野更加宏阔，采探更见深邃，我越来越看重和看好戴来。

在2001年下半着手策划"布谷鸟"丛书时；我四处打问戴来，希望能得到她的长篇新作。经李敬泽兄牵线，终与戴来取得了联系。碰巧，戴来正在写一部新长篇，即将杀青。在11月底收到这部名为《鼻子挺挺》的新作后，我与"布谷鸟"丛书的另一位策划人安波舜立即传看，我们边读边交换意见，一致认为这是当下文坛中既好看又耐看的一部长篇佳作。

《鼻子挺挺》由自由写作者古天明发现电台主持人任浩很像他失踪多年的叔叔，因而由跟踪任浩引起自己生活的种种变故，写出了人生的惑然性，以及隐于惑然性之中的某种必然性。任浩失踪，是因为爱上嫂子林芹而不得不私奔；当古天明越来越接近这个家族隐秘的谜底时，他自己也由给鼻子整容、与妻子分居，爱上少女小柯等，走上了几乎与任浩相同的道路。在这两代人命运的残酷暗合中，爱对人生的拨弄和人在爱中的失控，成为一个变亦不变的永恒主题。

可以说，《鼻子挺挺》把戴来小说创作的诸种优长都发挥得相当淋漓尽致。首先是作品的叙事极其纯粹，既没有故作高深的姿态，又没有花里胡哨的堆砌，开首就由古天明与任浩在之江路的相互对视，自然而然地进入古天明的生活状态。古天明对任浩像极了失踪的叔叔古随恒的好奇与跟踪，古天明与妻子马昕那些总是扯不清黑白也分不出高下的口角之争，古天明由整容师"鼻子长得好不好尤其重要"的说法所引动去做挺直鼻子的美容手术，一件件事像顺蔓摸瓜，一桩桩事件顺流而下，不知不觉地在进入新的生活状态的同时，把自己原有的生活秩序彻底打乱，而且，"乱"得波澜不惊，顺理成章。戴来的高明之处在于，她把意义完完全全地寓含于故事的讲述之中，在故事之外，她不外设什么，也不强加什么，而随着故事的一步步地展开，意义也一点点地显现，可以说曲来韵亦来，曲尽韵犹在。

与内在的叙事相适应，戴来的语言也清丽而简约，在就事说事的朴直中自有一种蕴藉雅致的意韵。如作品写古天明与马昕相识相恋后关系深化的一段：

> 那天是古天明的生日，他们在外面吃完饭带着一肚子的蠢蠢欲动回到古天明的住处。在楼梯口，古天明借着酒劲来了个充满即兴意味的长吻，没想到马昕就此瘫倒在他怀里，软得只有放到床上去，古天明猛然明白过来，马昕送给他的生日礼物就是她自己。

有场景，有情景，寥寥数语就把两个人的"第一次"写得形神毕肖。从字面上看，似乎什么都没说，从字义上看，又似乎什么都说了。可说是意到笔不至，或说是笔简而意繁。

在写到古天明与马昕没完没了的口角之争时，有一段描写两人的电话对话，古天明向马昕诉说自己有关离异的想法：

> "我们走到这一步只能是我们尊重客观现实的一种选择，继续在一起生活也不是不可以，但那还有意思吗？"
> "你觉得没意思，我觉得很有意思，非常有意思，有意思极了。"
> "晚些时候我再给你打吧，昨晚没睡好，现在脑子混混沌沌的。"
> "没睡好，没睡好是不是在展望你的未来生活了。"马昕的声音很冷，"那生活里肯定不会有我吧？"
> "就这样吧。"古天明把电话挂了，怕她再打过来，他把电话

线也拔了。

这段对话，不仅表现了在离异问题上一个积极一个消极的不同态度，而且表现出一个内敛一个外向的不同性格，那种婚变之中的情与理相互缠绕的无常、无谓又无奈的诸般情景都表露无遗。这样的对话语言，既真实抓人，相当生活化，又生动有趣，饶有文学性，本身即构成了一种情节或细节，颇耐人寻味。

我很欣赏戴来目前的创作状态，那是一种有的写就写点什么，没的写就先待着，不硬撑，不强求的自然状态。自然状态其实就是一个人的自信状态、自知状态。她曾在一篇题为《以写作的名义发呆，并且发呆下去》（她以此文作了《鼻子挺挺》的代后记）的文章中这样写道："我从未想过一辈子就吃定了写作这碗饭，也许有一天我想象的水井会枯竭，我费劲吃力地从井中提起的只是一桶浑浊的泥浆，我开始痛苦，写作变成了纯粹的与自己的耐心和体力的一种较量，已全无快乐可言，这时候我肯定会关掉我的电脑，走到外面，找找看还有没有其他我可以干的事，而绝对不会赖在键盘前，痛苦地敲出一些文字让看的人接着痛苦。"此话我绝对相信，而且非常欣赏。不过，目前的戴来离这种"也许"状态相去甚远，因此不必担心她的"出走"。新近她又完成一部长篇新作，而且感觉良好。闲适的心态与刻苦的努力，放松的状态与丰硕的成果，就这样并行不悖地一同呈现于戴来的写作之中。这样的人没戏，谁会有戏？

葛水平的人与文

2004年间,葛水平以《甩鞭》《地气》《天殇》和《喊山》等中篇力作,接连在当下文坛引起较大反响,也自然引起了我的格外关注。那时候,有关作者其人所知并不很多,只知道是山西长治的一位女编剧闯入了小说领域,因为积累丰沛,也因为横空出世,作品颇有看头,也很有劲道。

忘了是哪次文友聚会,席间不知怎么就说到了"美女作家"的话题。有人说,截至目前,当得起"美女"的女性作家实在为数寥寥;有人说,确乎不多,但也不是没有。于是,在座的就纷纷举起了例证,有人提到了潘向黎,有人说到了金仁顺,还有一位郑重地提出了葛水平。这几位被点名的,好像也无人表示什么异议。我那时尚未与葛水平谋过面,没有什么发言权,但此事却留下了一个不大不小的悬念,那就是葛水平真的长的那么有水平吗?

2007年的5月底,山西作协与《黄河》杂志要在忻州为葛水平创作举办一个研讨会,我接到了邀请,也准备了要去,不想突然有个出国的急务,与会议的时间冲突了。未能与会，甚感遗憾。出国归来之后，遇到去山西参加会议的一位朋友，问起这次研讨会的情况，朋友回答说，开得很好，评价甚高。本来还想问他对葛水平其人的印象，以便证实一下有关"美"的说法，但话到嘴边，又强咽了回去。

后来，因为要给四川《当代文坛》杂志主持"文坛关注"栏目的"葛水平专辑"，跟葛水平有过几次电话联系；再后来，她因事过京或来京，都抽出时间见了面，或说事说人，或谈艺论文，在谈天说地的同时，对葛水平其人有了一定的了解。

我的印象是，葛水平不属于那种乍一看来就很惹眼的美艳，但的确很有自己的味道。模样俊俏，身材娇小，尤其是那种颇见传统意味和个性特色的中式装扮，活脱脱一个乡味与贵气相糅合的小家碧玉，让人觉着好像是从琼瑶作品里走出来的女性，淳朴而清爽，典雅而淡定，含而不露中自有一种特别的韵致。言谈之间让人能感觉得到，亲切中不无矜持，矜持中又透着诚恳。

在闲聊中，得知了葛水平走上文学道路的不易，也对这个大器晚成的女性深怀敬意。她出生于晋东南的沁水乡间，喝着沁河水长大，是"人民作家"赵树理实打实的小乡党。她由学唱戏，到学编戏，由地方戏剧走上文学之路。少儿时代的乡间记忆，成长时期的戏剧人生，是她日后小说创作的两个基本支点。《甩鞭》《地气》和《喊山》等，就是立足于这样的支点，生成于这样的底色，因而充满了乡土情趣和生活元气的文学造影。

葛水平的小说，早期主要为乡土题材写作，后来又涉足于都市生活，前者清奇、辛辣又悲慨，后者平实、蕴藉而浑然，作为小说，都自具情味，各有旨趣。但比较而言。我更喜欢她的那些乡土题材作品。在她的乡土写作中，在一些感觉上、细节上，她施展着女性作家之所长，用心之细，用笔之灵，堪称细针密缕，丝丝入扣，使得作品情节意趣盎然，人物栩栩如生；而在揭示现状、拷问人性上，却又收敛起女性作家惯有的柔肠弱骨，下笔之狠，手腕之硬，又让人时时为之惊心；而她笔下的世态人情，也如澄水鉴形，丝毫无遁，让不平者见之色怒，自愧者见之汗颜。在这一收一放，有隐有显，又软又硬，亦柔亦刚中，葛水平就把自己的个性释放得淋漓尽致，而她的作品也因此就别具一格起来。

读了葛水平的一些作品之后，也有一些不满足的地方。一是有关最能见出她的创作个性的乡土题材的作品似乎明显见少了，二是她近来的一些作品在艺术水准上也还不够平衡。因而，我觉得葛水平迄今为止的小说创作，还处于一个发展过程之中，仍有提升自己的较大空间，因而也还有再创辉煌的可能。

我为此期待着。

身在漂泊　心系文学

——女作家汪洋印象

之所以要特别标明是女作家汪洋，是因为名叫汪洋的人实在太多了。仅文学圈内有一定知名度的，就有老作家汪洋，剧作家汪洋，诗人汪洋，在演艺界有相声演员汪洋。而我所说的这一个，是原籍贵州，现旅居美国的女作家汪洋。认识这个女作家汪洋，是在读了她的长篇小说之后。确切地说，是在她的《在疼痛中奔跑》在2006年9月于北京召开的作品研讨会上。

因为此前对作者所知不多，所以阅读《在疼痛中奔跑》时也并没有抱有多大的期待。但读着读着，就被作品里的曲婉故事所引动，为故事里的人物命运所打动。就小说技法而言，《在疼痛中奔跑》显然还不够圆熟；但作者却凭靠着激情的燃烧与元气的蒸发，把三位女主角的坎坷经历与不同命运演绎得感天动地，让你读之难舍，过目难忘。由这部作品关注女性命运、饱含人世沧桑去自然推想，作者该有着相当的人生阅历，甚至有着一把年纪，但作品前勒口提供的作者照片，却端的一个青春美女，这不免让人好生纳闷，甚至满心孤疑。

研讨会上见到了汪洋，其青春与靓丽同照片相比，更是有过之而无不及，我实在难以把这个清丽又优雅的"美女"与哪个书写"疼痛"并让人读之心痛的《在疼痛中奔跑》联系起来。反差实在太大，大得让人难以置信。

研讨会前认识了汪洋，会后简短地寒暄了几句。之后，她就远赴了美国；再之后，我们用电子邮件的方式，断断续续地有过一些联系。我向她进而述说了我对她小说的看法，包括对她写出这样的作品的惊异；她说她听了我的发言，也看了我的评论后，觉得我的一些看法颇对她的心思，觉得很高兴，并表示感激，云云。大约是2007年年底，她说她可能要回来一段时间，希望到时再叙。那段时间，正是我忙得焦头烂额的时候，既要编选年度文坛纪事，又要撰著年度文情报告，没有再特别留意她回来的事情。

2008年年初，一年一度的中国作协的春节联欢会到了，这是一个交朋会友的好机会。因为路上堵车，我去得有些晚了，与几位文友一同坐到了会场的最后一排。只见人头攒动，人声鼎沸，好不热闹。联欢开始时，主持人出场，其中的女主持一袭长裙，亭亭玉立，普通话也字正腔圆，显得特别自如和优雅，我觉得有些眼熟，但因离得较远，影影绰绰地看不清楚到底是谁。直到联欢会结束，心里还在疑惑，难道是汪洋回来了，并客串了一把主持？

没几天，汪洋来电话，说她已回来几天了，约我见面聊聊。地方选在可喝茶可吃饭的"圣淘沙"。见到汪洋，先说起联欢会的事，我问那天的主持很像你；她说那就是我呀，并说一开始就作自我介绍了，我说坐的太远没听清。她问主持得怎么样？我说很好，跟你写小说一样精彩。她说那其实是我的老本行，过去在贵州就干这个，现在出去后也间或做主持。她还说她的《在疼痛中奔跑》再版了，把我的文章又排在何镇邦的序文之后，作了序二。她拿出重版的新书，我一看果然拙文忝列于书前。席间，由她的小说写作说到她的人生经历，我才更多地了解到，这个看来单纯又秀丽的"美女"，原来是一个多面又多能的才女。而且对于文学，对于人生，她都有着自己不同凡俗的领悟与体验。

在这之后，或吃饭，或喝茶，又小聚过几次，谈天说地间进而增进了了解，也感觉到她对文学、对小说的那份执著，以及对生命、对人生的由衷挚爱。

记不起是哪次相聚，说起来她的"汪洋"的名字。我觉得既不像一个女士的名字，重复率又太高，至少可以再起个更有个性化的笔名。她也觉得现在这个名字既给她带来一定的困扰，但又显得比较大气，实在不知改了好还是不改好。后来好像我们有了一个共识，那就是用谐音字的方式改换"洋"字。为此，我还好好查阅了一番字典，提供了一些可供参酌的用字。也许她尚在犹豫中，也许她依然不满意，此事就这样不了了之。

一次在工体北门的一个咖啡店喝茶，她还说她买的商品房就在附近不远，但她写东西时，还是喜欢到这个街边的咖啡店来，身处车水马龙的环境，看着熙熙攘攘的人流，觉得自己就在生活之中，心里格外塌实。说起她几年间，从贵州到北京，又从北京到美国的迁徙，她流露出无奈又随缘的神情，只有说起小说、文学，她才表现出一种坚定的自信，说自己虽然生活漂浮不定，但有一个东西却一直牢牢地拴着她，那就是写作，这不但已成为她的生活中心，而且越来越成为一种生命的依托。听着她的话语，看着她的神情，我在心里有些小小的感动，一边说着对一个写作者而言没有白费的生活之类的感言，一边在心里暗暗祝福她一切顺心遂愿。

还有一次相聚时，她说她又有一本新的作品要在近期推出，我问是不是长篇小说？她说不是，是一本散文作品，内容主要由一些生活小感受和小故事切入，偏重于讲述人生的打拼与追求，她愿意把自己的人生感悟告诉更多的人们尤其是女性朋友，以使她们更加珍爱生活，珍重自己。这几天从新闻报道中得知，汪洋的这部新作取名《永不放弃自己》，已由北京出版集团正式推出。由于书中有关"不放弃生命、不放弃希望、不放弃理想、不放弃学习、不放弃信心、不放弃幸福"的阐说，与汶川地震的所释发出来的精神的不谋而合，已被媒体看做是最切合现实需要的"励志作品"。而汪洋也表示，她要用去一些城市巡回签售的方式，将所有销售收入全部支援四川灾区人民抗震救灾。她其实刚从贵州老家回到北京，就遇到了这次汶川地震，转眼就又投入到了这样的一个特殊的救灾行动之中。这不能不让人为之感沛，让人为之敬重。

活跃于当下的小说作者，有各种各样的情形。有专业的，有签约的，有依托某单位的，有背靠某公司的，不一而足。比较起来，我更敬重和看好这种热爱生活又挚爱文学的非专业型的作者和作家，他们生活上比较稳定，又全身心地投入文学，写作上不会急功近利，属于真正的有感而发。这种来自生活实际的呻吟或歌吟，是切近着生活的脉动与文学的本义的。在这其中，就有旅美女作家汪洋，她值得人们关注，也可寄予厚望。

"老字号"的新传人

——易俗社社长惠敏莉印象

我这里所说的"老字号",是指千年秦之声的百年老剧社——西安的易俗社。辛亥革命后的第二年,也就是1912年,陕西同盟会会员李桐轩、孙仁玉等人,发起成立"易俗社",旨在传承秦腔艺术,"辅助社会教育"。百年以来,易俗社在其发展演进的不同时期,既重视新的剧目的发掘与创作,编演各类新的剧目800多本;又注重演艺人才的发现与培养,推出了刘毓中、王天民、孟遏云、肖若兰、陈妙华等几代秦腔杰出艺术家。如今,这家曾被鲁迅题匾"古调独弹"的百年秦腔名社的薪火,已传承到奋发有为的新的一代,其代表就是易俗社第十八任社长,中国戏剧"梅花奖"获得者、著名青年秦腔演员惠敏莉。

初看惠敏莉演戏,是2008年间,全国文改院团晋京汇报演出,西安秦腔剧院重点推出大型秦腔现代戏《柳河湾的新娘》,惠敏莉饰演剧中的新娘柳叶。戏是现代题材,人是剧坛新秀,没有老戏名角的既有期待,索性就认认真真地观看演出。很快,跌宕起伏的剧情,声色并作的演出,连同虚实相间的舞美等，一同构成了惹人眼目又撩人心目的秦腔盛宴，或引人悲愤，或激人奋起，让人沉浸其中，难以自拔。这出秦腔现代戏让人耳目为之一新的，是它以柳叶为主线的婚恋故事，交织着抗战时期的家仇国恨，由一个关中女子的忍辱负重和勇于牺牲，为普通民众吟唱了一曲悲壮的民族颂歌。在这种以小见大的诗性叙述中，惠敏莉所饰演的柳叶，起到了至关重要的作用。从她初揭盖头的美艳惊人，到送夫参军的毅然决然，从她含冤忍辱的坚忍不拔，到遭受毒打的宁死不屈，都把一个普通女性寓于平凡之中的伟大，表现得淋漓尽致，无以复加。这是一个爱遭误解的故事，也是一个美被毁灭的故事。惠敏莉扮演的柳叶，扮相的靓丽俊朗，身段的柔中带刚，唱腔的圆润甜美，对白的伶俐清爽，使得美不胜收的柳叶的无奈消损，因为格外令人痛惜，而分外令人震撼。看完《柳河湾的新娘》，我在心里说，这部戏真让人大喜过望，而这个惠敏莉则更让人为之惊喜。这个现代戏与这个女主角，是互为因果，相映生辉的。

　　看戏后的第二天，在文化部的会议室里召开专题座谈会，与会的多是文化界、戏剧届的领导与专家学者，因为研讨的是来自陕西的戏剧，在京的陕籍文艺界的一些人士也应邀参加了。在会场上见到著名的周明乡党时，他兴冲冲地问我道：你知道惠敏莉是哪里人？不等我猜出，他就告诉我说，是你们黄陵人。这让我很感意外。因为陕西的秦腔演员名家，多出于关中地区，尤其是西安周边的周至、户县等，靠近陕北的黄陵也能出现这样的优秀秦腔演员，让我这个黄陵人也备感欣辛。座谈会上，大家谈戏谈演员，《柳河湾的新娘》最为专家们首肯和称道，尤其是对惠敏莉在戏中的精彩表演，大家更是交口称誉，击节叹赏，认为她的表演，奇不入诞，丽不入纤，劲而不露，媚而不俗，真正做到了把真善美集于一身。那个座谈会，惠敏莉也参加了，但悄然静坐于会场一角，仔细倾听着大家的发言。我在会后与她聊了聊，算是互相认了乡党。我觉得，戏里与戏外的敏莉，几乎判若两人。台上与戏里，她是自信的，洒脱的，甚至是霸道的；台下与戏外，她是自谦的，素朴的，甚至是腼腆的。

再一次观看惠敏莉的戏，是 2009 年 11 月，陕西在京举办秦腔文化周晋京演出，她在《三滴血》里饰演贾莲香一角。这出戏是秦腔的传统名作，在几个主要角色的演绎上，许多前辈秦腔名家都有难以超越的艺术表演。但惠敏莉饰演的贾莲香，却以自己对于人物性格的精到把握，用以眼传神，以声传情等内在而细腻的表演，给这个人物打上属于惠敏莉的鲜明印记，以其声情并茂和赏心悦目，成为戏中的最大亮点。那段时间，辗转于京城各大剧院，天天晚上观看秦腔，过足了久渴的秦腔戏瘾。好长时间里，惠敏莉版的贾莲香那袅袅婷婷的形象，以及那"未曾开言珠泪落"的唱段，都让人萦绕萦怀，久久挥之不去。

2011 年 5 月，我的家乡延安市黄陵县成立文联，县里邀我作为嘉宾回去参加成立大会。我回到黄陵县，又意外地见到了风尘仆仆的惠敏莉。她因既当着社长要管行政事务，又要上台演出剧目，忙得不亦乐乎，甚至嗓子都有些沙哑。那次，她带来了易俗社的年轻团队，在县城的大广场上，演出了一台以折子戏为主的秦腔名段专场。好像演着演着，就下起了雨，时大时小，断断续续。舞台与广场都是露天的，演戏的与看戏的都冒着雨，但大家都专注看戏，如醉如痴，旁若无人，视若无雨。台上的尽情演，台下的尽兴看，雨声一直和着掌声、喝彩声，联袂而来，持续不断。那种情景我很少见过，至今回想起来都至为感动。

之后，先是听说敏莉为汶川地震赈灾义演折子戏专场，获得"特别荣誉奖"；后又听说贾平凹的《秦腔》改为了同名秦腔现代戏，敏莉成功地饰演了女主角白雪，并荣获中国秦腔节"特别优秀表演奖"。我让她带给我一些有她演出的光碟来，以便抽时间细细欣赏。今年 6 月间，她托人带来 5 张光碟，两张是大型秦腔现代戏《柳河湾的新娘》和《秦腔》，三张是折子戏荟萃。借着一个周末，我如醉如痴地观赏了两天。古代与现代来回穿越，秦腔、眉户与碗碗腔轮换交响，这种集中又专一的观赏，使我对敏莉在秦腔艺术上的造诣与风采，有了更为系统的了解，以及更为深入的体味。她真的唱谁像谁，演谁是谁，但她又给不同的人物添加上了自己的色调，自己的气韵，让人物一亮相就生动传神，看过后更使人难以相忘。我因而也知道，她的成功，事出有因；她的辉煌，绝非偶然。

可以说，作为一个演员，敏莉的先天条件是令人艳羡的，长相俊俏，身段婀娜，嗓音甜美，举止优雅。但先天的禀赋，需要后天的激活，自在的条件，需要能动地调用。惠敏莉并不完全依仗她的这些天然禀赋，她在向老艺术家学习、向老传统致敬的过程中，始终强化着自己的内在，丰富着自己的素质，在传统与现代的穿越、生活与艺术的打通中，尽量做到融会贯通，为我所用，使自己一直保持了青春的活力，行走于时尚的前沿。她让古老又传统的秦腔艺术，在自己身上焕发出了属于这个时代的特异光彩。

敏莉在一篇《我与易俗社》的文章中，曾深情地说道："作为易俗人，身在易俗，心在易俗，更要深究、细研易俗。"对于易俗传统的心慕手追，对于易俗事业的继往开来，既溢于言表，又殷殷可感。与秦腔的密不可分，与剧社的融为一体，使她专心致志，别无旁骛，这个百年秦腔老字号的新传人，是抱诚守真的，更是当之无愧的。

鲁迅在谈到创作时曾经说道："创作总根于爱。"这一对文学创作的经典诠释，也同样适用于艺术领域，对于惠敏莉的秦腔艺术，也可作如是观。她爱角色、爱易俗、爱秦腔；她爱观众、爱家乡、爱陕西，这种戏里戏外都是爱，以及爱的相互渗透与彼此借力，正是她的表演有声有色，为人有情有意的根源所在，也是她的表演总是充满丰沛的激情与赤诚的深情，总能以情动人和赢人的力量所在。因此，她的表演艺术，实际上是一曲曲以爱为底调的心声与乡谣。人们常会以能发出各种美妙声音的百灵，来形容那些声若天籁的歌唱艺术家。如果以此来喻比惠敏莉，那么，她就是黄土地上因爱而生、为爱而歌的百灵。

后 记

白 烨

"边看边说",其实也是文学评论的别一说法。

这些年我的文学评论工作,除去每年主编一本《中国文情报告》(也即《文学蓝皮书》),一本《中国文坛纪事》之外,就是应对日常性的作家研讨与作品评论。

现今的文坛,作家与写手星罗棋布,作品与图书如雨后春笋。这种创作的持续繁盛如不断上涨的潮水,推导着评论这只"船",高位又高速地向前运行。因之,不停地阅读,不断地言说,就成为评论人的工作常态。我作为其中的一员,不能免俗,也不能免忙,只能竭尽所能,尽力应对。尚可聊以自慰的是,这种不无紧张的状态,反倒使自己始终处于文坛的前线,批评的前沿,不离"现场"地作了新世纪文坛发展演进的参与者与见证者。

这本书的选文要求是散文随笔类文章。传统而规范的散文作品,我写得不多。但我的评论,以短文居多,而且力求在简洁而凝练的文字里,以简单诠释复杂,以感性表达理性。因而,这些即时写作的小文,大多接近于随笔。这些文字加上一些杂谈、随笔和印象记等,竟也凑到了十多万字。这些东西,看似鸡零狗碎,多属文学评论的边角余料,但却较为直接也更为真切地表达了我的所读所见，所思所感。因而，对这本并不厚重的小册子，我不仅并不轻看，相反还有一些偏爱。

但愿读者诸君经过我"边看边说"的"二传"，对当今文坛的剧烈变化加深一些认识，对我提到的作家作品增进一些了解，如是，我就感到满足和欣慰。

是为后记。

2013 年 9 月 5 日于北京朝内